La leçon de Vichy

Pierre Birnbaum

ヴィシーの教訓

ピエール・ビルンボーム
大嶋 厚［訳］

吉田書店

Pierre BIRNBAUM

LA LEÇON DE VICHY
Une histoire personnelle

This book is published in Japan
by arrangement with Éditions du Seuil,
through le Bureau des Copyrights Français, Tokyo.

Cet ouvrage a bénéficié du soutien des Programmes d'aide à la publication de l'Institut français.
本書は、アンスティチュ・フランセ・パリ本部の出版助成プログラムの助成を受けています。

ヴィシーの教訓

【目次】

序　オメックスへの帰還……1
Ⅰ　最初の情景……9
Ⅱ　「フランス国《エタ・フランセ》」が私を殺した……79
Ⅲ　私は「正義の人」に救われた……143
Ⅳ　大統領、国家と国家の理論……173

V　王との同盟の終わりか？……………………201

謝　辞　209

訳者あとがき　211

原　注　253

人名索引　261

凡　例

一、原注は、「訳者あとがき」の後に、横組みで入れた。
一、〔　〕は訳者による補注である。
一、引用文中における原著者による中略箇所は「(中略)」としてある。
一、引用文中における［　］は、原書のまま（原著者による補注）である。
一、原著者による強調箇所は傍点を付した。

1940～1944年頃のフランス

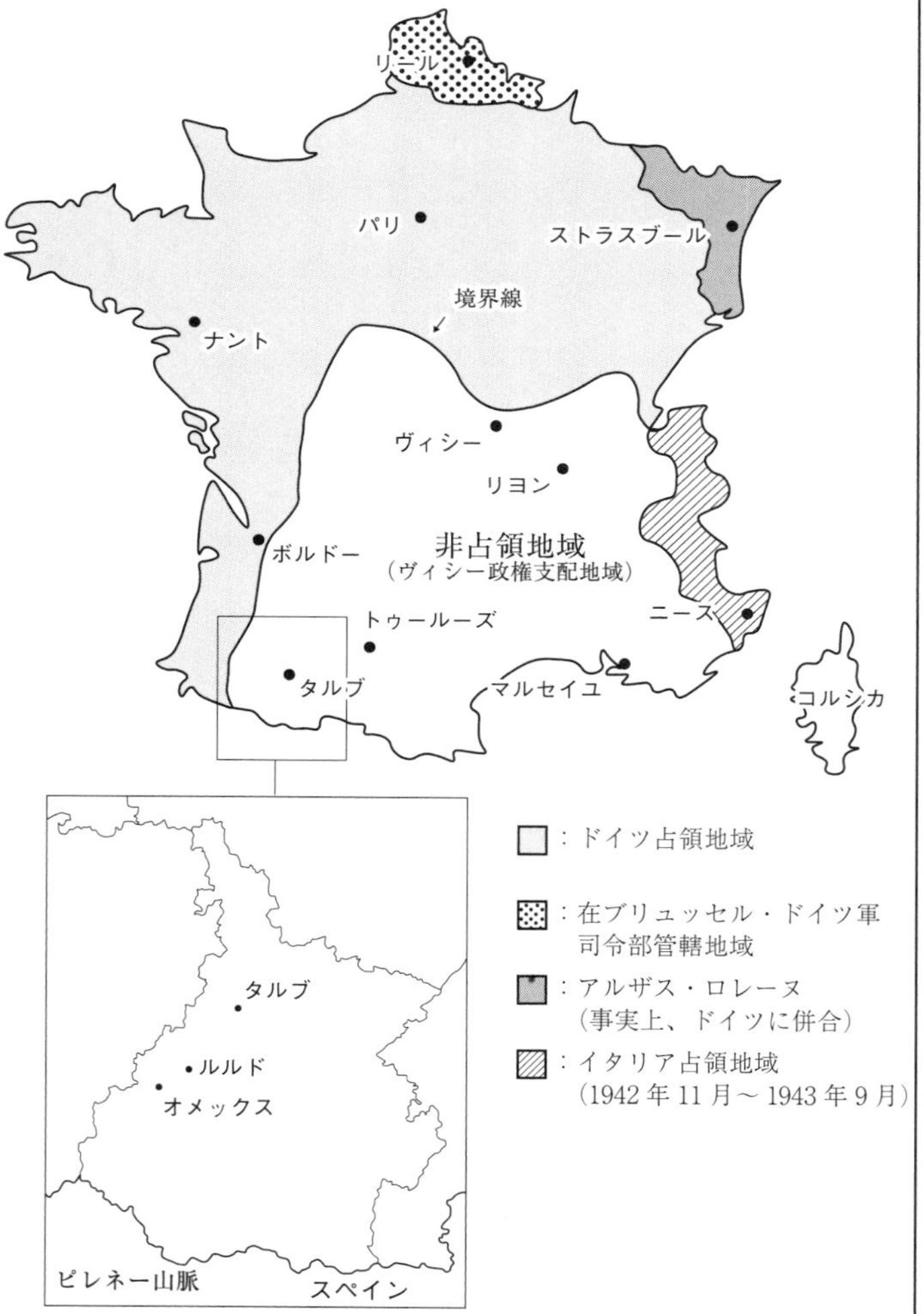

リール
パリ
ストラスブール
境界線
ナント
ヴィシー
リヨン
ボルドー
非占領地域
（ヴィシー政権支配地域）
トゥールーズ
ニース
タルブ
マルセイユ
コルシカ
タルブ
ルルド
オメックス
ピレネー山脈
スペイン
：ドイツ占領地域
：在ブリュッセル・ドイツ軍司令部管轄地域
：アルザス・ロレーヌ（事実上、ドイツに併合）
：イタリア占領地域（1942年11月～1943年9月）

序　オメックスへの帰還

すべては、リストワール誌のせいだ。二〇一三年四月に『共和国と豚』をスイユ社より上梓した数週間後、最高の歴史専門誌、リストワール誌が意外な形で、遅ればせながら、私に敬意を表してくれたのである。これによって、私は認証済みのまともな歴史家に変身したとすら言えよう。(1) 写真つきのインタビュー記事が、同誌に掲載されることになったのである。ピエール・アスリーヌ〔作家、ジャーナリスト、ゴンクール賞選考委員〕と会う約束をした場所は、パリ四区の、地下鉄ポン＝マリー駅近くの小さな騒々しいレストランであった。人を安心させ、人の感情の動きに寄り添うのに巧みな優れたインタビュアーのピエール・アスリーヌは、相手の殻を打ち破り、職業上の作法などにはこだわらずに、告白やこれまで語らずにきた体験などを引き出す名人である。すべてを語りつくした気分になって、対話の最後に至ったと思われたとき、彼は突然に質問を発した。「あなたのローズバッド（バラの蕾）は何ですか？」私はすぐに、「市民ケーン」でオーソン・ウェルズが口にしたこの謎めいた単語を思い出した。その意味するところは、ウェルズ演じる人物の解き明かされることのない秘密である。ピエール・アスリーヌが、私を支えているもの、私の人生に意味を与えているもの、決して忘れられないもの、身体に染みついているものは何か、と問うているのだと私は理解した。私自身にとっても意外な答えが口をついて出た。「オメックス」。

オメックスとは、オート＝ピレネー県の辺鄙な地域にある小村、バツルゲール渓谷の四つの村の一つである。そのオメックス村で、ヴィシー政権の時期を通して、ダレアス家の三人、フェリシー、マリアとファビアンが、私と姉のイヴォンヌを匿《かくま》ってくれた。一九四二年七月のヴェルディヴ一斉検挙以後、フランスの自由地域〔フランス南部の、ヴィシー政権が支配するドイツ軍占領下にない地域。非占領地域とも言う〕各地で次々とユダヤ人の逮捕が実行された。八月には、ドイツ占領軍の了解のもと、ルネ・ブスケ〔ヴィシー政権の警察長官〕はフランス南部に避難したユダヤ人を拘束しようと警察官を差し向けた。彼らのうち何千という人々が、容赦なく逮捕された。ユダヤ人は、危険と隣り合わせで毎日を過ごすこととなった。パリ郊外のドランシー収容所に向かう列車が、ノエとギュルスの中継収容所で待ち構えていて、何万人ものユダヤ人が死に向けて輸送された。ごく近くのスペイン国境は封鎖され、危険なロッククライミングに挑戦し、極寒と凍傷と案内人の裏切りに立ち向かう少数の勇敢な若者以外には、ピレネー越えは無理であった。ドイツ軍占領地域から、取るものも取りあえず逃げてきたユダヤ人たちにとっては、それ以上の逃走は不可能となった。完全に包囲され、小さな子供連れではほとんど越えることができない山脈に行く手を阻まれ、何千人もが罠にはまった形となった。この地方の全域に、何十カ所もの臨時収容所が作られた。スペインからの難民の後に、主として無国籍のユダヤ人

マリア（1992 年撮影）とファビアン（1972 年撮影）

が、非人間的な条件のもとで収容された。

私の母ルートは旧姓をクプフェルマンといい、一九一二年一二月二一日にドレスデンで生まれた。父ヤーコプ・ビルンバウム〔Birnbaum のドイツ語読み〕は一九〇一年五月二六日にワルシャワで生まれた。二人は一九三三年二月二六日、ドレスデンで結婚した。ヒトラーがドイツ首相に就任してから、一カ月も経っていなかった。それから数カ月後、一九三三年一一月三日に、二人はベルギー経由でパリに逃れた。身分を証明できるいかなる書類も持たずに、二人は人民戦線の時代に生活を立て直した——ドイツ軍に追いつかれるまでは。ルルドに避難した両親は、ナチスの指示によりヴィシー当局が実行した一九四二年八月の自由地域における大規模な一斉検挙からは逃れることができた。最初に警察が狙ったのは、一九三六年以降にフランスに入国したユダヤ人である。しかしそれだけでなく、警察はユダヤ人を見つけ出した場合には、誰であれ逮捕した。そのため、私の両親は子供たちを別の場所に匿わせ、自分たちは都会に身を隠そうと考えた。二人はたびたびホテルを変わり、短期間で住居を移り、あらゆる危険に対応しようとした。複数の団体や家族での試みが不首尾に終わった後、両親はいくつかの情報を信頼して、イヴォンヌと私をフェリシーに預けることとした。フェリシーはマリアの年老いた母で、伝統的な農民の衣装に身を包み、ショールをきつく頭に巻いていた。彼女はロバに引かせた荷車の台に腰掛け、大勢の巡礼者が宿泊するホテルを回っていた。オメックス村の洗濯場で洗ったシーツを、ホテルに届けていたのである。大量のシーツはマリアとファビアンが丁寧にアイロンをかけ、たたんだものだ。両親とほんの二言三言を交わした後、またしても突然の別れが訪れた。私は姉とともに、ごく近い山へ向かうことになった。

片時も忘れたことのない我が「ローズバッド」であるオメックス。パリのマレ地区にあるこの洒落た平和なレストランに、突然現れたオメックス。奇妙な瞬間であった。この一種のカミングアウトは、私の近年の研究成果から予測できたのかもしれない。それから数週間後、インタビューがリストワール誌に掲載され、読者と私の同業者たちの目にとまることになる。これは歴史学あるいは社会科学の一般的基準に従った研究ではなく、無謀にも私個人の経験の一部を公開すること、大学の講義、著書、専門誌に寄せた論文などでは触れない内面を明らかにするものであった。それは、知らず知らずに、個人史《エゴ・イストワール》という怪しげな冒険に踏み出すことでもあった。私は、同僚たちがしばしばこうした冒険において、自己満足、もっともらしい心理描写、ナルシシズムに陥るのを見て、苦々しく思っていたにもかかわらず。この特殊なジャンルの新たな「区分」を通して、そしてピエール・アスリーヌの刺激的かつ注意深い視線を受けつつ、賽は投げられたのであった。その後に起きたことが、それを十分に証明している。

数週間後、私はパンテオン＝ソルボンヌ大学での教え子であるジャン＝フランソワ・ラブリから電話をもらった。彼はとても驚いていた。リストワール誌最新号を入手して、学生時代には自らの教育が中立的な立場に基づくと強く訴えていた教授の知られざる一面を発見したからだ。彼はタルブ〔オメックス村のあるオート＝ピレネー県の県庁所在地〕で重要な行政上の職に就き、郷里に戻っていた。オメックスをたびたび訪れていた彼は、現在の住民に多くの知己を持ち、この小さな村の通りの一つひとつをよく知っていた。彼はオメックスに来るようすぐに提案し、私は過去のよみがえりがもたらす避け難い結果について考えもせずに、喜んでこれを受け入れたのだった。

スケジュールはすぐに決まった。ポーまで飛行機で移動し、その後はレンタカーで曲がりくねった道路を走る。流れの急な川に沿って、私が今もよく記憶しているスムルー、エスポエ、さらにルバジャックといった村々の家々の間を縫って行くのである。そして、ルルドに到着する。鉄道の踏切を通過すると、この細い道路は、商店が立ち並び交通渋滞がひどい街の中心部を迂回して、大聖堂とそれを取り囲む庭園を左に見ながら、修道院の高い塀の間を抜けて、市外へと出る。そこで急に左折して、巡礼者用の巨大な駐車場を避け、山へと向かう道路へと入ってゆく。この道路のきついカーブと断崖絶壁は、私にとって慣れ親しんだものだ。かつて、私はこの道路をフェリシーの荷車、ロバの引く荷車の前方にある台に、玉座の上の王様のように座って、ゆっくりと移動したものだ。荷車は時折休憩用のスペースに止まり、休息後にまた山道を登るのだった。

ジェール山は、バッツルゲール渓谷を東側から見下ろしていて、この渓谷をゆっくりと進んでいく間、ずっと目にすることができる。やがて、西側に墓地が見え、次いで中央に、かつて何度となく目にした十字架が今も立つ十字路に差しかかる。左折すればセギュス村に至る曲がりくねった道路だが、ここでは右折し、オメックスの村役場の前を過ぎる。村役場の隣には、姉のイヴォンヌが一九四二－四三年の学年を過ごした小学校が建っている。今度は右側に、車が進入するにはとても狭く見える道に入っていく。下のほうにはかつて遊び場にした家があり、それから急勾配の坂道を上ると、当然ながら村全体を見下ろしている教会の前の、フェリシー、マリアと夫のファビアンの家の門の前にたどり着く。教会は、今でも鐘を鳴らして――もしアラン・コルバン〔一九三六年生まれ。歴史家。元パンテオン＝ソルボンヌ大学教授。「感性の歴史家」と称される。リムーザン地方に関する研究でも知られる〕がリムーザン地方を離れてピレネーにやって来たならば、喜んだに違いない――農民たちに時刻を知らせ、一方ではタルブやルルドに通勤する新住民をいらつかせている。私が驚きとともに発見したのは、新住民たちがかつては保護地域となっていたこの区域に、プールを造ったことであった。

やがて、私は村民たちと感動的な出会いをすることになる。あらゆる世代の男女の村民が助役たちを取り巻き、抱擁を交わし、私がよく知っていた家の前に建つ立派な家屋で、最初の昔ながらの食事会が行なわれた。驚かされたのは、私がよく知っていた家は現在の住民たちが改修し、農家のたたずまいがきれいに消えていたことだ。かつて私が干し草の中に隠れた納屋、豚の飼い桶、鶏舎、ウサギ小屋などが失われた。牛糞の残した跡など、以前は目立ったあらゆる汚れはすっかり消されて、農村の生活のにおいが完全になくなった小ぎれいな住宅に姿を変えていた。食事は、さらに多くの人々との再会を喜び合いながら、長い時間続いた。それから、皆で村役場へ向けて坂を下った。

アンリ・プラニェ村長は、村議会議員全員とともに、私たちを迎えてくれた。村役場の式典用ホールには、フランソワ・オランド大統領の公式写真の向かいに、リストワール誌に載った私自身の写真が額に収まって掛けられていた。皆、明らかに感動していた。村長はスピーチで、マリアとファビアンの心の広さを称え、暗い時代における二人の行動がオメックスの名誉となったことを喜び、私がそれ以後もオメックスをたびたび訪れたことに感謝の意を表した。私は即興で、拙い答礼の言葉を述べた。感謝とともに、一〇代の頃に何度もオメックスで夏休みを過ごしたこと、そのたびにマリアが「来たのかい、ピエリオット」〔この地方におけるピエールの愛称〕と言って迎えてくれたこと、するとファビアンが「手を貸してくれるか」と言って干し草を納屋に入れる手伝いを求めたことに触れた後で、私のオメックスと、住民たちと、今では故人となったマリアとファビアンの家族に対する決して消えることのない愛着について語った。そして、二人がともに正義の人〔第二次大戦中に、危険を冒してユダヤ人を救った人々に対して、イスラエルのホロコースト犠牲者を追悼する国立記念館ヤド・ヴァシェムが与える称号〕として認められるよう働きかけることを約束した。食卓につく時間がやって来た。共和国がそこにあった。その標語、国旗、図像とともに。思いがけず、モーリス・アギュロン〔一九二六－二〇一四年。歴史家。元コレージュ・ド・フランス教授。フランス共和国とその象徴の研究などで知られる〕を思い出させる共和国の祝宴の主賓となったことに、私は心を動かされた。このとき、一つのサイクルが閉じられた。不用心にも、その結果を想像することなしに語った私のローズバッドは、自分自身の歴史に私を放り込み、生涯をつなぐかりそめの糸を手繰らせたのである。私につきまとうと同時に安堵も与えてくれる社会科学の実証的な思考から、遠く離れて。

二〇一八年九月、レ・パレルにて

I　最初の情景

「奇妙な戦争」の時期、父は家族をノルマンディー地方に一時避難させた。母が妊娠したのはその頃である。そして、一九四〇年七月一九日、私が生まれた。フランス軍の敗北から数週間後、ペタン元帥が権力を掌握し、「フランス国」が樹立された九日後のことである。六月末、父と妊娠中の母、そして姉のイヴォンヌは、大慌てでパリからビアリッツに向かう最後の列車のうちの一本に乗り込んだ。南へと逃走するアンデルス軍のポーランド兵も、この列車に乗っていた。長い混乱状態での旅の果てに、彼らがビアリッツ駅で列車から降り立とうとしたとき、父は警官が身分証の検査を行なっているのに気づいた。列車が発車するそのとき、父は素早く荷物を窓からポーランド兵に向かって投げ、妊娠中の母を動き出した列車に押し込み、自身も二歳半の姉を抱えてようやく車内に這い上がった。ごく近いスペイン国境を越えることは不可能だった。動き出した列車は、恐らく六月二八日[1]に、無事ルルドに到着した。

その数週間後、ルルドの駅から遠くないタルブ街道一番地の病院で、母は午前二時半に私を出産した。ベルナデット・スビルーを記念した病院である。この町は、ベルナデットが起こした奇跡、説明がつかない病気の突然の治癒で有名であり、毎年巡礼者の大群が世界中から押し寄せる。障害のある人、各種の病に苦しむ人らが、看護師やボーイないしガール・スカウト隊員、慈善団体の若者らに付き添われてやって来るのである。私が生まれる前日、一九四〇年七月一八日に、ルルド司教のショケ猊下《げいか》は、ペタン元帥に対して以下の嘆願を行なった。

閣下がご存知のとおり、今は亡きヴェルディエ枢機卿の勧めに従い、フランスの司教たちは、戦争が終了した後に、無原罪の聖母、平和の女王のために聖堂を建設するとの誓いをたてました。この聖堂は、フランス南部において、モンマルトルのサクレクールの対になるものです。この聖堂を建てる場所の選択を容易にするために、可能であるならば、ルルドの洞窟およびルルド市の区域内に存在するかつての司教区の保有資産が我々の所有に戻るよう、ご高配をお願いする次第です。(2)

ショケ猊下はこう付け加えた。「フランスの女王であるルルドの聖母は、かつて最もよく知られた聖地において、祈りを捧げに訪れた君主たちを迎えたように、本日閣下をお迎えするものです」。彼は、さらにこう述べた。「フランスは必ず立ち直ります。元帥殿は、我々をこの目的に導くべく努めておられます。元帥殿には、誇り高き（オート＝ピレネー県の）人々を完全に信頼していただくことができます」。オート＝ピレネー県民について、新任の知事は、「ビゴール人種に備わった先祖伝来の美質」、国の再建に適した伝統と民俗文化を称賛した。(3) その少し後、一二月六日に、ルルド市議会にガール（駅）大通りあるいは病院に沿うタルブ街道を、ペタン元帥通りと改称するよう提案が寄せられた。改称すれば、「この世界的なカトリック都市を訪れる巡礼者たちが、到着と同時に好意的な印象を持つ」ことになるというのである。司教たちは全体として歓喜とともにペタンに賛同し、新体制の影の参謀となり、贖罪のミサを挙げたのだった。儀式を執り行なう能力は、国家元首となったペタンのために活用された。一例を挙げれば、彼は一九四一年三月にル・ピュイを訪問した。このとき、ペタンは巡礼中の王のように迎えられた。(4) その数カ月後、一九四一年四月二〇日には、彼はダルラン提督〔当時ヴィシー政権副首相（事実上の首相）〕を伴ってルルドを訪れた。市長は元帥に象牙製の聖母像を贈り、洞窟の前の広場ではヴィシーの国民革命を支持するル・スムール紙の記事にあるように、「人々は祈りながら待っていた。さまざまな旗が翻っている。カトリック青年農民団の代表団、何百人もの若者、特に民族衣装姿でやって来たグループに注目が集まった(5)」。

ベルナデット像が見守る中、記念すべきいくつもの奇跡が起きたマサビエル洞窟には巨大な蠟燭が無数に並んでいた。これを背景に、ショケ猊下は「フランス」国元首と、彼を取り巻く国の諸機関の代表者たち、正装した知事と警察署長に向けてこう語った。

かつては知られざる町だったルルドは、今では世界最大の十字路の一つ、祈りの首都、比類なき慈愛の火が燃える場となりました。

元帥殿、ここで皆さんとともに、神の力を感じ、触れ、賛美し、それが確かなものとなるこの場所で、祈りを捧げることをお許しください。私たちは元帥殿のために、祈りを捧げます。元帥殿は、広い心をもってフランスのために努力しておられます。これを無駄にしてはなりません。神のご加護がありますように。そして、私どもの抱く敬意が、神のお力によりいつまでも変わらぬものとなりますように。

これに応えて、ペタンは次のように述べた。

ピレネー地方を訪れるにあたり、私はルルドの聖母にご挨拶をしないわけにはいかないと考えました。私が始めた仕事にご助力をいただけるよう、聖母に祈ってください。ご存知のように、これは難しく、厳しい仕事なのですから(6)。

一九四一年五月、当時オート＝ピレネー県知事としてタルブに勤務していたレオン・ゴンザルヴは、以下のように強調した。

国家元首のタルブおよびルルド訪問は、県全域に大きな愛国的熱狂をもたらすとともに、あらゆる職能や階層の人々に深い印象を残した。その最も喜ばしい成果は、一人ひとりが政府を中心に集まって結束しようとすることで、元帥の政策遂行を容易にするとともに、国家の再建を確実なものとしたことである。(7)

私が生まれたのは、このように「神の力を大いに感じ、それに触れ、賛美」する場所、「世界的なカトリックの聖なる都」においてであり、それもショケ猊下のペタン元帥への嘆願の直後のことであった。旧聖ベルナデット救済院であるルルド病院の建物は非常に古く、一七世紀初めにすでに記録が残っている。ヌヴェール愛徳修道会が運営していた救済院で、ベルナデットはここで初めて聖体拝領を受け、またビゴール地方の方言で洞窟における聖母マリアの出現について語った。彼女はまたここで修道志願も行なっており、礼拝所には彼女の持っていた十字架、ロザリオおよび教理問答書が聖母像の前に大切に保存されている。没後の一九三三年に列聖された彼女が発したメッセージは、カトリック教会およびルルドで強い影響力を持つ教皇権至上主義の支持者にとって、両者が共有するあらゆる近代性の拒否に根拠を与えていた。一九世紀末、究極の犠牲者イエス・キリストの名において、アソンプシオン会の修道士らは、ルルドでフリーメーソンとユダヤ人に対抗する巡礼の先頭に立った。彼らはフリーメーソンとユダヤ人を改宗させようとするとともに、いかなる形のライシテ〔宗教と国家の分離の原則。フランス共和国の大原則の一つ〕をも否定し、共和国に反対した。一方、救護修道士たちは反ユダヤ主義のアクシオン・フランセーズ団員を宿泊させていた。(8) カトリックの群衆の信仰心は弱まることがなく、神秘主義的傾向と迷信深さに促された巡礼者たちが次々と訪れた。これを嘲笑するように、エミール・ゾラは早くも『ルルド』を一八九四年に出版し、ベストセラーとなった。ドレフュス事件が始まり、「反ユダヤ主義の時代」の群衆がフランス全土で活動を開始するようになっていたとき、[9]ゾラはベルナデットを「幻影」に憑りつかれた「ヒステリックな無法者」として描いた。彼はそれでも、民衆に出自を持つこの少女が、彼が嫌う俗悪な場所を舞台にしてではあったが、群衆から尋常でない賛同を得たことについて感動を覚えた。小説の中心人物ピエールはこれほどの苦難に心を揺り動かされたカトリック信者であるが、それでも群衆を「感化」[10]により突如として変化させるほどの「ペテン」、「軽信」、「幻影」、「常軌を逸した熱狂」に抗って、「何よりも理性」をと訴えるのである。

両大戦間期には、大規模な巡礼が次々と行なわれ、その数は増えるばかりだった。一九三三年以来、この救済院ではブロンズ製のベルナデット像が、患者と来訪者を出迎えるようになった。[11]ルルドは、ユダヤ人の子供が生まれる場所としては、それもワルシャワとドレスデンからベルリンを経由してフランス南部に至る私の両親の長い旅の到着地点としては想定しにくい町である。ここはベルナデットの生まれ故郷であり、反ユダヤ的なナショナリズムを謳い上げたモーリス・バレスが尊んだ場所だ。バレスはここに滞在して、私の出生の一八年前に、『ルルド訪問』を著した。このように、カトリックの超自然現象に関わったこの町では、すべてが混在する。ゾラとバレスばかりではない。フランツ・カフカの親しい友人であり、プラハ出身のユダヤ人作家フランツ・ヴェルフェルは、一九四〇年六月、妻のアルマ・マーラーとともに、私の両親と同様に国境で動きが取れなくなった。ヴェルフェルはちょうど私が生まれたときにルルドにやって来て、ベルナデットの特異な運命に深い関心を抱いた。この町全体を照らす彼女の神秘主義に動かされ、彼は一気に『ベルナデットの歌』(12)を書き上げた。この作品は、世界中で大成功を収めた。同じ頃、一九四〇年九月二六日(13)、ピレネーのより東側にあるポルトボウでは、山越えを試みながら果たせなかったヴァルター・ベンヤミンが、自ら生命を絶っていた。

病院の広い大部屋で、一人の修道女が私の母に付き添っていた。母は晩年に至るまで、このときの様子を感情を込めて語っていた。修道女は私を片手で持ち上げ、もう一方の手で支えながら、大部屋の患者たち――病人も、怪我人もいた――に見せて、こう言ったのだという。「何て立派な赤ちゃんでしょう。ユダヤ人で残念だわ!」。今でも私は、この修道女の意見について考えることがある。私がユダヤ人で残念だというのは、私に危険が迫っているからだろうか。それとも、生まれたばかりの私がキリスト教徒ではなくユダヤ教徒の赤ん坊だから残念だ、というのだろうか。それとも、単に私がユダヤ人であるために、ユダヤ人以外でありえないために、つまりは居場所がない余計な子供だから残念だ、というのだろうか。悲しそうな声で、母は答える。「シスター、ユダヤ人の母親も、立派な子供を産むことができるのです」。確かにそのとおりだが、タイミングは悪かった。偶然とはいえ、ルルドは地理的に境界線(14)〔フランス北部のドイツ占領地域と、南部のヴィシー政権支配地域(自由地域もしくは非占領地域と呼ぶ)を分かつ境界線を指す〕の自由地域側に属し、ドイツ軍部隊は当時この地方には進出していなかったが、カトリック的超自然にかくも注意を払うフランス国は、私に市民としての未来を認めなかった。父が届け出[15]を行なったおかげでフランス人となった私は、外国人の子供であるために、出生時から法律により公務員への道を閉ざされていた。フランス国は私のフランス国籍は拒否しなかったものの、市民としての権利は拒否したのである。一九四〇年七月一一日の憲法的法律は、次のように定めていた。「元帥たる余、フィリップ・ペタンは……フランス国元首としての職務を遂行するものである」。この憲法条項によりフランス国が創設され、それとともに第三共和制と大統領職は消滅した。代わって登場したのが、単に国家ではなく、「フランス」であることを強調した国家である。そうすることで、この新国家は、私の両親を含む一九世紀末と一九三〇年代の移民たちが夢に見た普遍主義の論理を否認したのであった。七月一三日付の「ジュルナル・オフィシエル（官報）」に、ある法律が掲載された。共和国の政策が練り上げられる場であり、後に私の研究対象となる大臣官房に関する最初の法律の一つである。

元帥にして国家元首たる余は、以下のとおり布告する。
大臣官房の職員は、フランス国籍の両親から生まれた者でなければならない。

成立後間もなく、ペタン体制は国家の主要機関――これが、後年私の研究の中心となる――から非フランス人を両親とするフランス人および外国人を早速追放した。七月一七日に制定された新たな法律は、禁止の範囲をさらに拡大させ、フランス人の父親を持つフランス人のみが公的な職務に就くことができるとした。外国人全般を対象として取られたこの措置は、ペタン元帥と政府にとっては、国家の頂点から無数にある市町村のレベルに至るまで、あらゆる公職からユダヤ人を排除する一九四〇年一〇月三日のユダヤ人身分法を先取りするものだったのだろう。この決定的な法律は「ドイツからの圧力があったとはいえ……ヴィシーに反ユダヤ的な法律の制定を義務づける要素は存在しなかった[16]」にもかかわらず布告された。この法律の第一条には、次のようにある。「出生時からフランス国籍を有する者、あるいは父親がフランス人である者以外は、国、県、市町村および公的な事業体の職員となることはできない[17]」。七月二二日には、非常にリベラルな国籍に関する一九二七年八月一〇日法の制定以降にフランス国籍を取得した者全員に関して、見直しを行なうと定められた。一九二七年の法律の恩恵を受けたユダヤ人移民は何万人にも上るが、七月二二日の法律では、今度は市民的権利ではなく、私がフランス国籍そのものから排除される可能性が生じた[18]。どう考えても、ヴィシーのフランス国は私を受け入れたくなかったようだ。しかも、父は私の出生届を七月二四日[19]に提出していた。七月二二日の法律制定後のことである。

国家参事会《コンセイユ・デタ》出身の新司法大臣ラファエル・アリベールの指導のもとで起草されたこの法律はシャルル・モーラスの思想の影響を受けており、アリベールにとっての最大の希望を予感させるものであった。それは、フランスのユダヤ人すべてからの、国籍の即時剝奪である[20]。これらの法律に明確に反対する動きは、決して多くはなかった。一方で、自由地域の報道機関は賛意を隠さず、「フランス人のための「フランス」の名のもとに、早くも一九四〇年一〇月半ばから、たとえばエロー県で「フランスに居住するフランス国籍のユダヤ人」に対して取られた措置に対する満足の意を表明した。それによると、ユダヤ人は「収容所に送ること、すなわち国内において追放処分とするのが適当」であり、フランス革命期のユダヤ人解放に関する議論以来の慣用表現によるところの「国家の中の国家」[21]に終止符を打つべきなのであった。

ルルドでは、危険が迫っていることがますます明らかになっていたが、その多くが移民である数千人のユダヤ人の間での相互扶助は当然のように行なわれていた。人々は情報を収集し、噂も広まり、それは日に日に不穏なものとなった。ラビのアルトマイアーは思いやりがあり頭脳明晰なため、多くの人に囲まれ、尊敬されていた。親しくなると、人々の連帯が深まった。タルブやバニェール＝ド＝ビゴールといったこの地方の町では、宗教的活動が始まり、礼拝が行なわれた。彼らは夕方になると顔を合わせ、助け合い、情報を交換した。両親は、珍しいことにラジオを持っていた。ラジオの所有はユダヤ人には禁止されていたから危険だったが、毎晩友人たちと秘密裡に集まって、貴重な情報に耳を傾けた。何千何万というユダヤ人が、両親と同様にオート＝ピレネー県とバス＝ピレネー県[22]、さらには近隣のアリエージュ県、ジェルス県、ロット県、タルヌ県あるいはランド県に避難していた。ピレネー山脈により近いタルブ、ポー、ルルド、バニェール＝ド＝ビゴールあるいはコトレの一帯では、ユダヤ人たち――ほとんどの場合、収入がなかった――は、同じく共和派で何も持たずに来た何千何万ものスペイン人たちと混じりあっていた。彼らの多くは、すでにギュルスやノエの、悪夢のような生活条件の収容所に入れられた経験があり、そうでない者はヴィシーの警察から追われていた。県の公文書館には、警察による日常的な追跡と、荒々しい手法による逮捕の記録が残っている。そこで、ドイツ、ポーランドあるいはヨーロッパ東部の諸国から来たユダヤ人難民は居住地を指定されて移動禁止となり、するとその町の住民たちは観光客が減少するとして抗議するのだった。このため、在トゥールーズの地域圏知事はオート＝ピレネー県知事に、次の電報を送った。

貴職は、一九三六年以降にフランスに入国し、オート＝ピレネー県在住のユダヤ教徒のうち資産を有する者について、ルールル＝バルスを県内の居住地として指定されました。バルバザン（オート＝ガロンヌ県）から至近の場所に多数のユダヤ教徒が居住する事実は、鉱泉における湯治の季節を迎えるにあたり不利な条件になりかねません。ピレネー地方における鉱泉の利益を考慮の結果、本職はリュションおよびバルバザンの近隣からユダヤ人を遠ざける措置を取った次第です。仮にルールル＝バルスがユダヤ人の指定居住地となるならば、この措置の効果は大幅に削がれることとなります。ついては、県内の指定居住地としてルールル＝バルス以外の町を選定願います[23]。

とりあえず、嵐の訪れを前に、両親は子供二人とともにロシェ小径一七番地の、快適とは言い難い家屋に居を定めた。現在ではこの建物は無人で、一九五〇年代に建った何棟もの高い公営住宅に囲まれ、そのせいで、建物は一層古びて粗末に見える。市役所に近いロシェ小径は、今も昔も袋小路で、さびれた地域の特徴をすべて備えている。当面は安全が確保され、最初の一年、あるいはそれ以上の期間、日常生活はすぐに危険が訪れるとの感がないまま過ぎていった。この当時、家の前で撮影した数少ない写真を見てみると、頰がこけて、痩せているようには見えるが、両親は私たちに向かって微笑み、やさしく肩車をして楽しんでいるようだ。貧しいことは明らかながら、家族の絆は強く、安心感があった。

父は大急ぎで、職場であるパリ三区のヴェルテュ通り二一番地のボール紙製造所から立ち去っていた。この工場は、一九三六年三月以来、父が母とともに暮らしていたヴォルタ通り三九番地から至近距離にあった。こうして両親は、職場と新たな住居を接近させようとしたのである。それ以前、二人は一九三四年九月から一九三六年三月までアルシーヴ通り七八番地に住み、職場はアムロ通り七〇番地にあった。ここはプレッツル〔Pletzl、パリ四区にあるユダヤ人地区〕からさほど離れておらず、同じ建物では多くのユダヤ人難民が洋服屋、ハンチングなどの帽子製造業を営んでいた[24]。父の名前は、一九四〇年一〇月一八日のオルドナンス〔政府による決定で、法律と同等の効力を持つ〕に基づいてブルターニュ通りにあるアンファン＝ルージュ地区とアール＝ゼ＝メティエ地区の警察署に届け出られたユダヤ系事業所のリストに掲載されている。このリストは、冬季競輪場（ヴェルディヴ）一斉検挙事件の際に利用され、奇跡的に保存されていたものだ[25]。

はるか後、二〇一二年九月に、三区の区役所で開催された「冬季競輪場一斉検挙事件――警察資料」展で展示された資料を見ていたとき、突如として父の名前とアトリエの住所が、私の目に飛び込んできた。ユダヤ人問題庁（ＣＧＱＪ）は、企業等のアーリア化を実施しようとしていた。すなわち、ユダヤ系と見なされる企業等の接収である。セーヌ県商業裁判所の司法代理人および企業清算人を務めるピエール・ド・ジェンヌは、暫定管理者の資格でＣＧＱＪと連絡を取り、「ユダヤ教徒であり、一九四〇年一二月に経営するアトリエから退去して以来姿を現していない」ジャック・ビルンボームのアトリエの買取を希望する者がある旨伝達している。一九四一年一一月には、ＣＧＱＪはピエール・コルヴィジエを父の経営するささやかな会社の暫定管理者に任命した。この人物は、一二月六日には建物の管理人からアトリエの鍵を受け取り、機材等の価格評価を行なっている。時間を無駄にすることなく、一一月一〇日には強制立ち退きが正式に決定していた。一九四二年三月二三日、セーヌ県商業裁判所は父のアトリエの登録抹消を決定し、売却を行なった。一九四三年三月と七月には、ＣＧＱＪは「ポーランド出身、ユダヤ人種のビルンボーム・ジャコール《（ママ）》」のアトリエのアーリア化の経緯を要約して、ローという人物が正当な買い手となったこと、「集団避難《エグゾード》以降、ビルンボームとその家族はパリから離れ」、住居であったヴォルタ通り三九番地のアパルトマンに家財を残していったこと、それでも家屋の管理者は「ビルンボームの現在の居住地であるルルド（バス＝ピレネー県）よりの送金」により滞納されていた家賃の支払いを受けた旨を記している。父のアトリエのアーリア化についてはドイツ当局も関心を持っており、一九四四年一月までフォン・グリースハイムもしくはＲ・クノケの署名入りの文書でアーリア化の結果について照会した。行政上の奇跡とでも呼ぶべきだろうか、ＣＧＱＪはこの照会に対して詳細に回答している。[26]

この間、完全に収入を絶たれて、母が生活維持のために革製品の細工などこれまで経験のない作業を家で始める一方で、父はタルブ市マレシャル・フォッシュ通り四六番地の二にある革製品工場に働き口をみつけた。父は毎日、ルルドからタルブまで自転車で通勤した。これは求人募集に応じた結果で、工場ではポーランド出身のユダヤ人が、父がまったく知らなかった器具の取り扱い方法を教えてくれた。[27]当時のタルブには、なめし皮工場が多数存在した。これらの工場は、現在は一つも残っていない。父が勤めたのはこの地方でも最大級の工場だったが、これも今はなくなり、人通りの多い通りに面した跡地には安価な女性服を販売する商店が立つ。この通りには、この種の店舗が多数立ち並んでいる。

オート＝ピレネー県の一部のユダヤ人は、移民であれフランス国籍であれ、カトリックに改宗するか、パリ大司教発行の洗礼証明書もしくは改宗証明書を入手しようとしていた。同じ地方の他の一部のユダヤ人は、最悪の事態を避けるため、姓を変更しようと懸命になっていた。たとえば、私が生まれた日である七月一九日付の官報に記されているように。[28]オート＝ピレネー県在住のフランス国籍の複数のユダヤ人は、県知事に宛てた手紙で、祖先がナポレオン時代に、または普仏戦争で、あるいは第一次世界大戦で戦ったこと、また勲章を授与されたことなどを挙げて、一九四〇年一〇月のユダヤ人身分法から逃れようと試みた。[29]

この地方のユダヤ人の大半と同様に、両親はこうした手続きを取ろうとはしなかった。両親は、この困難な状況下でも、私に何とか割礼を受けさせようとした。一九四一年三月、占領地域で残酷な一斉検挙が開始される中、そしてユダヤ人問題庁が設置されて、狂ったような反ユダヤ主義者グザヴィエ・ヴァラ[30]がその最高責任者に就任する中、私が生後八カ月――はるか昔から典礼が定めるように、生後八日ではなく――になったとき、両親は苦労して、恐らくはトゥールーズから割礼師《モーヘール》を招くのに成功した。

反ユダヤ主義は、パリでも、ヴィシーでも、オート＝ピレネー県でも声高に主張された。たとえば一九四一年一月六日、オート＝ピレネー県でル・スムール紙は、全国カトリック連盟副会長で、グザヴィエ・ヴァラの反ユダヤ政策の知恵袋であるジャン・ル・クール＝グランメゾンの発言を掲載した。この人物によれば、ユダヤ教は「ある特定の、決して妥協しない同化不能な人種の宗教」であり、その「強大な影響力」は、幸いなことに一九四〇年一〇月のユダヤ人身分法によって打ち砕かれるはずであった[31]。反ユダヤ主義にとって比較的有利な状況のこの地方で、一九四一年一月にCGQJの第一六地区（モンペリエ）および第一七地区（トゥールーズ）責任者に就任したのが、ジョゼフ・レキュサンである。タルブだけでなく、ルルドと周辺地域もこの第一七地区に含まれた。彼の配下には警察官の一隊に加えて、ユダヤ人問題警察（PQJ）があり、ユダヤ人の逮捕に活用された。ユダヤ人問題警察は、一九四二年に調査管理部（SEC）に再編され、熱狂的反ユダヤ主義者のフラマンが部長に任命された[32]。PQJおよびその後身のSECは、トゥールーズでもその他の地域でも、国家警察および憲兵隊と密接に連携した。カグール団〔一九三〇年代に活動した反共、反ユダヤ、反共和国の極右団体。テロ活動なども行なった〕の元団員で、熱狂的な反ユダヤ主義者のレキュサンは、一九四一年二月に、ユリアージュにある国立幹部学校での演説で、きわめて直接的に以下のように述べた。

国民共同体から、自発的に除外されたフランス人たちが存在します。それは、第一にユダヤ人です。彼らは、私たちとは人種が異なります……。ユダヤ人問題の解決法は、ただ一つ。それは、彼らを消滅させることです。もし、これ以外の方法をご存知であれば、ご教示いただきたい。私自身に関して言えば、すでに二人のユダヤ人を殺害しました。人を殺すのは、実に簡単なことです。(33)

エドゥアール・ドリュモンが広めたフランス型反ユダヤ主義の方向性に忠実に、レキュサンは次のように叫んだ。「〝フランス人のためのフランス〟の声が、ようやく現実となるのです……。ユダヤ人問題は、戦争の後に初めて最終的かつ完全な解決を見ることになるでしょう。そして、現在取られている措置が、再建事業の礎となるのです。フランスが死を迎えることを欲しないならば、この事業に協力すべきなのです(34)」。その後、一九四三年五月に、ルルド市を管轄下に置くトゥールーズを離任し、ジョゼフ・ダルナン率いる民兵団《ミリス》に加入するにあたり、彼は次のように述べた。

名誉なことに、民兵団事務局長である指導者ダルナンは、一緒に仕事をしたいとして私を招いてくれました。（中略）そうした次第で、数日後には、私は自分で作り上げ、誇るべき成果を上げた地方支部を離れることになります。（中略）ユダヤ人のしたたかさにもかかわらず、皆さんは義務を果たしました。（中略）民兵団は、我が国を救うための最後の砦であります。皆さんは、そのことを十全に理解してくれました。[35]

一九四一年初めから、フランス南西部の各県で徹底したユダヤ人狩りを実施したのは、この人物である。その過激さは尋常ではなく、彼はトゥールーズを離れた後リヨンの民兵団責任者となると、元人権同盟会長で、かつてドレフュス派の闘士であった共和派の大物であるヴィクトル・バッシュを自ら殺害したほどだった。

このハンガリーのユダヤ人は、フリーメーソンの第三三級に属し、フランスを隷属に陥れたユダヤ＝フリーメーソンのマフィアを象徴する存在でした。（中略）中央ヨーロッパのゲットーから逃げてきたこの人物は、フランスに対して指令を下す目に見えない権力保持者の一人でした。（中略）そしてフランスの青少年を堕落させていたのです。[36]

このレキュサンという人物は、ユダヤ人問題庁の名において、「占領地域におけるユダヤ人の人口調査に関する一九四一年六月二日法」が、厳格に適用されるよう監督していた。それを示すのが、六月二六日にオート＝ピレネー県知事が市町村長と警察署長に宛てた命令である。

一九四一年六月二日の法律は、ユダヤ人の人口調査を行なうよう求めている。近日中に、調査実施のため、貴職宛てに実施方法書と当事者に記載させる質問票を送付する予定である。それまでの間、当事者からの届け出が行なわれる以前に、貴職の管轄する市町村に居住するすべてのユダヤ人ないしはユダヤ人と見なされている人物の一覧表を、「秘」扱いで作成されたい。(37)

県公文書館には、「オート＝ピレネー県庁に個人として届け出を行なったフランス国籍および外国籍のユダヤ教徒」の詳細な一覧表が保存されている。知事は、ユダヤ人たちによる法律の遵守について、満足の意を表明した。「一九四一年の人口調査は、このようにオート＝ピレネー県のユダヤ人コミュニティーによって大いに尊重された」。私がタイプ打ちされた長大なリストに並ぶ名前を見ていると、詳細な説明つきの名前が目に入った。

ビルンボーム・リュート（出生時の姓はキュプフェルマン）、24 13《ママ》生まれ、ポーランド人、無職、
ロシェ小径一七番地

ビルンボーム・ジャコブ、一九〇一年五月二六日生まれ、ポーランド人、皮革製品製造職人、ロシェ小径一七番地

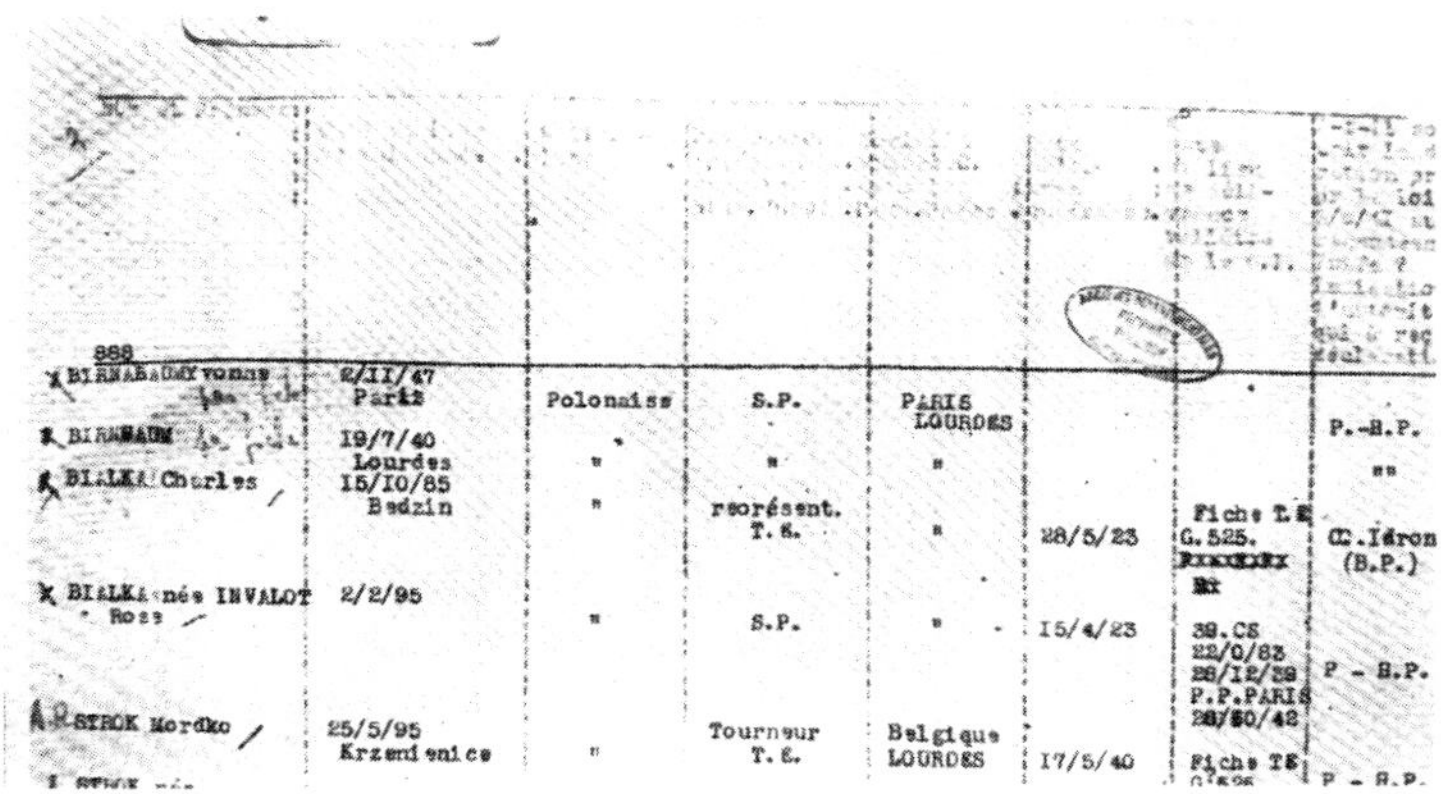
888 BIRNBAUM Yvonne	2/II/47 Paris	Polonaise	S.P.	PARIS LOURDES			
BIRNBAUM	19/7/40 Lourdes	"	"	"			P.-B.P.
BIALKA Charles	15/10/85 Bedzin	"	représent. T.E.	"	28/5/23	Fiche T.E G.525.	C.Idron (B.P.)
BIALKA née INVALOT Rose	2/2/95	"	S.P.	"	15/4/23	39.CS 22/0/83 26/12/39 P.P.PARIS 28/50/42	P - B.P.
STROK Mordko	25/5/95 Krzemienice	"	Tourneur T.E.	Belgique LOURDES	17/5/40	Fiche TE	P - B.P.

1941年のユダヤ人調査リスト。「姉と私は、調査により確認されたユダヤ人にカウントされた」

ビルンボーム・ピエール、一九四〇年七月一九日生まれ、ポーランド人、ロシェ小径一七番地

ビルンボーム・イヴォンヌ、一九三七年一一月二日生まれ、ポーランド人、ロシェ小径一七番地[38]

姉と私は、調査により確認されたユダヤ人にカウントされたが、警務部長でドランシー収容所の所長でもあったジャン・フランソワは、一九四一年一一月に、「私の責任下にある部署では、子供に関しては一切届け出がない」ケースが多いと嘆いている[39]。この公式文書に関し、母の生年が間違っていることに加えて、私が驚いたのは姉と私の名がリストに載っていた事実である。多くの年月が経ち、いくつもの世代が私たちの後に続いている。しかし、公文書は、私が考えてもみなかった事実を今も保存していた。大量検挙と収容所送りが迫ることを示すと同時に、この公式な記録には大きな間違いがあったのである。パリ生まれの姉とル

ルド生まれの私は、届け出によりフランス国籍を有しており、両親のようにポーランド人ではなかった。一八八九年の国籍法は改正されておらず、その後も改正されなかった。私が生まれた直後、七月二二日に制定された帰化取り消しの法律が私たちに影響を及ぼした可能性はあるが、両親は外国人だったために無関係だった。それでも、この法律の適用範囲を広げることで、姉と私はその対象となりえたのであった。というのは、届け出により私たちが獲得した国籍を、暗黙のうちに取り消すものだったからである。私たちが「ポーランド人」だとされることには、大きな危険があった。私たちのフランス国籍は、実際のところあまり役に立たなかった。何千というフランス国籍の子供のユダヤ人が、帰還の希望もなしに収容所送りとされ、また特に地方において多数のフランス国籍のユダヤ人が、実際には容認を意味するヴィシーのごく控えめな抗議にもかかわらず、収容所に送られたからである。(40)「反ユダヤ主義国家」が樹立され、他の多くの県もユダヤ人を追放した。アリエ県、ヴァール県、サヴォワ県、オート＝サヴォワ県、オード県、ピレネー＝オリアンタル県、ブーシュ＝デュ＝ローヌ県、アルプ＝マリティム県である。在リモージュの県知事は、「リモージュ市から、居住する外国籍ユダヤ人を全員排除する(41)」と決定した。

しかし、一九四一年七月一九日、私の一歳の誕生日に「ルルド警察署長が知事に宛てて作成した市内に居住するユダヤ教徒」リストには、両親の名前はなかった。一九四一年一〇月九日、父はルルド市労働部から出頭を命じられた。ジャック・ビルンボームは「配偶者からの届け出によれば、タルブ市フォッシュ通り四六番地の二に所在するCAP社に勤務している」。父が毎日出勤するコントワール・エ・アトリエ・ピレネヤン（CAP）社は、厳重に監視されていた。支配人も、一四人の従業員もユダヤ人だったからである。[42]そのために、当局はこの会社に特に注目しており、一九四一年七月には、警察の警部がCAPの「廃業の可能性も含めて一時閉鎖を」行なうよう提案していた。同社が「ボルシェビキの巣窟であり、政府にとって本格的な脅威を示している」[43]から、というのである。一〇月一三日には、この会社のユダヤ人従業員のリストが、オート＝ピレネー県知事（外国人課）に伝達された。同じ頃、県庁の別の文書は、父を「引き続きルルドに居住し、外国人労働者のグループに加入しうる外国人」だとしている。父には、六〇二四番という識別番号が付された。[44]

詳細なデータを収集した調査に加えて、一九四一年一二月には、居住地の警察署もしくは憲兵隊支隊に出頭して、身分証に「ユダヤ人」との押印を得ることが義務づけられた。これは、占領地域ではすでに一九四一年一〇月以来義務化されていた。ユダヤ人問題庁長官グザヴィエ・ヴァラは、一九四一年四月に、この措置を適切だと見なしていた。一九四二年一月二八日に、ユダヤ人問題庁が起案した法案がユダヤ人の監督を強化するために、この占領地域の措置を迅速に拡大させるよう促した。一九四二年一二月一一日に採択された法律は、自由地域のユダヤ人全員について、身分証の氏名、生年月日等がある面に、縦一センチの文字で「ユダヤ人」と記載するよう義務づけた。各県知事は、首相ピエール・ラヴァルが署名した「ユダヤ人種の者全員」を対象とする政令《デクレ》が厳密に適用されるよう、留意すべきものとされた。父と母は、後年、この屈辱的措置について語ることはなかったが、罰則が設けられていたためこれに従った。これらの措置は、誰が見ても父と母を排除するものだった。私が目にした二人の外国人用の身分証明書を見れば、それは明らかだった。オート＝ピレネー県庁で私が見つけた、「外国人」である父に関する資料により、父は「ジャコブ・ビルンボームはフランス国籍〔文書では下線付き〕の子供の父親」とされ、数度にわたり身分証を更新していたことがわかった。最初の身分証は一九四一年六月一六日発行で職業は「労働者」とされており、更新申請の受領証には「フランス国」との記載があった。この身分証は法令に適合したものだ。一ページ目には、「フランス共和国」の記載の下に、規定の一センチを上回るサイズで、青く「ユダヤ人」の文字があった。内側の、氏名等を記した面にも、同様の記載があった(45)。姉と私は、この証明書の表紙にフランス人として記載されており、私は生後一〇カ月とされている(46)。母に関する文書も寸分違うところがなく、わずかに有効期限と更新日が異なるにとどまる。一九四一年一〇月一四日、母は外国人証の延長を申請し、新たな有効期間は一九四二年一月一四日までとなった。この身分証は一九四二年一一月二八日まで、次いで一九四四年一一月三日まで延長されるが、一ページ目の「フランス共和国」の文字の下に、これも規定の一センチを上回る大きな文字で、「ユダヤ人」と押印されていた。二ページ目の氏名等の上の部分にも、同じ記載が見られた。姉（四歳）と私（一歳）は、延長申請書の付属文書と身分証の裏面に名前が載っている(47)。

ドイツばかりでなくヴィシーが行なった反ユダヤのプロパガンダは、ますます成果を上げていた。

各県知事からの月次報告書に、多数の例を見ることができる。一九四一年八月三〇日には、「ユダヤ人を居住指定にすることで、市場への物資供給に好影響が得られる可能性がある」との報告があった。一九四二年五月には、「彼らが闇市場で、依然として売買を行なっているとの批判がある」[48]とされている。地方新聞や、民兵団あるいは戦士団保安隊などの過激な団体の地方支部は、こうした噂を流布させ、偏見を助長しようと努めた。これとは反対に、オート＝ピレネー県知事のルネ・ル・ジャンティは、行き過ぎを戒め、体制に忠実であることを明らかにしつつも、極端な動きを警戒していた。一九四二年一月、内務省ではなく直接ＣＧＱＪに提出した報告書に、彼は以下のように書いた。

オート＝ピレネー県に避難したあらゆる国籍のユダヤ教徒は、非常に多数に上る。（中略）その中にはあらゆる種類の者がおり、不法売買を行なう者もある。これらの者は強制収容所に収容すべきであり、本職指揮下の警察による取り締まりの対象となるか、農村部の町村に強制的に居住指定されている。（中略）古くからこの地方に居住し、何年も前に始めた商売で生計を立てる者もおり、その中には県の行政や政治に関与した者も含まれる。また、不可欠な慈善事業に、まったく私心なしに尽力した者もある。（中略）遺憾なのは、違法行為に手を染める者を追跡するために派遣されてくる各組織の代表が、この二種類のユダヤ人を区別せず、セクト主義とも呼ぶべき不適切な手法をもって業務を遂行しようとすることである。このために、本職は介入を余儀なくされたうえ、かかる悪習が拡大するならば、フランスから追放しようとしている人種が人の目に好ましいものと映るようになると思われる［この文の後半は鉛筆で取り消し線が引かれ、以下の文が加えられた。「求めているのと反対の効果を生むのではないかと思われる」］。ご参考までに、本職からユダヤ人問題庁長官に宛てた、ユダヤ教徒が経営する皮革製品製造会社ＣＡＰに関する書簡を、本報告書に添付する。この件以外にも、各組織の代表たちが十分な思慮なしに行動した例を列挙することは容易である。望ましからざるユダヤ人を、青少年に対する影響力、もしくは政治経済的な影響力を行使する可能性のある立場から遠ざけるのは当然としても、あらゆる商業活動を行なうことを妨害するのは間違いだと思われる。その場合、彼らは生活のために「違法売買」に手を出さざるをえず、そうでなければ彼らは自治体の負担となることになる。外国人のユダヤ教徒を排除できない限り、彼らに職業的活動を全面的に禁止しないことが妥当ではないかと思料する次第である[49]。

ヴィシーとグザヴィエ・ヴァラ――彼は当初、「あらゆる国籍のユダヤ教徒で、強制収容所に収容すべき者」、「本職の指揮下の警察により取り締まりの対象となる者」と、そうした扱いをするのは「不適切」な「古くからこの地方に居住している者」を区別しようとしていた――に近いル・ジャンティ知事は、時代の空気に合わせた。彼の書く報告書は複雑でわかりにくく、持って回った表現で、慎重だった。彼は後に、一部のレジスタンス活動家を助けさえし、何人かのユダヤ人は彼が無実だと認められるよう、彼から寄せられた援助について証言することになる。それでも、彼の報告書は何年も前から「居住」するフランス国籍のユダヤ人を実利的な理由で保護しようとする一方で、フランスから「追放」すべき外国籍のユダヤ教徒をできる限り早急に収容所に移送したいとの考えを隠していない。この人々について、彼はこうも書いた。「外国人のユダヤ教徒を排除できない限り、彼らに職業的活動を全面的に禁止しないことが妥当ではないかと思料する」。そして、父が勤務する皮革製品製造工場の例を挙げて、暫定的に活動を継続させるよう求めた。それは、少なくとも、私の父を含む外国籍のユダヤ教徒を「排除」することが不可能である限り、これ以上の労働者を失業させることを回避するためだという。これは、フランス人労働者の職の確保につながると想定された。

一九四二年一月二日、内務省は通達により、自由地域において、一九三六年一月一日以降にフランスに入国したユダヤ人の人口調査の実施を命じた。これが、その後のユダヤ人一斉検挙の準備を効果的に行なわせることになる。危険を察知したユダヤ人たちは、フランスを離れようと試みる。一九四二年一月に、オート＝ピレネー県のル・ジャンティ知事はこう指摘した。「外国籍のユダヤ人の大半は、リスボンに赴くため、あるいは彼らの移住を支援する組織が所在するマルセイユに向かうために、通行証（旅券）を申請した」[50]。同知事は、四月にこう書いている。

ユダヤ教徒の社会は、県内の施設に彼らを収容するための措置が取られるとの発表に動揺したようである。この措置から逃れようとするいくつかの反応と試みはあったが、もし当初選定された以外の場所を準備するようにとの指示がなかったならば、この措置は予定どおり実行に移されただろう。多くのホテルや独立家屋があるコトレが恐らくその場所として指定されるであろう。[51]

さらに、六月には、いま一度この政策の実利的側面を強調しつつ、彼はこのように書いた。

一九三六年以降にフランスに入国したユダヤ人のコトレへの集合は、つつがなく実行された。留意すべき点として、コトレが選定されたのには、この町のホテル経営者たちが、裕福なユダヤ教徒が滞在するようになれば収入が得られるだろうと見込んで、自ら要請を行なったという事情がある。したがって、この町の住民から抗議が寄せられる心配は無用である。[52]

一九四二年七月および八月は、大きな転換点となった。占領地域においても、またこの時期以降は自由地域においても、容赦のない検挙が次々と行なわれた。以後対象となったのは、一九三三年以降にフランスに入国したユダヤ人である。[53] ルルドでは、警察は地元の警察の協力と五名の憲兵隊の護衛を得て、二八家族を逮捕しようと考えていた。二台のトラックと、燃料六〇リットルが用意された。県庁からの指示は、外国籍のユダヤ人をタルブ、次いでギュルスに連行するとしていた。[54] ルルドで大規模な検挙が行なわれたのは、八月五日である。知事から係官への命令は、明快である。「逮捕は騒ぎとならぬように、また併せて可能な限りの温情をもって実施されたい。(中略) 暴力的な行為、また暴言の類は慎まれたい。収容されるのは、犯罪者でも、行政上の拘留者でもないからである」。[55] ラビのアルトマイアーを含む多数の人々の逮捕は、尊敬され、魅力的なこのラビに愛着を抱くユダヤ人難民を動揺させた。警察官が記入した逮捕の報告には、次のような記載があった。

我々は、グロット大通り二五番地に向かった。（中略）当人は一時不在だったため、住居の周辺を監視しつつ帰宅を待った。数分後に、アルトマイアーが帰宅した。彼はこう述べた。「私がラビのアルトマイアーです。一九〇〇年一二月一六日に、ドイツのフレアシュタイン・アム・マインで生まれました。独身です。父はヨーゼフ、母はベルタ・ディーツです。確かに、私は収容の対象となります」。我々は、アルトマイアーに法の名において逮捕する旨を伝達し、タルブに連行した。[56]

当時、両親はロシェ小径の住居を引き払い、ラビのアルトマイアーが逮捕されたのと同じグロット大通り二五番地を住居としていた。幸運にも、何らかの予感があったのか、あるいは大量検挙が近いと知らされたのか、二人は逮捕を免れた。一九四二年九月、ルルドの警察署長はこの一斉逮捕が適切な手法で行なわれたとして自賛した。「外国籍ユダヤ人の集合と退去の措置は、最も適切な手法で実施されたことは間違いない。しかしながら、一斉逮捕が多くの人々の知るところとなったことも確かである」。[57] ヴェルディヴ一斉検挙事件の直後、検挙された人々に対する非人間的な扱いに衝撃を受けたフランス世論の変化を確認する形で、[58] 同じ地方の別の報告書はこう述べる。「外国籍ユダヤ人の逮

姉イヴォンヌと著者。1942 年初め、ルルドのロシェ小径 17 番地にて

捕という措置は、多くの人の注意を引くところとなった。世論に大きな動揺を引き起こしたことは、事実である」。バニェール゠ド゠ビゴールの警察署長も、知事に宛てた報告書で「措置の実行にあたっては、いかなる混乱も起きなかったが、駅では高い品位をもって、控えめな同情と連帯の意思表明が見られた」[59]。バス゠ピレネー県では、オロロン駅からギュルスに向けて最初の移送者を乗せた列車が出発して以降、収容所に送られる絶望した人々と、彼らとの連帯を表明する人々の姿が見られた。一九四二年八月八日付の警察の報告書によれば、「住民らはユダヤ教徒たちの移送に同意していた（物価高、物資の不足等ゆえ）。そうした気持ちはありながらも、家族を分散させる措置については否定的な意見が見られる。それは、健全な住民たちも同様な意見である……。外国人を一カ所に集合させることについては誰もが賛成するが、この措置の実際の運用が厳格すぎると受け止められている[60]」。

八月二六日付の、国家警察総合情報局オート＝ピレネー県支部の警部が作成した報告書は、この分析の見解を共有していた。

ユダヤ教徒たちの逮捕は、間違いなく住民たちに大きな動揺をもたらした出来事である。この件について、ユダヤ人たちはポーランドに移送され、家族はばらばらになり、子供たちは両親から引き離される、といったことが語られた。（中略）従来見られた彼らに対する警戒よりも人間的な感情がまさり、聖職者とカトリック信者たちが最初にこうした感情を明らかにした。当初、住民たちはむしろ無関心のように思われた。外国出身のユダヤ人の存在が闇市の原因だと見なされていたうえ、多くの人々が「厄介払いだ」と口にしていた。しかし、いざ逮捕の段になると、ユダヤ人に対する同情の声が上がった。泣き声や、絶望から出た叫びが、その場に立ち会った人々を動揺させた。地元でよく知られた有力者が、率先して食事を配ったり、病人を介抱したりすることで、手本を示した。（中略）特に、ルルド、タルブおよびコトレで、こうした場面が見られた。[61]

バス＝ピレネー県でもオート＝ピレネー県でも、こうした絶望と暴力を伴う場面は、住民の一部に強い衝撃を与えた。こうした抗議の声を知ったためか、三人の高位聖職者、トゥールーズ大司教のサリエージュ猊下、モントーバン司教のテアス猊下とアルビ大司教のムサロン猊下は、教会の名において、我々の「兄弟」であるユダヤ人に対する野蛮な検挙に対して、ようやく声を上げた。この三人は、ともにオート＝ピレネー県を含むフランス南西部にある司教区の最高責任者である(62)。これは、反ユダヤのプロパガンダと外国人排斥につながる根深い偏見にもかかわらず、罪のない難民の非人道的な検挙に衝撃を受けて、世論がこの問題を明確に意識した瞬間であった。教会幹部の断固とした発言は、それだけに重みがあった。この地方で特に多かった農村部の住民たちにとって、迫害されるユダヤ人に救いの手を差し伸べるよう促すものだったに違いない。

警察あるいは民兵団に追われ、またときとして密告され、ユダヤ人は隠れるか、行方をくらまそうとした。それは、ユダヤ人の多くが毒ガスによる虐殺に関する情報を得ていたことによるものだ。一九四二年一〇月二日、ポーの警察署長は次の文書をバス＝ピレネー県知事に送付した。

小職は、ポーのユダヤ人社会の一部において、ドイツではユダヤ教徒が毒ガスの人体実験に使われているとの噂が囁かれているとの情報に接到した。ポーのユダヤ人たちは皆、ごく最近フランスからドイツに向かった列車のうちの一本に乗っていた全員が殺害されたと信じている。（中略）ポーおよび周辺地域のユダヤ人社会では、ドイツが病人、老人、身体障害者を集めているのは、中央ヨーロッパに所在する収容所にて細菌および毒ガスに関する実験を行なうためだとの説が流布している(63)。

この文書は、注目に値する。というのも、早くも一九四二年一〇月初めには、中部ヨーロッパにある「特別収容所」で、ユダヤ人がガスを利用して虐殺されているとの情報が、ポーにまで伝わっているからである。これほど明確で具体的な知らせがポーまで届いているときに、どうして「知らなかった」と主張できるだろうか。なすべきは逃げること、死を避けることであった。トゥールーズのCGQJの捜査官は、一九四二年九月に、次のように記した。「商売（多くの場合、闇市あるいは違法な取引）のために特定の場所に縛られていないユダヤ人は、農村地帯に散らばって行った。（中略）家族は、小さな村に避難させた。（中略）彼らは、警察の捜索から逃れるための隠れ家を求め、逮捕に備えて避難場所を探している[64]」。別の捜査官は、不法滞在のユダヤ人に対する司法の寛容な態度――逮捕を避け、結果として逃亡を可能にするなど――を批判し、「けしからんユダヤ＝アングロサクソンの殺し屋ども」を非難し、「ユダ公と、ヘソが泥と血で汚れた悪徳司法官の共謀」を糾弾した[65]。

こうした大量検挙により、一九四二年末までに、フランス全土で四万二〇〇〇人が逮捕され、移送された。その中には、たとえばヴェルディヴ事件の際に見られたように、無国籍ユダヤ人を親とする、フランス国籍を保有する子供たちが何千人も含まれた。直後に県庁が作成し、公表した「指名手配外国籍ユダヤ教徒」リストには、「ビルンボーム・ジャコブ、ポーランド人、ルルド在住」との記載がある。父の名は、他の複数の指名手配リストにも載っていた他、「トート機関〔ドイツ軍の関連機関で、大西洋岸に連合軍の上陸作戦に備えた防護壁の建造等を行なっていた〕の業務を請け負うフランス企業[66]」での労働が禁じられた人物リストにも掲載されていた。父が警察に追われていた頃の、八月二九日の日付がある「フランス国、オート＝ピレネー県庁」のレターヘッド入り調査用紙に、次のような記述が見られる。

ルルド警察署長におかれては、ロシェ通り一七番地に居住するフランス国籍［取り消し線で削除］のユダヤ教徒ビルンボームに、娘のイヴォンヌ（三七・一一・二生まれ）のフランス国籍取得方法につき、説明を求められたい。

父は、誰にでもわかる特徴ある筆跡で、文書に記入した。「娘のイヴォンヌは、選択によりフランス国籍となったことを報告します」。次の質問は「長男ピエール（四〇・七・一九生まれ）の国籍取得の方法」である。父は、「息子のピエールが、選択によりフランス国籍となったことを報告します」と回答した。父は二度にわたり、「届け出により」ではなく、「選択により」と記した。前者が、法令上の正式な用語であるにもかかわらず。それは、あたかも、フランスへの同化を図るとの意思を際立たせ、熟慮のうえで子供たちがフランス人となることを選んだのだと強調しているかのようであった。そして、父はやや丸みを帯び、右に傾いた、その後も変わることのなかった私のよく知る筆跡で署名した。(67) こうした非常に困難な状況の中で、父はまたしてもドイツ当局と民兵団にとって非常に重要な情報源となる文書に記入したのである。今度は、姉と私はもはや「ポーランド人」ではなく、確かに

「選択によるフランス人」となったのである。奇妙なことに、父は今回はポーランド人ではなく（当時はまだポーランド国籍だったのだが）、「フランス国籍のユダヤ教徒」とされていた。

フランス国籍であれ外国籍であれ、ユダヤ人たちは今や生命を脅かされていると知っていた。ポーランドに残った家族は虐殺にあい、父の姉妹のギニヤと娘のペピーは一九四二年八月にフランス警察によってシャトールーで逮捕され、抑留先で亡くなった。私がサムおじさんと呼び、最後まで親しくしたギニヤの夫で当時六〇歳を超えていたシモンだけが、逮捕を免れた。一九四二年一一月、オート＝ピレネー県知事は、ユダヤ人たちが途方に暮れている様子を月次報告にこう記した。

ユダヤ人――彼らの活動は、常に同様の特徴を備えている。第一グループは国外に脱出しようとする者たちで構成される、最大のグループである。あらゆる手段を用いて、影響力を持つすべての有力者を動員している。ある書簡には、次のようにあった。「君は今では洗礼を受けたのだから、パスポートを取得できるようバチカンの協力を得たらよいではないか」。第二グループは、いずれ「状況が改善する」と期待し、フランスにとどまり、「仕事をし」ながら頑張り抜こうとする者たちである。第三グループは、イスラエルを否認し、非ユダヤ人証明書を求める者たちである。

（中略）

外国籍のユダヤ人のほとんどは、フランスを離れてアメリカに渡ろうと望んでいる。(68)

一九四二年一一月に自由地域が消滅すると〔一九四二年一一月八日に連合軍が仏領北アフリカに上陸すると、ドイツは報復としてフランス全土を占領下に収めた〕、ゲシュタポがタルブ、アルジュレス＝ガゾストおよびルルドに拠点を置いた。ルルドではホテル・デ・ネージュを占拠し、一方で国境警備隊は山岳地帯に展開して、スペイン側への越境を監視していた。一二月には、知事によれば、

占領軍部隊の到着時には、特段の問題は生じなかった。民間人も軍人も、冷静に、品位をもってこの事態を迎えた。ドイツ当局は、県庁との関係において、非常に礼儀正しい態度を示した。（中略）ドイツ軍の存在は、自由地域においてもはや安心して暮らせないと感じる一部の住民に恐怖を感じさせずにはいなかった。ユダヤ人とその他のグループに属する外国人難民の一部は、ドイツ当局が自分たちに不利な措置を取るのではないかと怯え、ピレネー山脈の向こう側に逃れる可能性について情報を得ようとしている。(69)

今や、ドイツとフランスの警察が共同で行なうユダヤ人狩りの妨げとなるものは何もなかった。一九四三年には、一年を通じて取り締まりが強化され、逮捕者数は増加した。それに伴い、ギュルス、ドランシー、アウシュヴィッツへの移送者数も増えていった。恐怖が支配していた。この地域のユダ

ヤ人は、強い不安を抱くようになった。一九四三年二月に、二〇〇〇名からなるドイツ軍部隊がルルドに入り、市内の二六軒のホテルに分散して宿泊するようになったことも[70]、不安を増幅させた。大量検挙が行なわれているそのとき、母は姉と私を連れて、コトレのホテルに避難していた。母は、ドイツ兵が避難してきていたユダヤ人難民をホテル内で手荒く逮捕する中、ホテルの出口に向かったときの様子を何度も話してくれた。母は姉と私を一人ずつ片手でつないで、ドイツ兵の間をすり抜け、ホテルを後にすることに成功したのだった。狭い谷の反対側に身を隠した私たちは、母が後にやはり何度となく語ったように、驚くほど暴力的な場面の証人となった。老人たちが殴打され、病人は窓から投げ落とされ、ユダヤ人難民たちは容赦なく、先に引用した報告書にあったような「適切な」やり方とは異なる手法で、トラックに押し込まれた。いたるところで、それまでの歯止めもきかなくなり、フランス国籍のユダヤ人も、外国籍のユダヤ人の子供でフランス国籍の者も、あるいは一九二〇年代に入国した外国籍のユダヤ人も追われるようになった。

知事たちの報告書は、ユダヤ人難民が感じていた恐怖を証言している。一九四三年三月六日付の報告には、次のようにある。「不安定な状況が継続している。特に、直近の一連の逮捕が、そうした状況を作っていると思われる。フランス国籍のユダヤ人は、現在、大きな不安を感じ、それをあらわにしている」。三月二三日には、「ユダヤ教徒の社会を見ると、あたかも猟師に追われる獣のような日常を過ごしている様子が窺える」。四月四日には、「脅かされ、追われ、ドイツ警察の取り締まりに対する不安が感じられる」と強調する。四月一一日には、「彼らの不安は、最近のルルドにおけるドイツ警察の取り締まりにより一層強くなった」。一一月一四日には、「彼らは非常に大きな不安の中で生活している。占領当局がまた大量検挙を行なうのではないかと恐れているからである。（中略）一九一四－一九一八年に、あるいは一九三九－一九四〇年に義務を果たした者たち（兵役により従軍した人々を指す）は、深い恨みを抱いている。これは、占領当局の厳しい決定に対して、政府が可能な範囲で彼らを保護するための行動をまったく取ろうとしないことによるものである」[71]。当局の要求を満たす正式な証明書以外に、両親は今では逮捕を回避するための偽造文書を保有していた。家族が保存していた書類のうちには、一枚の偽の身分証明書があった。それは、一九一二年一二月二四日メス生まれのマリー・ルネ・ビルー（出生時の姓はネステール）のものである。この証明書には、彼女は一九四三年一月一五日に、ルルドに転居したと記載され、必要な公印がすべて押されていた[72]。母の想像上の出生地として、偽造の身分証にメスが記載されていたのは驚きだった。というのは、個人的にも、また私の仕事に関しても、メスは非常に重要な都市だったからだ。私は、一七世紀および一八世紀の、この都市におけるユダヤ人の歴史に関する本を二冊出版している[73]。しかも、これらの著作の出版後、二〇一七年に私はメスの名誉市民となり、立派なメダルを受け取ったのである。そのメダルを、私は大切に保存している。

それは組織間の連携不足のなせる業《わざ》だったのだろうか。一九四三年三月九日、父は一九四四年三月七日まで有効の身分証の有効期限の延長を申請し、知事の「ご高配」を要請した。父は知事に「深甚なる敬意」を表し、一九四三年四月一三日に申請が承認された。身分証には、担当官の手で、次の記入があった。「当該人は、宗教および国籍に関する理由からパリに戻ることができないため、自由地域での滞在を希望する趣」(74)。ユダヤ人狩りが行なわれる中、両親は住居を移転したようであるが、医師の証明書に基づいて一九四三年五月一〇日から一九日まで有効な通行証の発行を受けていた。

以下の外国人は、医師の証明書に基づき、一九四三年五月一〇日から一九日まで有効な通行証の発行を受けた。

ビルンボーム・ジャック
住所　グロット大通り二五番地
デュパ医師作成の証明書による
目的地　バス＝ザルプ県ディーニュ市
ビルンボーム・リュート（中略）夫に同行(75)

スペインからごく近いとはいえ、幼い子供を連れて国境を越えることは不可能だった。特に、ピレネー山脈越えのルートは、ドイツ軍の厳重な監視下にあった(76)。両親がイタリア軍占領地域にあるバス＝ザルプ県のディーニュに向かおうと計画したことは理解できる。イタリア軍支配下の地域は、ユダヤ人に対してより寛容だった。とはいえ、この地域もこの年の九月八日には、ナチスにより占領されることになる。[77] 両親がこの計画を実行に移すには、時間が足りなかった。もし実行していたら、あるいは私たちは破滅していたかもしれない。イタリア占領地域にドイツ軍が侵入し、ここに避難していたユダヤ人たちは巨大な罠にはまって、逃げ道を絶たれたからである。イタリア占領地域行きの通行証の申請が多数寄せられたことを意外に感じた警察署長は、次のようなコメントを付け加えた。

外国人、特にユダヤ教徒がなぜこの地域に向かおうとするのか、その正確な理由を探ってみると、イタリアの影響下にある地域ではユダヤ教徒がよりよい扱いを受け、より自由であるとの情報があり、そこに彼らが大挙してサヴォワやイゼールなどの県を目指す原因があるものと見られる。ついては、知事殿におかれては、追加的な指示を出されるよう願いたい。[78]

一九四三年八月三日、ルルドにとどまっていた父は奇妙なことに、一年前に取得した、タルブにある皮革製品製造工場への通勤を可能にする通行証の更新を認められた。[79] 一九四三年は、一年を通じて検挙が何度も行なわれ、ユダヤ人狩りは頂点に達し、極度に過激化していた。包囲網は狭まりつつあった。警察から追われていると知った父は、修道院長の助けを借りて、タルブの女子修道院に逃げ込んだ。危ういところだった。県公文書館では、一九四三年九月九日作成の「ノエ収容所に連行が予定されていた外国人のうち、逮捕できなかった者」のリストを閲覧できるが、そこにははっきりと私の父、ジャコブ・ビルンボームの名前もあった。[80] 一二月一七日、トゥールーズに勤務するユダヤ人問題庁の捜査官ド・スペンスの長文の調査報告書が、それを裏づけている。一九四一年六月一六日にルルド警察署が発行した身分証明書39 AE 32945を持つ「ポーランド出身のユダヤ人、ビルンボーム・ジャコール《（ママ）》の事案」に係る報告である。

ビルンボームの逮捕状は、四三年六月九日に発行されており、同人はニユエ《（ママ）》収容所に連行され、トート機関で労働に従事する予定であった。

オート＝ピレネー県に住む多くのユダヤ人と同じく、ビルンボームは九月八日に一斉逮捕が予定されていると事前に察知し、逃亡に成功した。

しかしながら、小職としては、現在ビルンボームがルルドに戻っていると確信するものである。

同人の妻は、グロット大通り二五番地所在のホテルに彼とともに滞在していたが、事実このひと月余り、ごく稀にしかこのホテルに宿泊していない。

このところ、小職は三度にわたり、早朝にビルンボームの居所を訪ね、事情聴取を行なおうと試みたが、妻が夜のうちに戻らなかったことを確認できたにとどまった。妻は時折、日中に郵便物を受け取りに戻っている。

結論として、ユダヤ人ビルンボームは、ＳＴＯ〔強制労働徴用。ヴィシー政権がドイツにおける労働を義務づけた制度〕を逃れ、現在逃亡中である。同人はルルドないしは近隣に隠れている可能性が非常に高い。

COPIE

COMMISSARIAT GENERAL AUX QUESTIONS ~~JUIVES~~

23

Toulouse, le I7 Décembre I943

Inspecteur : DE SPENS

Rapport : N° I567

Dossier : N° I4I6

Objet : Contrôle d'activité

Affaire : BIRNBAUM Jakole - Juif Polonais -

Lieu : Lourdes -(Haute Pyrénées)-

Origine : S.E.C. Paris par S.E.C. Vichy

Référence: Rapport N° I2.439 du 3I/7/43 et S.E.C.V.-N° 9604 du 6/8/43.

- RAPPORT D'ENQUETE -

BIRNBAUM Jakole - Juif Polonais recensé dans les Hautes Pyrénées -
Né le 26 Mai I90I à VARSOVIE
Nationalité : Polonaise

Profession : Cartonnier

Carte d'identité délivrée à Lourdes par le Commissariat de Police sous le N° 39 AE 32945 en date du I6 Juin I94I.

Arrivé à Lourdes le 28 Juin I940.

BIRNBAUM a fait l'objet d'un mandat d'arrêt en date du 6/9/43 et devait être conduit au camp de NUE afin d'être affecté à l'organisation TODT.

Comme beaucoup de Juifs des Hautes Pyrénées, BIRNBAUM a eu vent de la raffle qui devait avoir lieu le 8 Septembre et a pu s'enfuir.

Cependant, j'ai actuellement la certitude que BIRNBAUM est revenu à Lourdes, En effet, sa femme qui habitait avec lui dans un hôtel 25, Boulevard de la Grotte, ne vient plus y coucher que très rarement depuis plus d'un mois.

Je me suis rendu ces tous derniers temps à trois reprises différentes, très tôt le matin à son domicile afin de pouvoir l'interroger et je n'ai pu que constater qu'elle n'était pas rentrée de la nuit. Elle revient quelquefois dans le courant de la journée pour retirer son courrier.

CONCLUSION : Le Juif BIRNBAUM, défaillant du S.T.O., est actuellement en fuite. Il serait très vraisemblablement caché à Lourdes même ou dans les environs immédiats.

L'enquête continue dans les Hautes Pyrénées afin de retrouver le Juif BIRNBAUM et sa famille.

F.B.

- C O N C L U S I O N -
DU DELEGUE REGIONAL DE LA S.E.C.

De l'exposé ci-dessus, il résulte que BIRNBAUM habite bien à Lourdes, mais que défaillant du S.T.O., il se cache dans cette ville ou dans les environs immédiats.

Les recherches continuent en vue de le retrouver.

......./

ユダヤ人問題庁ド・スペンス捜査官の報告書〔AJ 38/2353, dossier n° 17047〕

ユダヤ人ビルンボームおよびその家族の行方を突き止めるため、オート＝ピレネー県内にて捜査を継続中である。[81]

この時期には、逮捕を免れるために、家族はかなり以前から分散していた。他の多くのユダヤ人たちも、散り散りに農村部に避難した。[82] 一九四二年の一斉検挙以降、最悪の事態を避けるために、姉と私はいくつもの宗教施設、孤児院、診療施設あるいは一般家庭に預けられた。後に母が悲しげに思い出したところでは、この試みはうまくいかなかった。ある場所では私たちは不潔で虫に喰われ、別の場所では乱暴な扱いを受けた。ルルドの市場で、母はある女性と会う約束をした。フェリシーである。彼女は、山のほうに住んでいて、市内のホテルのシーツを洗濯してアイロンをかけ、それをホテルに届けていた。すぐに、互いに信頼感を持てることがわかった。私たちはロバが引く荷車に乗って、すぐ近くのピレネーの山へ、オメックス村へと向かった。この村で、私たちは長くて危険な二年間を、隠れて過ごすことになる。しばしば、私はフェリシーに同行し、ロバの引く荷車に乗って、長い時間をかけていくつものホテルを回った。私は、細く曲がりくねった道の途中にある狭い休憩用のスペースでよく休んだ記憶がある。ロバが力を回復して、オメックスまでの緩やかな坂道を上れるようにするためである。事実と違うかもしれないが、目深にきつく巻かれた黒い三角スカーフの下の彼女の目が記憶によみがえる。

オメックス（オクシタン語ではオーメッツ）はビゴール地方の南側、フランス側ピレネーのラヴェダン地方の七つの渓谷の一つ、バッツルゲール渓谷（涸れ谷）にある村である。この渓谷には他にセギュス、オッセン、アスパンという三つの村があり、それぞれの距離はさほど離れていない。バッツルゲール渓谷の入り口にあるベスクンスの低い峠を越えると、オメックス村が突如として現れる。渓谷を抜ければ高い山々がそびえ、その向こう側はもうスペインである。オメックスに近づくと、ベウト山の頂上が見え、遠くにはアリアン山と、標高一三六〇メートルのピベスト山が目に入る。この山脈内の渓谷は世界中の先史学者に知られており、先史時代の宝物にあふれている。より新しい時代では、礼拝堂や教会が多数あり、いくつもの信心会の信者たちが深い信仰心を共有していた。オメックスでは、たとえばアンシアン・レジーム期に、病を得た信者たち、あるいは死の床にある者たちは、サント＝クロワ（聖十字架）信心会に加わった。教会の祭壇画を見ると、カトリックの影響力の強さを知ることができる。当時の写真を見ると、一九四〇年においてもなお、非常に多数の信者たちが教会を訪れていた。女性たちは、顔の両側を覆う被り物を頭にし、黒く長い服を着用している。そして、ルルドでも同様だが、一九世紀末に起きた聖なる出現を、敬虔な気持ちで想起するのである。オメックスで、マリアとファビアンの家から数十メートルしか離れていない聖サチュルナン教会の現在の祭壇画は、中央パネルがキリスト磔刑図であり、その両側のパネルには聖サチュルナンとペテロが描かれている。祭壇の浮彫りは、祈りを捧げる聖母と天使ガブリエルを表している。(83)

私の同業者、マルクス主義者で都市と都市環境における日常生活の社会学者であるアンリ・ルフェーヴルは、カンパン渓谷に関する博士論文を書いた。出会った当時は知らなかったのだが、彼はピレネー地方に深く根を下ろした人だった。彼はむしろ農村の人であり、民族誌学者としてピレネー地方の農民の生活慣習を描いている。私には意外だったが、この都市の社会学者は、私の地方であるビゴールの農民たちを結びつける絆には共同体的な性格があると強調した。オッセン、セギュスとオメックスには三つの村の共有財産があり、話し合いによる取り決めがあり、この三つの村を結びつける「明らかに古いタイプ」の共同体的要素が見られるという。後年、オメックスを訪ねたとき、私は村人たちの相互扶助や、自然を保護しようとする日常的な配慮に驚かされたものである。ルフェーヴルの目には、権力や財力を持つ者に対する強い警戒感の源にある地域的特性は、第三共和制下の急進主義となって表れた。その代表的な人物が哲学者アランであり、この思想傾向は不公平に対し個人としての抵抗を促した[84]。これが、迫害されたユダヤ人に対する実態を伴う連帯が現れた真の理由だろうか。反対に、たとえば、ごく近いアヴェイロン県では、居住するユダヤ人の五〇%が収容所に送られた。「この県では根深い反ユダヤ主義が見られ、陸の孤島のような農業県であるために、他者に対する恐怖に基づく外国人排斥の傾向がある。それゆえ、この県は実際にジェノサイドに加担したのだろうか[85]」。

小規模農地が散在するこの地方では、農民は菜園で野菜を栽培し、ささやかな暮らしを営んでいた。当時の家屋には、近代的な設備は一切なかった。トルコ式のトイレは、狭い庭の奥に位置していた。

正方形の中庭がある家の内部は暗い。マリアとファビアンの家の門をくぐると――今でも、私は門扉がきしむ音が聞こえるような気がする――、右側にはウサギ小屋が積み重なって置かれ、ウサギたちが動き回っている。反対側にある納屋に入って急な梯子を上ると、藁が敷き詰められた屋根裏では雌鶏たちが藁の中に卵を隠していた。私の任務は、それらの卵を発見することだった。家の中での生活場所は、広くて天井の低い一室である。この部屋は食堂であり、寝室であり、また洗い場でもあった。一九六〇年代に二階が増築されたが、私がいた当時は平屋だった。食事は質素だった。基本は豚肉、野菜とパンである。それに、年齢を問わずに、スープにはワインを加えて「シャブロ」にした。年に一度、オメックスの家でも、またマリアの姪のモニックと夫のフェリクスのセギュスの家でも、人の手助けも得て、中庭で豚一頭を殺した。豚は恐怖で叫び声を上げた。

この記憶は、いつの時代のものだろうか。戦後の、私がティーンエージャーだった時期のものではなく、非常に古い時代の記憶のように思われる。村はトウモロコシ、小麦、そしてライ麦の畑に囲まれ、人々は夏になると山の斜面で干し草を農業用フォークで集めて、牛が引く荷車に載せて村に持ち帰るのである。道は狭く、土の中には石ころが埋まっていて、荷車はカーブのたびに転倒しそうになるのだった。村に向かう緩やかな坂を下って目的地に到着すると、荷車に上った男たちがまた農業用フォークを用いて干し草の束を下ろし、手際よくリレーをして、最後の者が納屋の外側の小さな開口部から、干し草の束を中に滑り込ませた。この夏の終わりの時期には、手伝いに来てくれた農民たちを集めて、夜遅くまで宴会が催された。私はまだ学校に通っていなかった。ビゴール方言でたどたどしく話しながら、馬車の脇を私の黒い雌犬スーミーズとともに走り回り、時々牝牛たちを見ながらうたた寝し、なかなか牛小屋に入ろうとしない牝牛を追い込むためにスーミーズにガスコーニュ語で叫んで命令した。私は時折手伝いをしながら、干し草車の上で真っ赤なサクランボを食べていた。ブステュ川を見下ろす山の左側の斜面にある、冬に備えて干し草を貯蔵し、また農業用具を保管するための納屋のすぐ近くには、巨大なサクランボの木があったのである。

酪農地帯であるこの土地では、厳しい冬が過ぎると、牝牛たちは短い移動牧畜の時期を山の斜面で過ごした。ときには、朝早くから、登山用の靴を履いて険しい斜面をゆっくりと登り、近隣の峠にいる牝牛たちのところまで赴くこともあった。牛のつけている鐘の音で居場所が特定でき、それによって安全を確認するとともに水を与えることができた。後年になって、私はファビアンの後ろについて、ゆっくりと、急な坂道を上ってブステュを越え、巨大なピベスト山に面するプレ＝デュ＝ロワの方角に向かったものだ。ファビアンとマリアの牛がつけている鐘の音には特徴があり、すぐにわかった。この音が聞こえて、わずかな間、雲が消えると、牛の姿が見えてくるのだった。

村の生活は教会と、一日の重要な時刻を誠実に知らせてくれる鐘を中心として動いている。それは、オメックスの住民の社会的、また職業上の大きな変化にもかかわらず、今も昔も変わっていない。この村は、徐々にルルドもしくはタルブ、あるいはポーの市民にとっての安らぎの場へと変わってきたのだった。子供の頃、私は一日の活動を知らせてくれるこの鐘に従って生活した。後に、アラン・コルバンの『大地の鐘』(86)〔邦訳題『音の風景』〕をむさぼるように読んで、私はオメックスでの子供時代に

「私たちは、中央にビゴール式ストーブが置けるほど巨大なこの暖炉の周り、もしくは内側に集まった」。自宅のストーブの前のマリア

否応なく引き戻された。匿われた子供《アンファン・カシェ》だった私は、今でもはっきり思い出せるこの鐘の他には、生き延びるために他者にならねばならなかったあの年月の記憶をあまり持っていない。マリアの母親であるフェリシーのことは、あまり覚えていない。一部屋しかないこの家では、全員が同じ広い部屋で眠っており、私は暖炉から近い、部屋の右の角に置かれた寝台で、長いことフェリシーと一緒に寝ていたというのに。私たちは、中央にビゴール式ストーブが置けるほど巨大なこの暖炉の周り、もしくは内側に集まった。このストーブは黒色の鋳物製で、中央の円形の部分を注意深く持ち上げて、燃料の薪をくべる仕組みだった。その横には小さな椅子がいくつか置かれていて、私たちは体を丸めて座った。

マリアとファビアンは、いつまでもここにいた。一〇代の頃、長い夏休みの機会に、私はしばしばオメックスを訪れた。家の裏手の庭にある洗濯場で、マリアはシーツを洗いながら、わずかに横を向いて、小さな声で「来たのかい、ピエリオット」と言って、迎えてくれるのだった。マリアの目は大きく、瞳は灰色で、穏やかで明るい表情の顔の美しさと優しさは、黒あるいはグレーのスカーフを巻いていることでさらに強調されていた。そしてそこには歳月を経て、山のようなシーツや、あるいはホテルから出た、大声で鳴く豚の餌になる食品の残りがいっぱいに入った金属製の樽を積んだ荷車を押す――私自身、それをよく手伝ったが、その重さは並みではなかった――労働のために、次第に老いが刻まれていった。ファビアンは身体が大きく、頑健で、力持ちで、いかにも強そうだった。ガスコーニュ式にいつでもベレー帽を頭に乗せ、口数が少なく、常に微笑んでいた彼は、後年、私がウサギ小屋に囲まれた中庭に予告なしに入っていくと、「ピエリオット、手を出してごらん」と声をかけてくれた。長いこと、ファビアンは私にとって大きく、まっすぐに、しっかりした両脚で立って、何ものにも脅かされることのない、強力な城塞のごとき生命力を表しているように見えた。

マリアとファビアンは寄り添って、ともに口数が少なく、ほぼ無言で、ほとんど閉鎖的で、二人だけの暮らしを続けていた。彼女はカトリック信者で、すぐ近くの教会に頻繁に通った。タルブから来た彼は、密かに共産党に親近感を持っていた。二人には共通点がなかったが、日常生活ではすべてがあらかじめ決まっていて、言葉を交わす必要もほとんどなかった。家の中は静かで、置時計の振り子の音が、その分余計に大きく感じられた。冬は寒い。私は同時にジフテリアと偽性クループに罹患した。フェリシーからの知らせを受けて、母はユダヤ人狩りと大雪にもかかわらず、往診に応じてくれた医師を伴って、ルルドから徒歩で、急いで来てくれた。ごく短い再会だった。

姉と私は、子に恵まれなかった二人にとって、子供の代わりだった。マリアは後に、遠回しにではあったが、私たちをそのまま育てたい、そしていずれ農家の仕事を続けてほしいとの気持ちがあったと私に話したことがあった。もちろん、彼女はその言葉がどれほどの意味を持つのか理解していたし、母が不幸な事態になった場合を想定して、ニューヨークに住む自分の姉にマリアらの住所を伝えていたことも知っていた。彼らは姉と私のどちらも可愛がってくれたが、彼らにとっては男の子である私が、畑仕事を覚え、家畜の世話をし、将来は彼女らの面倒を見る役割だった。姉のイヴォンヌは、村の学校に通っていた。近年になってオメックスを訪ねた折に、私は村の幼稚園の記録簿に、大きな危険があったにもかかわらず、誰にでも見えるように、姉の名前がはっきりと記載されているのを発見した。驚いたことに、姉の名前の脇には、幼稚園に通っていなかった私の名前までが書き込まれていた。少なくとも、私にはこの幼稚園に通った記憶はまったくない[87]。

マリアとファビアンは、いつまでもこの村で暮らす人々である。ファビアンは農家の息子で、オート＝ピレネー県のジュイアンで生まれた。当時三二歳だった。マリアは三四歳で、オメックス生まれである。彼女の父、ジャン＝マリー・アラシュスは羊飼いだった。マリアとファビアンは、その数年前、一九三七年一〇月一六日にオメックスで結婚した。結婚の証人となった二人はいずれも農民で、一人はジュイアン、もう一人は隣村のセギュスの住民だった[88]。

戦争は、すぐそこまで迫っていた。近所の人々は私たちの存在を知っていた。しかし、「イヴォンヌの髪を三つ編みにした」ことを記憶していたオデット・エスカレは、こう言っている。「戦争だったし、両親はそのことを私たちには話さず、黙っているようにと言われました。子供同士の会話は短く、他愛のないものでした[89]」。同様に、姉と同じ幼稚園に通っていたイヴォンヌ・レルベイも、「家では、両親は私たちに戦争の話をしませんでした。なぜ、多くの人がこの村に避難してきたのかも説明してくれませんでした[90]」。「後になってから、私はユダヤ人の一斉検挙や収容所に関する番組をテレビで見ては、あの人たちはどうなったのだろうと自問していました。あの人たちも、同じ運命をたどったのかもしれない、と考えました。最近になって彼らが逃げられたと知って、安堵したものです」。マリアの姪で、当時セギュスに住んでいたモニック・ボルデールも、当時を思い出して、「注意が必要でしたし、目立たないようにしていました[91]」と語ってくれた。

不安と不信が、一帯を支配していた。対立や、密告や、権力との妥協が見られた。ドイツ軍の存在感は日に日に増し、渓谷の小さな村でも兵士の姿が見られるようになった。オメックスから徒歩で数分のところにあるセギュス村では、今ではなくなったカフェ兼食料品店を、ドイツ兵のグループが頻繁に訪れた。一九四二年から一九四三年にかけて、いたるところでマキ〔レジスタンスのゲリラ部隊〕が結成され、ドイツ軍を苦しめていた。私が何度も訪れ、後年には干し草を刈る作業を行なったために丘、野原、納屋、柵を知り尽くしていたブステュにあったマキは、特に人の話題に上っていた。ドイツ兵はしばしば罠を仕掛け、ＳＴＯから逃れて、マキに参加した若者たちからなる、あちこちに散らばる小人数のゲリラ隊を殲滅した。民兵団員がドイツ兵を道案内することもあったが、卑劣な理由により仲間を裏切ったマキザール〔マキの隊員〕が手引きをし、処刑に立ち会うこともあった。ブステュのマキは、レジスタンスの組織内ではＭＯ３――オメックスのマキ第三号隊――の名で呼ばれていた。バニェール＝ド＝ビゴールとニストスのマキに次いで、三番目に結成されたゲリラ隊だからである。[92]地域一帯で、レジスタンスの行動とドイツ軍部隊の血なまぐさい攻撃の回数が増加し、ルルドではドイツ軍の航空兵が食事をしていたレストランに手榴弾が投げ込まれた。[93]大胆な作戦で、レジスタンスは民兵団に攻撃を仕掛け、対独協力者を殺害し、ドイツ軍にとって不可欠な軍需工場を破壊し、鉄道の線路を爆破した。ドイツ軍は多くの人質を銃殺にし、家屋を燃やし、復讐し、山岳地帯や渓谷を恐怖に陥れた。偵察機の力を借りて、ドイツ軍はオメックスのマキを殲滅すべくブステュ周辺で奇襲作戦を展開した。一九四三年一〇月にはドイツ軍による巡察と家宅捜索が、特にセギュスとオメックスで頻繁に行なわれた。[94]恐らくはそうした家宅捜索の一環だったのだろう、ある日一人のドイツ兵がマキザールと武器を隠しているのではないかと、マリアとファビアンの家に入ってきた。マリアが何度も話してくれたように、兵士は私が寝ているベッドに近づき、マットレスごと私を持ち上げて、武器が隠されていないか確認した後、最後に、私がマリアの子供かと尋ねた。彼女がそうだと答えると、兵士は私を寝台の上に戻した。この時期にこの近辺の村で暮らしていた人々の未公開の証言によれば、こうした捜索が行なわれたのは恐らく一九四三年一〇月だという。マキザールを捕えようとするドイツ軍部隊は、オメックス周辺に検問所を設け、機関銃を持った兵士が警戒にあたった。村にある家屋はすべて、入念な捜索の対象となった。セギュスに住みながらオメックスの低い側、ルルドに向かう道路に面していた学校に通い、初等教育修了試験の準備をしていたモニック・ボルデールの記憶では、(95)学校の内部を捜索するために、ドイツ兵は生徒たちを校庭に出させたという。この頃、姉のイヴォンヌも、この学校の唯一の学級でベラール先生に教わっていた。先に記したとおり、学校の記録によると、姉は少なくとも一九四三年三月二一日から一九四四年五月三一日まで在籍していた。姉が立ち会ったはずのこのときの学校の捜索――そして、奇跡的にも、ドイツ兵は姉の属性に気づかなかった――について、姉が話してくれたことはない。大量検挙が行なわれていたこの時期に、姉は他の子供たちとともに、校庭に集合したのだろうか。

近年得られたいくつもの証言は、マキザールの追跡、近隣の村に漂う恐怖感、密告、逮捕、殺害などに言及しており、その中で三人の証人がオメックスでの一斉検挙について語っている。(96)しかしながら証人たちは、当時二〇歳を超えていた者が含まれているにもかかわらず、誰も姉と私の存在を記憶していなかった。オメックスとセギュスの住民である彼らが憶えていたのは戦争の記憶、迫害、マキザール、食糧不足のことなどである。ユダヤ人狩りのこと、ドイツ軍と民兵団に気づかれぬように隠れていた私たちのことは、隣人たちに知られていたにもかかわらず、誰一人として憶えている者がなかった。現在もなお、私たちの存在を証明するものがないかのように。そうしたわけで、この証言の記録の保存先となるオート＝ピレネー県公文書館には、私たちをユダヤ人として登録したユダヤ人問題庁の文書が残される一方で、私たちのオメックスでの暮らしについては何の形跡も残らない。私は一抹の寂しさとともに、その事実を認識しなくてはならないのである。

すべての匿われた子供と同様に、私は口をつぐんでいることができたし、ピエール・ビルーという新しい名前を呼ばれたときだけ返事をすることを覚えた。これは母の偽造身分証明書にも記載されていた名前で、私がユダヤ人であることを隠すものだった。マリアとファビアンは、私が小さな声でよくこう言っていたのを憶えていた。「静かに話すんだよ。どこにでもドイツ人がいるから」。危険は身近にあり、自己を抑制して、自分自身を断ち切らねばならなかった。すべての匿われた子供に見られる断絶である。二〇一八年のことだが、私は匿われた子供に関する研究書が多数出版されていることを知り、自分自身を知るためにこれらの書籍をむさぼるように読んだ。私が知らなかったのは、何年も前から多くの精神分析学者と社会科学分野の研究者が匿われた子供たちの記憶、歴史、そして運命に注目していたことである。いかにも、彼らは収容所に抑留された何十万もの子供たちのような悲劇的な末路はたどらなかったが、それでも彼らと同様の疾患を示していたようである。そのことは、忘れられがちであった。実を言えば、私は匿われた子供について研究した、精神分析学者および心理学者のうち、最も優れた何人かと会っている。それまで知られていなかった研究対象を、いわば作り出した人々である。フランスでは、一九八〇年代に、レジーヌ・ヴェイントラテールが、その研究について私に長時間説明してくれた。米国でも、ブランダイス大学でのシンポジウムの際に、匿われた子供の精神分析を最初に行なったエヴァ・フォーゲルマンが、その子供らを助けた人々と対話するのを聞いた。私は、あまり集中せずに聞いていたが、自分自身の問題だと受け止めることを拒否し、公的な空間のみを取り扱う、研究者の不変の役割に閉じこもっていたのであった。

一九九〇年代に、匿われた子供の問題はようやく学術研究の対象として正当性を獲得したが、私は依然としてどのような著作や論文があるのかを知らずにいた。ある学期を米国のウェズリアン大学で過ごした際に、エルサレム大学教授で、当時フランスのユダヤ教を研究していた親しい友人のリチャード・コーエンに繰り返し勧められて、私は初めて匿われた子供という立場で、デボラ・ドワークの長時間インタビューを受けることになった。彼女はイェール大学の心理学者として、何千人ものユダヤ人の匿われた子供にインタビューしていた。彼女が心理学者として関心を持っていたのは、「生き残り」と呼ばれるユダヤ人の匿われた子供のその後の暮らしだった。私は、「生き残りのユダヤ人」としてインタビューされることへの強い拒否感、動揺、困惑をよく憶えている。私がそうした状態から抜け出せたのは、研究者としての立場を離れて、私たちの師であるエミール・デュルケムの用語を借りるなら予先概念や、価値や、すべての主体性を忘れて、歴史の客観的対象として発言するよう強く勧めてくれた友人のリチャードのお陰である。私はこのインタビューに応じはしたものの、不安を感じていた。デボラ・ドワークは、ピエール・アスリーヌと同様に、対話の相手から個人的な話を引き出し、社会生活において演じている保護者的な役割から脱するよう仕向け、精神的な障害物を優しく取り除く術を知っていた。この新たな研究分野の代表的研究者とも言える存在になった彼女は、その後まもなく*Children with a Star*を刊行した[97]。彼女は、今では定評のあるこの著作を送ってくれた。これまで、私はこの本を読もうとしなかった。私は、オメックスではなく、私を本質化させかねないこの過去を拒絶しようとしていたのである。私はこの時期を知らないふりをし、忘れていた。しかしながら、ちょうどその前年、私は『共和国狂』〔「共和国狂」とは、すべての国民に開かれた共和国を熱狂的に支持し、これに尽くす人々のこと。『共和国狂』において、著者は共和国のために働く「国家ユダヤ人」(次の訳注を参照)たちについて書き、彼らが共和国に反対する人々から差別を受けた様子などを描いている〕を上梓していた。これは、多くの統計と論駁し難い資料を用いた、「我が」国家ユダヤ人〔共和制下のフランスにおいて、フランス国民としての十全の地位を認められたユダヤ人が、高級官僚などとなって国家機関で枢要な地位を占めるようになった。著者は、そうしたユダヤ人を「国家ユダヤ人」と称している〕たちの社会性、実践、キャリア、行動についての社会学的考察であった。私は、ユダヤ人の歴史に対して関心を持っていることを明らかにしていたが、それははるか過去の時代に関する歴史に限られた。かつてのユダヤ人、ヴィシー以前の第三共和制下の彼ら、共和制国家に絶対的な信頼を寄せた熱狂的なユダヤ人たちである。ヴィシーは最終章に、幻滅のとき、ユダヤ系高級官僚に対するフランス国による背信として登場するのみである。この悲劇的な出来事は、出版時には誰の注意を引くこともなく、共和派ユダヤ人の国家に対する情熱だけに着目され、ヴィシーの裏切りについては語られることがなかった。私としても、ときとして悲劇的であった我が国家ユダヤ人たちのその後について、長々と論じるつもりはなかった。私は、この短い時期に影響されることがなかったかのように、社会学者と歴史家の仕事に戻っていった。

実際、私が抵抗し続けたイェール大学での不安を伴うインタビューから、ピエール・アスリーヌからの大胆な提案を受けて再び自らの過去と対峙し、今度は歴史の対象となり、自らを歴史の中で（私自身が、その歴史の産物である）匿われた子供として見ることを受け入れ、それを「失われた[98]」ユダヤ人として、今度は歴史家の立場で思い出すまでに、二五年以上を要したのである。私自身が、「証人の時代」に入るまでに、長い時間が必要だった。とはいえ、私は証人＝歴史家、証人として研究の対象だと認識する歴史家、「実際に起きた物語を歴史と置き換える[99]」ことを拒否する歴史家である。時間に迫られて感動とともに自らの過去を思い出す証人、あるいは個人史という新しい伝統に促されて、歴史家としての仕事を忘れて自分の半生を思い返す歴史家とは異なり、ピエール・アスリーヌは私に半生を文学的な物語として語るのではなく、私自身の半生の歴史家となることを求めたのだ[100]。証言[101]をするのではなく、「少数者」に属する「被害者[102]」としての姿勢を取るのでもなく、それらとは逆に、研究上のアポリアを語るのである。このミクロストリアの性質を帯びた「スケールの転換[103]」により、「歴史的な内省[104]」が私の歩みを導くこととなった。そうしたわけで、ユダヤ人による自分たちの歴史の「自作[105]」、すなわち存在を正当化する物語として組み立てられた回想記や手紙や思い出に基づいて過去を想像上で構築する作業は、しばらく延期されたのであった。「親に対する愛情は……歴史家としての仕事をすることを妨げない[106]」のだから。

それまで、私は内面的なものを公共の場で語ることは、職務上の立場や役割、すなわち穏やかで、できるだけ博学で、極端なまでに中立的という大学教授としての非常にデュルケム的なイメージを傷つけるものだと考えてきた。私的なことを仄めかさず、個人的バックグラウンドを語らず、職責という仮面の下に姿を隠す同僚たちと同様に、私は他者の前では、アーヴィング・ゴフマン〔一九二二―一九八二年。米国の社会学者、元ペンシルベニア大学教授。社会学にドラマツルギーの概念を取り入れた〕のいう「俳優」たちのように振る舞っていた。ゴフマンは、著書の中で、誰もが内面を守りながら作り上げる自身の「演出」を論じた。私は、それにひどく感心したものである。一九七〇年代に、アムステルダムで社会学会があった晩、私は同じユダヤ系の学者であるアーヴィング・ゴフマンとアルヴィン・グールドナーと、洒落たレストランで夕食をともにしたことを思い出す。そのとき、私が非常に驚いたのは、ゴフマンが自分自身を演ずるのを忘れて激怒したことである。それは単に、彼が注文した料理がなかなか出て来なかったことによる。確かに、すでにグールドナーも私も注文した料理を食べ始めていたから、大幅な遅れは明らかだった。ゴフマンは怒り心頭で、サービス係をほとんど罵倒し、自分自身との距離を一切取らず、彼の隠された一面を他者に明らかにしたのである。私は、このように自分をさらけ出すことはできないと感じたのだった。

ヨーロッパの占領地域においてはどこででも、匿われた子供は「沈黙する子供」だった。そして、私自身が滞在していたフランス南西部でインタビューを受けた証人たちは、「何も語らないように、感情をあらわにしないように訓練された」[107]のである。名前を変え、自分が誰であるかを隠し、両親と絶縁することは、子供にとって「現在が自分自身の消滅」であるようにすることだった。それは同時に、子供が自分自身から切り離され、専門家の用語を用いるならば文化的背景、帰属を消去され、つまりは独房に入れられていたこの時期の記憶を忘れることであった。一言で言うなら、「匿われた子供にとって重要なのは、ユダヤ人であることを忘れると同時に、それを忘れないことだ。他者には忘れさせ、自分自身は忘れないこと。（中略）少年にとって、その跡が消えない以上、どうして忘れられるものだろうか」[108]。残されるのは沈黙、悲しみ、不安と恐怖である。

繰り返しになるが、マリアは亡くなるまで、オメックスに匿われたごく小さな子供であった私の生活のライトモティーフとして、こう言っていた。「静かに話すんだよ。どこにでもドイツ人がいるから」。私は怒りをあらわにし[109]、叫び、大声を出すことができない。この点は、稀にではあるが、感情をストレートに表現する同僚たちと異なるところである。いかなる状況においても、私は紳士的で、礼儀正しく、丁寧である。そして、匿われた子供たちの大半がそうであるように、人の気を引こうとする。これは、幼少時に習得したもので、生き延びるための重要な戦略だった。ナタリー・ザジュドは、こんにちでは八〇歳近くに達した匿われた子供たちが、意外にも若く見えると指摘する[110]。彼らが内面に閉じこもり、時間から解放されて、その影響があまり届かないかのように。傷つかずに、時間から離れて生き延びようとする執拗なまでの意志は、あるいはオメックスで形成されたのかもしれない。自分の殻に閉じこもり、私は日常生活を演出する名人になった。私の想像では、この断絶は匿われた子供、特に最も年齢が低かった、当時一歳から三歳だった人に比較的よく見られるものだろう。また、私のように、二つのグループにまたがる年齢だった場合にも。すなわち、生まれたばかりから三歳までの「憶えているのには小さすぎる」子供たちと、四歳から一〇歳の「憶えていることのできる年齢だが、まだ理解はできない」子供たちの二グループである。[三] 講義やシンポジウムにおいて学生と同僚に、またラジオの不特定多数の聴取者に向けて、職業的で規格化された言葉で、弁論に関するある程度形式化された諸規則に従って発言する場合を除いては沈黙を守ること。人に居心地を悪くさせるまでに頑なに「口を閉ざし」、自分から質問することで、人が質問するのを避けること。最近多くの本を読み気づいたのは、これが私の世代の匿われた子供たち、すなわち六五歳から八〇歳の人々が今も維持している態度だということである。私は多くの人たちと同様に沈黙し、ヴィシーが終わってからも長いことその態度を貫いてきたが、だからといって、研究者らが指摘する多くの匿われた子供たちが苦しむトラウマ、一九九〇年代に至るまでフランスでも米国でも社会から知られることがなかったこの心的外傷を自分が持っているとは思わない（これは、現実否認だろうか）。匿われた子供たち自身に関して言えば、強制収容所に送られた子供たちの悲劇、もしくは両親を失った子供たちの不幸に直面して、彼らは自ら受けた苦しみを内面深くに閉じ込めることを選択したのかもしれない。私は恐らく、長期にわたり、「ハイディング・シンドローム」の結果としての「自己愛障害（損傷）」を彼らと共有しているのだろう。そして、二歳から四歳の時期に母と別れて暮らさねばならなかったという事実が、情緒面での「ブラック・アウト」、ドナルド・ウィニコットの表現を借りるなら混乱を来す「偽りの自己」を導き出したのだろう。しかしながら、私が考えるところでは、多くの著者が語る転換性障害、精神疾患もしくは自殺へと向かわせる重度のトラウマに比較可能なものは何もなかった。あるいは、ＰＴＳＤ（心的外傷後ストレス障害）につながるアレキシサイミア（失感情症）、多くの匿われた子供たちを襲うと思われ、さらにそのまた子供たちをも脅かすポスト・トラウマの重度なストレス症状のようなものもなかった[112]。私は同世代の人々と、治療によって改善できない記憶喪失を共有している。それは、いくつかの印象を除いては、この過去がいわば完全に失われたものと感じられるからである[113]。それでも、私は「匿われた子供たちはすでに死んだのと同じ[114]」であり、埋められて無言になったとする見方には抵抗を感じる。怯えを伴うにせよ、オメックスの思い出は、間違っているかもしれないが、死と結びつくものではなかった。極度の精神的不安定が避けられたのは、両親が生き延びて、すぐに私たちを愛情で満たし、再び近くにいて安心をもたらしてくれたからだろうか。また、マリアとファビアンが、私たちを虐待したり侮辱することがなかったばかりか、反対に保護し、愛情をそそいでくれて、その後も手放したくないとさえ考えていたからだろうか。多くの匿われた子供たちの証言は、「自らの深い内面を隠す術の習得」について触れている。しかし、同時に山岳地帯の住民たちの優しさ、またこの「気高い人々[115]」の温かい歓迎ぶりにも言及しているのである。

確かに、そこで残されたものがある。沈黙、引っ込み思案な態度、無口、こんにちに至るまで痕跡を残す自分自身との断絶。具体的な思い出を欠きながらも損なわれていない記憶。これらは、ボリス・シリュルニクが書いているように「戦争中は、命を守るために口に出せないことがある。(中略)殺されないために姿を隠さなければならなかった子どもたちは、私の心のきょうだいであるジョルジュ・ペレックが指摘したように、〝心の奥底にある地下礼拝堂に引きこもる〟ことを強いられた[116]」。すなわち、目に見えない、内面の地下礼拝堂に隠遁したのである。オメックスで過ごした時期は、長いこと抑圧して語らずにいたとはいえ、決して無駄ではなかった。オメックスは私を保護してくれる繭であり、不安と沈黙、そして仮面と回避の場所であった。しかし、同時に、山の谷間に張りついた小村であり、安心をもたらす鐘の音に満たされ、四方から襲う霧が現実を見えにくくし、危険を遠ざけ、魔法でもかけたように悪の軍団を現実から消し去りもするのだった。フランスでは、匿われた子供たちは一九九〇年代になって団体やグループを結成して発言するようになり、沈黙から脱して「これまで、ある意味で、ずっと隠れていたと告白する」[117]ことができるようになったのだが、私に関する限り、不安を覚えずにオメックスについて語れるようになるには、なおも長い年月を要した。それは、当時、私がフランソワ・ルスタン〔一九二三―二〇一六年。哲学者、精神分析医、精神分析学者〕と定期的に会っていたからだろうか。彼は不平不満を拒絶する理論を構築していて、精神分析医に「取りついて離れない」不平不満をひどく馬鹿にし、不平不満の始まりとも言うべき予兆を感じ取ると、ゴロゴロと大きな音を立てるのだった。匿われた子供たちが私を不快にするような発言をし始めたことも知らずに、私がより頑固に沈黙を守っていたのは、そのためだろうか。いかなる形の不平不満であれ、聞くことも考慮に入れることも頑なに彼が拒否しているということを十分に認識しながら、私は彼とともにこの苦しい自分自身の回顧を試みたのだろうか。[118]彼の注意深い視線の下でモノローグをしていた年月においてさえも、私はオメックス時代に決して触れなかったと記憶している。彼のいたずらっぽい眼差し、皮肉っぽい態度を、私は思い出す。さらには、生活を楽しむよう、前進しようとする意志の表れである自然な体の動きを取り戻すよう、そして過去に押しつぶされて縮こまることのないようにとの助言も。彼にとって、不平不満は子供じみたものであった。絶えず不平不満を口にして、慰めを求めるのは子供たちなのだ。子供たち、だが口を閉ざした匿われた子供ではない。この意味で、彼は気づかなかったが、私はずっと子供だったのだろうか。大人になっても、私は「子供であることをやめ、隠れることをやめる」[119]には至らなかったのだろうか。精神衛生上の理由で過ぎ去らないこの過去[120]。私は歴史家として、「治癒不能な精神的苦痛」、あるいは「アイデンティティの論理が、真理の論理をむしばむこと[121]」なしにこの過去を見出す必要があった。

一九四四年、「ヴィシーはフランス国籍のユダヤ人を見放した[122]」。フランス全土でユダヤ人の一斉検挙が続いた。ボルドーのユダヤ人はいきなり逮捕され、監禁され、帰還の希望もないまま移送された。ユダヤ人狩りはフランス南西部一帯で続いた。連合軍のノルマンディー上陸を受けてドイツ軍は激しく反応し、その暴力的行為は頂点に達した。私の両親はたびたび住所を変え、グロット大通り二五番地からアンジュー通り三番地へと移ったが、結局どこに隠れるべきかわからなくなり、姉と私を引き取った。家族は再び一緒になり、タルブからごく近いラバスタンス郡の小さな村セナックに落ち着いた。ところで、一九四四年五月一六日、オート=ピレネー県知事はルルド警察署長に宛てた文書で、一九四二年の記録にあるユダヤ人の住所が現在も変わっていないか照会した。

タルブにて、一九四四年五月一六日

件名：オート＝ピレネー県知事よりルルド警察署長に伝達したルルド在住ユダヤ人リストについて

一九四二年四月一日現在で、ルルドに居住していたユダヤ人は、右側のリストに記載されているとおりである。本文書を受領し次第、貴職におかれては、右リストに必要な追加ないしは削除を施し、また各人につき正確な住所を記載されたい。

上記のとおり更新されたリストを、遅滞なく本職宛て提出されたい。

知事

レイデ

早くも一九四四年五月二七日に、署長はフランス国籍とされるユダヤ人の住所リストの更新版を知事に送付した。リストの最初のほうに、以下の名前があった。

ビルンボーム・ピエール、一九四〇年七月一九日、リモージュ、ロシェ通り一七番地

ビルンボーム・イヴォンヌ、一九三七・一一・一、パリ、ロシェ小径一七番地[123]

他の名前と異なり、私たちの名前は取り消し線で消されていない。それは、私たちがロシェ小径に住んでいたことを示すものだが、このときには私たちはオメックスを離れて、両親とともにセナック

にいたのである。いずれにせよ、一九四四年五月には、ルルド警察署長は引き続き私たちを監視しているとを認識しており、最後の一斉検挙の機会にその対象にしようとしていたのである。

一九四四年一一月のことである。父が記録したように[124]、またこの地方一帯での軍部隊の動きが示すように、ドイツ軍はルルドでは戦闘を停止したが、タルブとその近辺では激しい抵抗を試みていた[125]。そのとき、それまで以上に大胆な行動を取るようになっていたマキザールたちを追って、私たちが避難していた農家をドイツ兵たちが取り囲んだ。ジョルジュ・ペレックのように、「私の幼年時代は、私がほとんど知らないということを知っている数々の出来事の一部である[126]」と言えるとしても、この件に関しては、このときの恐怖を記憶していると書いて差し支えないと私は思う。私は四歳だった。この過去の痕跡をこんにち語ることができるのは私一人だけだが、私の記憶は決して想像力が作り出したものではないはずである。確かに、両親が話してくれたことが私の記憶と結びついて、私自身の思い出がどうであったか、判然としない部分もある。その二つは混ざり合っているが、矛盾はしていない。姉と私はしゃがみ込んで、建物が細長いL字形をした農家の中庭で、遊びに夢中になっていた。突然、谷の側から大きな音が聞こえた。この農家へと向かう長い上り坂を進んでくるトラックの鈍い音である。私は、その音を思い出せるような気がする。トラックから飛び降り、駆け出すドイツ兵たちを見たのではないかとも思う。姉と私が、この音を聞いていた様子を今でも思い出せるし、音もまだ耳に残っているようだ。母はよく、このときのことを詳しく話してくれた。父は最初農家の内部に隠れていたが、見つかるのを恐れて、ゆっくりと、できるだけ自然に見えるように外に出た。私は兵士たちが父を捕まえ、「マキ、マキ」と叫びながらトラックのほうへ連れて行こうとするのを見たように思う。私は、父が自分はアルザス出身の農民であり、マキの隊員ではないと説明したのを知っている。母は父のそばにいて、私たちもその場にいた。兵士たちはユダヤ人を探してはおらず、幸いにも民兵団員を伴っていなかった。民兵団員がそこにいたなら、すぐに父が何者か見抜いたに違いない。まさにそのとき、一人の女性が大声を出し、パニック状態に陥って、農家の上の階から飛び降りた。奇跡が起きた。兵士たちは、父を解放したのである。兵士たちは立ち去った。後年、この出来事を振り返って、農家の内部には武器が確かに隠されていたが、ドイツ兵たちはそれを見つけることができなかったのだと両親は話してくれた。両親自身も、実は当時それを知らなかった。私たちは、全員殺される可能性もあった。タルブ近辺では、ドイツ軍が敗走する際、そうした事例が多く見られた。

はっきりしない思い出ではあるが、これが私に残された数少ない記憶の一つだ。おおよその部分だけでも確かめようと、最近になってセナックを訪れてみて、少なくとも私の記憶が事実とそう違わないとの印象を抱くに至った。タルブからそう遠くない、ラバスタンスの近隣の丘の上に位置するこの細長く続く静かな村から少しはずれた場所に、この地方によく見られるL字形をした長く幅の狭い建物を私は難なく見つけることができた。建物に沿った細い道路は急勾配の坂道で、これを上ろうとするドイツ軍のトラックのエンジン音は、実際かなり早くから耳に届いていただろう。それからしばらくして、私は父と一緒にどこかの町にいた。多分、ごく近いタルブだったのだろう。父は、通りの角にあるパン屋で、パンを買ってくれた。そのすぐ後、ある広場で、私たちは飛行機の残骸を目にした。一九四五年の遅い時期まで、私たちがセナックで過ごしたのは確かである。

一九四四年九月二三日、父は知事に宛てて手紙を書き、身分証明書の有効期限延長を申請した。父はその理由を、「パリに戻り、以前経営していた商店を再開する」[127]ためだとした。私たちは遅くとも一九四五年九月二八日[128]以前に、パリに向けて列車で出発した。私ははっきりと、初めて地下鉄に乗ったときの喜びを憶えている。ヴォルタ通り三九番地の小さなアパルトマンは、両親が戦争中に家賃を払い続けることができたため、封印されていた。一部の家財がなくなっていたものの、ほぼ以前の状態で居住可能だった。ここのバルコニーで飼育した二羽か三羽のニワトリも、私は記憶している。パリの街路で、そして特に私たちが暮らす区では、時折ではあるが、再び「フランスをフランス人に！[129]」との叫び声が沸き上がるようになった。フランスの家庭の擁護を訴える各種の団体が、アーリア化された資産に関する権利を守ろうとする活動を開始する中[130]、父はヴェルテュ通り二一番地のアトリエの返還を求める手続きを取った。一九四六年二月四日の決定で、パリ商業裁判所は以下のように強調した。

ビルンボーム氏はユダヤ教徒であるため、ドイツ軍のパリ入城の際にパリを去らねばならなかった。その後、建物の所有者たちはビルンボーム氏の強制立ち退き手続きを取り、物件をロー氏に賃貸した。ビルンボーム氏は、一九四五年四月二一日のオルドナンスに基づき、以前に賃借していた物件の回復を求めた。各当事者は協議のうえ、以下のとおり合意を結ぶことに決した。[131]

当事者たちは、合意に達した。父は裁判に訴えることを断念し、この不衛生で、湿気が多く、寒くて暗い建物の二階を利用することとした。エミール・ローは、以前から利用していた広い一階部分を使うこととし、以前に父がしていたように、ボール紙製品の製造所を営んだ。一九四六年一月二五日、セーヌ県商業裁判所は父のアトリエの登録上の名称を変更した。以後、アトリエは「メゾン・ジャック（ジャック商会）」と称した。

一九四七年五月一二日、両親はパリ警視庁にフランスへの帰化を申請した。父は特徴のある筆跡で、司法大臣に宛てて一九四七年五月七日付で短い書簡をしたためた。この書簡で、父は「帰化によるフランス国籍の取得」を要請した。母は、ごく短い文で、「夫とともに申請を行なう」と記した。当時の考え方により、申請は父の名前で行なわれた。そのために、有罪になったことがないとの趣旨の連名での届け出で、母は父の署名の下に署名した。それは、「帰化申請者」という欄であった。[132]二人の両親の名前も書き込まれていた。父の両親はリパ・ビルンバウムとファイガ・バイラ・ビアレルで、いずれもポーランド生まれ。母の両親はヘルマン・クプフェルマンとミラ・ルンディンで、ともにルーマニア生まれである。この文書には、父の兄弟姉妹の名前も記載されている。シモン、マックスとイツラクは生き延びた。ゲニア、リフカとラジアは「収容所に送られ、帰らなかった」。母の姉妹ゲルダについては、「アメリカに渡った」旨が記されていた。

父は、帰化申請書の九番目の項目、「申請者による各種申告」の欄に、一人で次のように書いた。

私はフランス人になりたいと心から希望しています。その理由は次のとおりです。第一に、私は二〇年近く前からフランスに居住し、最後までこの国で暮らす意思を持っています。第二に、私はフランスとフランス人の性質に敬意を払っています。私は自分がフランス人であると感じ、フランス人のように考えるものです。それゆえ、フランス人となることができれば幸福だと思っています。[133]

一九四七年六月七日、帰化申請に関する多数に上る照会事項に回答して、警察署長は父がパリでフランス軍に志願し一九二一年兵扱いで入隊を認められたこと、実際の入隊は六カ月延期され、一九四〇年六月七日とされたこと、甥のアンリ・ビルンボームが落下傘兵としてルクレール将軍の部隊に所属し、戦闘に参加したことに言及している。さらに、「フランス定住を希望」し、「いかなる政治活動にも関わっていない」とした。署長は、両親がともに「高度な教育を受け」ており、「適切に同化」し、「フランスの生活習慣を身につけ」ていて、「もはや出身国の慣習を維持し続けていない」としたうえで、「我が国の言語を正確に話す」と書いている。両親のアトリエは「フランス人従業員二名を雇用しており、事業は順調のように思われる」とし、さらに申請書類に添付された健康診断書から健康状態は良好と認められ、子供たちは「同化してフランス語を話し、理解できる。フランスの学校に通学している」旨を指摘している。警察署長の最終結論は慎重である。彼はこう書いている。「二人ともに適切に同化している。二人の子供はフランス国籍である。しかしながら、夫は一九四〇年に兵役が延期となったため、第二の祖国であるフランスのために戦っていない。積極的にレジスタンスに参加することもなかった[134]」。七月八日付と同一二日付の在学証明書が、姉がメレイ通り三九番地の学校に、また私がフェルディナン・ベルトゥー通りの学校に、一九四六年一〇月一日以来在学していると証していた。一九四七年一〇月一〇日、国家警察総合情報局は犯罪記録簿に両親の名前が記録されていないことを確認した。ルルド警察署長がオート＝ピレネー県知事に宛てた、肯定的な結論の報告書は、「当市に滞在中に、この二人の外国人は警察の各組織から、公的な面においても、私的な面においても、好ましくない報告があったとは認められない[135]」と証した。

一九四八年三月三〇日、警務局長は、警視総監に代わり最終的な意見書を作成した。

ビルンボーム・ジャコブ氏（一九〇一年五月二六日ワルシャワ生まれ）はルーマニア人女性と婚姻しており、この女性との間に生まれた二人の未成年の子供は届け出によりフランス国籍を取得している。同人は、フランスへの帰化を希望している。

同人は一九三三年以来我が国に定住し、ボール紙製品の製造所を経営している。同人の申告によれば、月当たり三万フランの利益を上げている。

ポーランド軍に召集されたが、一九四〇年六月七日に兵役延期となった。

ビルンボーム夫妻はフランス社会に適切に同化しており、また正規の滞在許可証を所持するとともに、問題となる行動等は認められない。

子供たちがフランス国籍であることを勘案の上、本職としては本件申請を承認することが適当と判断する。[136]

一九四九年三月一一日、両親はともに帰化を認められた。[137] ヴォルタ通りとヴェルテュ通りとの間の暮らしが続いた。多数のユダヤ人移住者が住む、民衆的なパリ中心部にある地区である。一九五五年には、両親は二部屋と台所からなるこの小さなアパルトマンを購入した。[138] 姉は、引き続きメレイ通りの小学校に通学していた。ヴォルタ通りから、ノートルダム・ド・ナザレト通りの狭い階段を上っていったところにある学校である。ここで、姉はまたしても反ユダヤ的な侮辱の言葉を浴びなければならなかった。そうしたときには、女性の校長先生が大急ぎで対応するのだった。私はと言えば、母に連れられてブルターニュ通りの裏、レピュブリック広場近くにある幼稚園に通うのが嫌で、大声で泣いていたことを今も憶えている。母と再び別れるのを拒否していたからだ。その数カ月後には、工芸博物館の威圧的な建物から近いフェルディナン・ベルトゥー通りの公立小学校に通うようになった。ヴィシーとの縁は、これで終わった。少なくとも、私はそう信じていた。

Ⅱ

「フランス国《エタ・フランセ》」が私を殺した

最近になって、私はモナ・オズーフ〔一九三一年生まれ。歴史家。フランス革命に関する著書などで知られる〕の名著、『フランス語作文』を再読した。クリティック誌に寄せる論考の構想のためである。古いブルターニュの価値観に忠実な家庭と、ライシテと共和国を志向する学校の間に挟まれたブルターニュでの子供時代の回想は、私を動揺させた。この自己の分断、モナ・オズーフがブルトン語を話す父と共和国の小学校教師である母との間を自由に往き来する様子、矛盾を来すことのないこの二つの世界への忠誠は、私を魅惑する。彼女はこのように書く。「家庭と学校は、互いに無縁の物語を語る。いずれもが、それぞれに強い誇りを持っている。この二つの世界は、もう一方の世界について話題にしなかった。同じ書物を開くことは、決してなかった[1]」。私は、ユージン・ウェーバー[2]〔一九二五－二〇〇七年。米国の歴史家。一九－二〇世紀のフランスの研究で知られる〕とジャン＝フランソワ・シャネ[3]の著作を連想した。そこでは、共和国の「黒い軽騎兵」〔公立小学校教員。詩人・思想家シャルル・ペギーの命名とされる〕と、無数にある「地方」のテロワール、方言と習俗を懐かしむ人々の間の共存の手段を明らかにした著作である。彼女の日常は、大きな不安もなしに、存在の二つの側面、「村の二つの側」、分離独立の誘惑と「ザンティフィカッド」（初等教育修了証）の間を行き来していたように見える。初等教育修了証は公務員の道への「パスポート」だったが、それは「あちら側では自由をもたらし、人間を解放するものとして称賛されたが、こちら側では隷属のための協約と見なされた」[4]。この意外な表現にもかかわらず、モナ・オズーフは自身が内側に抱える二つの要素のいずれにも愛着を持っていた。彼女が繰り返し用いる「ところが」という表現が、それを示している。彼女にとって、

我が家では、祖母を代表としてブルターニュが息づいていた。ところが、フランスについて話してくれるのも祖母だった。学校が教えるフランスは、家では私たちにとって、あくまで統一を求め、中央集権化を図る先祖伝来の敵であった。ところが、フランスは秩序だった教育を通じて、公正と民主主義の歩みを進めた国でもあった。それは経験的な祖国というよりは理性的な祖国であり、我が家はこの理性的な祖国に、ブルターニュへの信頼を裏切ることなしに賛同できたのである[5]。

私に関しては、記憶にある限り、今や一つの世界があるばかりだった。すなわち共和国の世界、共和国の学校と、モナ・オズーフが恐れて拒絶する「統一という虚構」を高く掲げる共和国の価値観の世界である。ブルターニュへの信頼に代わる何かは不要で、共和国の合理的な価値観をよく考えもせ

ずに受け入れることが、特殊・固有の愛着を裏切ることになるとの感覚はまったくなかった。私の「共和主義的な名前」[6]は、当然のように私の存在を具体化し、子供の社会への扉を開き、将来共有されるべき市民としての地位を保証するかのように響いた。ピエール、マルセル、あるいはジャック、アンヌ、アネットあるいはフランソワーズといった名は、戦争直後のこの時期に、フランスへの統合と共和主義への新たな信頼を紡いでいた。我が家ではもう一つの世界について話すことはなかったし、開かれる書物はほとんどがフランス国民に関するものだったように思う。

奇妙に聞こえるかもしれないが、このときからヴィシーは私の記憶から消え去り、この暗い年月が一気に消滅したかのように、私は市民としての暮らしに入っていった。私の内面の断絶、匿われた子供に特有の断絶、「二つの世界」をめぐる曖昧さよりも危険なこの断絶は、これによって消滅しただろうか。今考えると、とんでもない記憶喪失が実際に私を襲い、オメックスとセナックでの日々を無視し、二つの村での記憶が、私が最近新たに獲得した共和主義者としての立場を阻害しなかったと証明する要素は何もない。ある意味では、私は共和国の学校の側に身を預け、家族は、何世代にもわたるユダヤ人移民がそうしたように、「フランスにおける神のごとく幸福」になったのである。両親は、一九四〇年代末から五〇年代初めの共和国の「強権的な改変」[7]に「抵抗」しようとはまったく考えなかった。確かに、ヴィシーとショアーにもかかわらず、両親は「執拗に」ユダヤ人であろうとした。しかし、それは内面において、また私的な領域においてのことだ。二人は、モナ・オズーフが描くブルトン語話者の人物たちのように、自らの文化的特性の公的承認を求めはしなかった。家では、父は一九二〇年代にパレスチナに移住した兄弟にイディッシュ語で手紙を書いていた。父と母は、毎日の仕事に関連する問題を解決するのにドイツ語を使うことが多かった。それでもグレゴワール神父の霊は喜んだはずである。必要で根源的な再生の名のもとにあらゆる方言、その中でも「ドイツのユダヤ人が使うドイツ的、ヘブライ的、ラビ的」言語であり、「ユダヤ人の奸計[8]」の源泉たる言語であるイディッシュ語を厳しく糾弾したグレゴワールが安心したであろうことに、モナ・オズーフが大切に思っている方言の一つではなくフランス語が、政治面における社会生活への入り口として自然に受け入れられたのである。第四共和制が法治国家を復活させたこの時代に、フランス共和国への自然な統合が再び前進し始めていた[9]。

生き延びた多くのユダヤ系家族と同様に、我が家ではヴィシー時代を、そして、恐らくそれ以上にショアーを、分厚い沈黙が覆っていたように思う。確かに、いくつかの声が、この筆舌に尽くし難い悲劇について上がっていた。特に、キリスト教作家がそうである。いくつかの新聞雑誌はアウシュヴィッツの悲惨さについて報道していた[10]。それでも家庭では、私の印象によれば沈黙が支配していた。両親が口を閉ざしていたのは、間違いなく私たちを守るためだった。両親は何も言わず、私の記憶では私たちが別れて暮らした当時のことは口にせず、アウシュヴィッツも親戚たちの虐殺も我が家に入り込むことはなかった。両親は未来に完全な信頼を寄せ、不幸の残滓を遠ざけようとしていた。この沈黙は、私たちの周囲の環境がこうした問題に対して耳を傾けなかったことで、さらに強化された。現在、フランソワ・アズヴィと同様に「私たちは、なぜ忘れていないということを忘れてしまったのか[11]」と問うことは、部分的には、家庭と私生活における沈黙を知らずにいることに帰着する。ショアーは、私の両親と近親者との会話では中心を占めていたに違いない。しかし、子供たち、侮蔑の時代の子供たちは、いわばいたわられ、保護されていたのである。一九五〇年代と六〇年代には、両親は、少なくとも私の記憶では、ユダヤ人移民を対象とする相互扶助組織からも、また冬季競輪場（ヴェルディヴ）、ドランシーあるいは無名ユダヤ人犠牲者記念碑などで行なわれる記念行事からも、シナゴーグあるいはバニューもしくはペール・ラシェーズなどの墓地で捧げられる祈りからも離れたところにおり、さらには記念プレートの除幕式、ミュテュアリテ（相互保険会館）やランクリー劇場で毎年開かれるワルシャワ・ゲットーの蜂起やアウシュヴィッツの解放を思い出し、記念しようとする多数のユダヤ人が集まる会合などにも参加しなかった。当時のシオニスト、ブンド（リトアニア・ポーランド・ロシア・ユダヤ人労働者総同盟）あるいは共産主義者の集会からも、両親は距離を置いていた[12]。

私たちは、外部の世界に対してかたまって隠れているかのようにして、粘り強く社会への統合を図り、恐怖のない正常な日常を求めていた。家庭内での沈黙は続いた。「ジェノサイドについては、話さなければ話さないほどよかった。そうして、大いなる沈黙は動かぬものとなった[13]」。私の子供時代の記憶喪失は、今でも私にいたずらをしているのだろうか[14]。無意識のうちの正常化、きわめて自然な隠蔽へと、現在の私が転換できるとは想像しえない。そんなことが起こりうるものだろうか。苦しみの痕跡が一切残らない生への希求が、一気にこのような転回をもたらし、無邪気で、子供のような社会生活を復活させるものだろうか。こんにち、ヴィシー時代と、特にドイツとポーランドにおいて多くの親類を襲ったショアーの実態を、このような沈黙が再び覆うようになったと、私は認めることができない。ごく平凡な生活に戻ろうとする希求が、悲劇の後に多くのユダヤ人家庭を覆ったと思われるこの沈黙を必然的に生んだのだろうか[15]。

長い年月にわたって、父と母は語ろうとしなかった。私の憶えている限り、外部から漏れ伝わってくるものもなかった。日々は喜びと失望の間を流れてゆき、仕事の苦労がすべてのエネルギーを吸い上げ、話題のすべてであった。何もかもやり直し、ゼロから始めなくてはならなかった。それでも、ピエール・パシェの父親が言うように、「四年間にわたりユダヤ人の姿を見えなくしたこの国で、私たちの将来は不安を伴うものだった[16]」が、それでも日々の暮らしが再び始まった。父は早朝からアトリエに出勤し、夕刻遅くに帰宅した。帰宅時には疲労で顔色が悪く、ほとんど気を失いそうだった。父はロー氏と、不平等な合意を取り交わした。やむをえざる事情から、父は過去を水に流し、すぐに対等でない取引をすることで、ある種の平常を取り戻した。ボール紙製品の製造を諦めて、タルブで切迫した事情から習得した革製品の製造を行なうことにしたのである。父がデザインし製造したベルトが入った重い二つの袋を抱えて、母はパリの街路を歩いて、革製品販売店を訪ねて回った。

テュルビゴ通り、ノートルダム・ド・ナザレト通りとモンゴルフィエ通りに囲まれたパリの小さな三角形、当時まだ「ボボ」〔「ブルジョワ・ボエーム」の略。都市住民で、高学歴、比較的高収入で、環境問題に敏感で、政治的には左寄りの人々を指す。やや否定的なニュアンスがある〕の地域となっていなかったこの三角形が私の唯一の生活領域であり、その中心にフェルディナン・ベルトゥー通りの小学校があった。この民衆的な地区には、職人のアトリエが多数あった。狭い通路が老朽化した建物同士をつなぎ、悪ガキどもは大威張りでその通路を通り、穴の開いた小さな鍋蓋を取りつけた棒を剣に見立てて、勇壮な戦いを展開するのだった。私は、フランソワ・トリュフォーの「大人は判ってくれない」の主人公の少年のように、友達と悪ふざけをし、とんでもない冗談を言い、地区一帯を恐怖に陥れ、大騒ぎしながら金属製の鉤を投げ合うゲームに興じ、狭い通りを自転車で全力走行して通行人を危険な目にあわせ、学校からの帰りには他の子供と同じように罵り合った。

フェルディナン・ベルトゥー通りの学校では、私が教わった黒い軽騎兵たちは共和国の一面のみを称揚した。ジャックとモナ・オズーフは「共和国の小学校教師たち」が持っていた多様な信念について感動をもって記述しているが、私の先生たちは、当時まだこれらの教師たちが慣れ親しんでいたもう一つの側面については沈黙を守っていた[17]。ここでもまた、支配しているのは完全な沈黙だった。共和国は、私にとって集団への再加入の可能性であり、そのための正当な基盤であった[18]。ヴィシー時代が終わった後には、私たちの理想を作り上げるのはメシアニズムでも、共産主義でも、シオニズムでさえもなく、必要不可欠な集団への再加入を確かなものにしてくれる集合体として捉えられる共和国のみであった[19]。モナ・オズーフのメタファーを借りるならば、確かにユダヤ的「側面」は当然なものとしてあり、ユダヤ教の行事を欠かすことはなかった。それでも、それらは私たちの日常を律するものではない——ショアーが、その可能性を否定したわけではなかったが。私たちは、ヨム・キプル

（贖罪の日）にしか祈りを捧げないユダヤ教徒だった。年に一度だけ、所属を確認するために宗教を意識し、家からごく近いノートルダム・ド・ナザレト通りのシナゴーグという適切な場に身を置くのだった。当時、この通りの両側には、ユダヤ系の商店やユダヤ料理店が軒を並べていた。私は一九四八年に、イスラエル建国を祝った記憶がない。親戚の一部はイスラエルで暮らしていたし、一九五一年には旧式の、かつて移住者を乗せた船で、私はこの国を訪ねて感動を覚えたのであるが。共和国だけが、唯一希望の持てる未来であり続けた。

第四共和制初期、最後の世代に属する黒い軽騎兵たちが献身的に仕えた共和国の学校が、私を救ってくれた。私のレジリエンスは、ここに吸収すべき栄養を見出したのである。私にとって、立ち直るための場となり、理解への渇望を満足させる唯一の「燠火《おきび》」(20)となり、他者とのつながりを可能とし、沈黙から脱して、ナチスとヴィシーにより強要された運命を拒絶させたのが学校だったのである。逆説的なことに、新たな息吹を吹き込むこの学校は、近年の悲劇について沈黙を守っていた。フェルディナン・ベルトゥー通りの小学校に通った期間を通じて、パリの民衆的な地区である三区で特に多かったユダヤ人の子供の逮捕について語られたことはなかった。現在、この学校の外壁には、パリ市内のすべての学校と同じように、帰還しなかったユダヤ人の子供たちを記念するプレートが設置されている。しかしながら、一九四六年から一九五一年の間、すなわち私が思いがけず中学に進学できたこの年に至るまで、安寧が得られる避難所であるこの場所では、ユダヤ人の子供たちの運命を思わせるものは何もなかった。私の記憶喪失、平凡でありたいというわんぱく小僧の渇望は、より強化された。

この記憶喪失は私にとって、他のユダヤ系の大学教員の場合と同様に、私が背負った不利な状況に対処するための「松葉杖」だった。この松葉杖は、いかなるイデオロギーへの賛同も、また私が無意識にかどうかはともかくとしてずっと恐れてきたラディカルな政治参加とその誤り、過激な言動に訴える可能性、予想される排除から解放してくれた。(21)

学校は、共和国を称賛した。学年末の授賞式〔成績優秀な生徒に賞を授与するセレモニー〕では、私たちはラ・マルセイエーズを歌った。規律は守られねばならず、議論の余地はなかった。知識への欲求と、多くを求めるメリトクラシー〔学業に優れていることで、より高い社会的地位が望める制度〕は、将来の市民としての立場を強める源泉だった。生徒と教員の間に、過去に対する異なった、あるいは矛盾さえするつながりや愛着などが存在しうるとは、誰も一瞬たりとも考えなかった。暗黙と否認が、共通の未来の名において広がっていた。ごく近い過去であるヴィシー時代が語られることは決してなかった。ユダヤ人生徒の収容所送りについては、一言も触れられなかった。特に、私たちの学校の生徒が収容所に送られた事実については、一言もなかった。この学校では、共和主義的な異宗派間の協調が支配的だった。これをモナ・オズーフは「権威主義」と呼んでいる。確かに、これは歴史やさまざまなものへの愛着を矮小化するとともに、自由をもたらす共和主義を再生させる次元を表現するのに適切な語に違いない。だが、集団への再加入を求める子供であった私は、この次元を彼女よりもより多く共有しているため、「権威主義」の単語を用いる気にはなれないのである。学校における沈黙は、家庭での沈黙と重なった。これほど近い過去への意識は、すっかり遠ざけられた。現在が過去を消すのではなく、過去と現在が入れ替わってしまったかのように。そして、共和国とともに再度生まれた子供たちの無意識の中で、過去は消えてしまったのである。

後年、一九九〇年代に、パリ政治学院の現代史研究センターでピエール・ミルザ〔一九三二－二〇一八年。歴史家、元パリ政治学院教授〕と静かに話をしていたときに、突然私たちは二人とも、フェルディナン・ベルトゥー通りの小学校に通っていたことに気がついた。彼は私よりも何歳か年長である。イタリア・ファシズムの歴史家であり、またさまざまな過激な運動の研究者である彼は、かすれた声で、警察に拘束されたユダヤ人の子供たちが学校を去るときの模様を話してくれた。それは、彼自身が実際に目撃した光景だった。この逮捕劇は、よく知っているこの学校の壁の内側で、私が入学する三年か四年前に起きた出来事である。このごく近い暗黒の時代のヴィシーが、実態を欠いた遠い夢であったかのようだ。一九九〇年代まで、安心感を与え、思いやりのある共和国のこの小学校が、こうした一斉検挙の舞台となりえたとは、私には少しも想像できなかった。二人が共有する過去を聞かされて呆然自失し、動揺した私は、感動に満たされた巡礼のように一緒に小学校を訪ねて、この悲劇的な年月の痕跡を探索しようとミルザと約束した。しかし、残念ながらそれは実現しなかった。

フェルディナン・ベルトゥー通りの小学校の再訪を、私はそれ以前にも考えたことがあった。収容所送りになる以前に小学校に通っていたユダヤ人の子供たちの足跡をたどるためではなく、反対に、失われたときを求めて、私の記憶喪失を正当化し、共和主義の中で未来を与えてくれたときを求めて。激しい感情に震えながら、私は小学校の重い扉の前に立った。学校は改修されて、今では幅の広い盛士に保護され、高い壁で街の騒音から守られているかのようであった。私は不安な気持ちを抱きながらも、呼び鈴を押した。今では年齢を重ねて大学教授となった元生徒という立場であれば、この敷居の高い学校の門も開かれるのではないか。そうなれば、さしたる困難もなしに、かつての担任で、当時はきわめて難しかったリセ（中学・高校）の第六学年〔中学一年に相当〕への進級を奇跡的に可能にしてくれたマルティネ先生の消息を知ることもできるのではないか。私は、そんな希望を抱いていた。残念なことに、私は何の情報も得ることができなかった。いつもグレーの上っ張りを着た、堅苦しく、よそよそしく、厳しい黒い軽騎兵、共和国の奉仕者のイメージそのもの――後に研究対象とした「我が」高級官僚たちと相通じると感じさせられた――だったマルティネ先生との再会は叶わなかった。ヴィシーから生き延びた後のもう一つの奇跡、今やかつての共和国のメリトクラシーの台座から滑り落ちた初等教育修了証への道ではなく、私をリセへと導いたデウスエクスマキナ〔最後に突如として救いに現れる人物〕が、この先生であった。ヴィシー時代が終わった直後の時期、私は彼にどう見えただろうか。それはわからない。それでも、運命的な名前〔マルティネ martinet は、革や紐の房がついた鞭を意味する〕の、厳しい教師像を具現化したようなマルティネ先生は、リセへの進学への非常に高いハードルを、私に越えさせてくれたのである。先生がどのようなやり方をしたのかはわからないが、ブルターニュ通りの裏手にある狭い宿舎で、私に個人教授をしてくれたことは事実だ。まだ赤ん坊だった先生の子供が泣き叫ぶ中で、先生は私の学力レベルを上げるべく全力を尽くしてくれた。後に私は気づいたのだが、社会学者エドモン・ゴブロが『障壁と水準』[22]で鮮やかに描いた障壁を越えさせてくれたのである。当時はまだ学力レベル測定の役割を果たしていたバカロレア以上に、私にとって第六学年への進級試験はとても合格などおぼつかない無謀な計画、自分とは無縁のごく少数のエリートだけに許される難関のように思われた。

いったいいかなる奇跡によって合格できたのか、私にはわからない。いずれにしても、ある日、テュルビゴ通りにあるテュルゴ中学の門に張り出された第六学年進級合格者名簿に、どきどきしながら私は自分の名前を見つけたのだった。このとき私は、排除されるのではなく、社会の内側に招き入れられる者のリストに名を連ねたのである。息を切らせて、この信じられないニュース、私を他の同級生たちのほとんどと隔てることになる出来事を知らせようと、私は小学校まで走った。同級生たちは初等教育修了証の獲得へと歩を進め、それに対して私には中等教育への道が開かれたのだった。これが、すべての市民を保護する共和国に対する私の見方を決定づける根源となった。それから二年後、私はジャック・ドクール高校に入学が認められた。かつてのロラン高校である。ここでの学業は、恐るべき共和国的規律に従っていた。この高校の教員はほとんど全員がアグレジェ〔上級教員資格保持者〕で、著書があるか、あるいは教科書を執筆していた。彼らは自らの役割に忠実に、知識を授け、私たち生徒が信じていた共和国のメリトクラシーを体現し、生徒たちに絶対的な敬意を要求し、生徒もこれにすぐに応じたのだった。授業は、強い権威のもとでの儀式めいた徒弟奉公に似て、ブルジョワ的な九区と庶民的な一八区というパリの二つの正反対の地区から来た生徒たちを均質化させるものであった。社会文化的に多様なこの小宇宙では、私より少し以前に、友人の社会学者レイモン・ブドンとフランソワ・シャゼルが学んでいた。ジャック・ドクールはナチスに抵抗した共産党員のレジスタンス活動家で、ジョルジュ・ポリツェール〔一九〇三－一九四二年。ハンガリー・ユダヤ系のフランスの哲学者。レジスタンスに加わり、逮捕され処刑〕と親しかった。レジスタンスが、今もなお私たちの良心を団結させるかのように高校はこの名前を冠していた。毎年、私たちは広い校庭に集まって、ダニエル・ドクルドマンシュ、別名ジャック・ドクールが両親に宛てて、ドイツ軍に殺害される直前に書いた最後の手紙の朗読に、深い感動を覚えながら聞き入った。しかし、この学校でユダヤ人の生徒が逮捕された事実について触れるスピーチなどはなかった。

私の学校での成績は平凡だったが、ヴィシー時代の直後から、私は逆説的ながら、共和制国家の称賛という道から逸脱することはなかった。共和制国家は、普遍主義を志向する秩序への忠誠以外に何の対価も求めることなしに、私を受け入れてくれた。それから数年後、私はまたしても奇跡的かつ予想外にも、難関とされるパリ政治学院準備学年の試験に合格した。私はこうして、厳正な、また黒あるいはグレーの服装によって、かつての黒い軽騎兵にも似た国の上級の公僕たちに近づくことができた。私は、彼らの正直さ、公益への献身、私たちの個人的バックグラウンドや過去に無関心な普遍主義に感嘆したものだ。ネクタイを締め上着を着て、生徒たちはすでに公僕の制服を身にまとっていたが、それが彼らに穏やかで、粗野な感じがまったくない印象を与えていた。彼らは、早くも共和国の公務の世界に浸っているかのようだった。級友たちは最初から共和国の公務員の世界に近かった者が多く、その点でその実態を知らない私とは異なっていた。そのとき以来、ごく近い過去であるフランス国《エタ・フランセ》、私の死を求めていたフランス国の役割を私の記憶から消し去り、このパラドックスに気づかないまま、私は庇護者としての側面しか見ていなかった国家においてキャリアを積もうと、懸命に努めたのである。

私がパリ政治学院に入学したのは、第五共和制発足の年である。それは、迫害者であるヴィシー政権を終わらせ、人々に自由をもたらす国家の威厳を回復させ、私がやがてその歴史研究を行なうことになる高級官僚たちの共和国への道筋を開いたフランス解放の英雄、ドゴール将軍の政権復帰の年であった。一九五八年九月四日にレピュブリック広場で、ドゴール将軍の政権復帰を祝う大集会に出かけたときのことを、私は憶えている。アンドレ・マルローがフランス革命の叙事詩を語り、マキの英雄的行為について、さらには有名な「フランス人からフランス人に告ぐ」〔第二次大戦中、自由フランスがBBCの電波で放送したフランス本土向けラジオ番組。番組を開始する際の冒頭の言葉でもあった〕について話した。次いでドゴール将軍が登壇し、レジスタンスの栄誉を称えるとともに、半大統領制を敷く新憲法を通じて、第五共和制が歩むべき道を示した。それはフランスの偉大さ《グランドゥール》の復活であるとともに、民族自決の原則に基づき植民地の独立への道を開こうとするものだった。第四共和制を政党支配体制だと批判したことで、ドゴールは危険な独裁者だと非難された。私は、こうした見方を共有できなかった。フランスを国家中心主義へと向かわせるこの反転は、私たちの意識を形成し、それによって暗黒の時代のフランス国の実態を忘れさせ、その存在を否認させせさえした。ゼミや歴史ある大教室での講義で行政法と公共サービスの価値を称える高級官僚たちと大学教授たちは、ごく近い過去を背負っていないこの国家の穢れなき公僕と見えたのであった。その数年前に、彼らのうちの何人かがその能力をヴィシーのために使ったとの考え、迫害者となった国家に積極的に奉仕したとの見方は、私の頭をかすめもしなかった。

一時期、私が市民として、また公共領域における存在として拒絶されていたことによるものだろうか。無意識のうちに、共和制国家への奉仕が私に集団への再加入を可能にする唯一の源泉だと思わせたのだろうか。いずれにせよ、パリ政治学院で過ごした数年間と、法学部での学業、わけても行政法の独特な論理の学習は、私にとって「松葉杖」の役割を果たした。そのため、数週の間、私は国立行政学院（ＥＮＡ）受験を考えた。だが、私はすぐにその計画を放棄し、国家の社会学の研究者にとどまることになった。

一九六〇年代から一九八〇年代にかけての時期には、中国での百花斉放、アルバニアの神話、党優先のカストロ主義、あるいは東欧、アフリカ、そしてやや遅くなってイランなどのように、しばしば第三世界との連帯と結びついた政治的メシアニズムが、多くの知識人の信念となって、ある種の過激なイデオロギーが支配的となった。なかでも、六八年五月の運動は、ボルドー大学に勤務していた私を不意に襲った。私はその二年前にボルドー大学のポストに任命されていたが、それは私自身の共和制国家への統合と、また解放をもたらすデュルケム的な国家の奉仕者としての役目を果たすうえで私にとってきわめて重要なステップであった。

まさにこの都市において、一九世紀末の各種の社会的、政治的な危機、特にドレフュス事件に直面した、ラビの息子であるエミール・デュルケムは、私的な利害とは無縁で、公務員たちに守秘義務など職務上の制限と絶対的中立を求める国家のヴィジョンを構築したのである。当時、私はデュルケムの国家の厳しい概念、すなわち予断とイデオロギーにとらわれない国家――彼の言葉によると、そうしなければ「すべてが崩れてしまう」――に関する論文を準備していた。私は実証社会学の創始者に忠実に、彼と同様に分析からあらゆる予先概念を取り除いてイデオロギーに踊らされないように注意しつつ、自身の研究者の役割の見直しを避けていた。そして、研究者が階級的権威主義の発現であるとする説を忌避して、そうした議論から距離を置いていた。一部の過激な学生の教員の職務に対するしばしば攻撃的な異議申し立てと、また国家と大学制度を非難する一部の同僚の態度は、私に過剰な行動と暴力を伴う歴史が繰り返すことを恐れさせたが、それを食い止められるのは共和制国家だけであった。六八年五月の絶対的自由を求めるスローガンと、それぞれの役割についての再検討の要求、大学による処分は、私を動揺させ、傷つけた。パリに戻って、学生たちが本気で「機動隊！ SS！」と叫ぶのを聞いて、喜劇と悲劇を、またパリの通りの目まぐるしい駆け引きとナチスの恐怖を混同した彼らのデモから、私は決定的に遠ざかった。ヴィシーが、今度は愚弄するかのように戻ってきたのだ。私は、過去に引き戻された。私にとって、ドゴールは依然としてロンドンから抵抗を続けた人物であった。確かに、一九六八年五月三〇日のシャンゼリゼでの大デモ行進に対しては、報復的で不穏な様相があった。反動的な言説も目立った。それでも、ここで先頭に立っていたのはアンドレ・マルローではないか。マルローは『人間の条件』と『希望』の作家、危機に瀕したスペイン共和国とともに戦い、ドイツ軍やナチス親衛隊と戦闘を交えたニエメン航空隊の一員だった。ミシェル・ドブレもいた。ジャコバン主義の主唱者であり、ドゴールのもとで首相を務めた彼は、共和国の合法性を体現するレジスタンス運動家である。「選挙は罠だ！」というスローガンとは無縁で、全市民参加の普通選挙に基づく秩序を築き、SSとはかけ離れた権威でナチズムと戦った人物である。ヴィシーの亡霊は、一時的に姿を消すことができた。

危うい事態ではあったが、共和国は息を吹き返し、変化に適応し、より自由な生活習慣が定着し、対立は収まり、大学は変わった。今こそ、国家に関する理論を構築し、それを長期の歴史の中に定着させ、その特性を明らかにすべきであった。社会との神聖な帰属の再生のときが訪れた。というのも、一九七五年に、私はパンテオン＝ソルボンヌ大学教授に任命されたのである。これは、実に象徴的な出来事だった。私が所属したのは、モーリス・デュヴェルジェが学科長を務める政治学科である。デュヴェルジェは当時を代表する政治学者であり、左派の立場に立つことからも著名だった。彼が一九三〇年代に過激な政治思想の持ち主であったこと、ヴィシーの反ユダヤ法を支える論文などを書いていたことなど、知る由もなかった[23]。この法律は、実定法として、あらかじめ私を公務員の職から排除するはずであった。数えきれないほどの仕事上の議論でも、彼の豪邸での昼食会の折にも、記憶喪失あるいは否認は恐ろしいもので、この隠された過去が浮上してくることは一度としてなかった。こうした一対一での対話の機会に、モーリス・デュヴェルジェが内心何を考えていたのか、私が知ることは決してないだろう。彼は私をどう見ていたのか。私の研究業績はともかくとして、学部の同僚たちとともに私をパリ第一大学に招こうとした動機は何だったのか。そして、学部の運営に関する私たちの議論を超えたところで、彼の心の中に暗黒時代が再び頭をもたげることがあったとしたらどうだっただろうか。

こうした学術的な枠組みの中で、私は国家の自律化の基礎となるフランス社会に独特なエリート層の差異化プロセスを明らかにしようとした[24]。フランス型国民国家の例外性の形成を長期の視点で分析し、私は多数の著書と論文において、メリトクラシーに基づく採用を通じて構成された人員が実行する国家の大望を強調した。こうして採用された公務員たちは、実業界とは明確に区別され、支持層に有利に働く政治的な思惑から切り離され、宗教的な信仰とも無縁である。私はすべての市民のための国家の実態を正当化しようと努めた。著書を出版するにつれ、またシンポジウムで発表するにつれ、私は徐々に強い国家〔「強い国家」(État fort)とは、著者の提唱する国家類型で、強力な制度と国家機構を持ち、高度な能力の公務員を擁し、特定のカテゴリー(社会階層、宗教、政党など)と結びつくことがないとされる。これに対置されるのが「弱い国家」(État faible)で、前者の代表例がフランス、後者が英国や米国だとする〕の、理念型に近い国家の理論家になっていった。そのほとんどカント的な国家の正統性は、厳格な合理主義に裏打ちされたフランス啓蒙主義に遠い源泉を持ちながら、長い歴史の中に根づいた例外性をフランスに付与していた。私はマックス・ウェーバーが理論化した、目的に向かって合理的な行動を取る国家を体現する、あるいはまたエミール・デュルケムが構想した、情念と予断と過激性の排除を機能とする高級官僚たち、エナルク〔国立行政学院卒業生〕の集団に魅了されているかのようだった。フランス型の強い国家は、私にとっては、社会的平穏、市民間の融和、隣人同士の対立から生じうる暴力の拒否を保証するものだった。さらには、ライシテに基づく公共空間の守護者であり、しばしば相対立する宗教上の連帯が生む衝撃を緩和する機能も持っていた。イデオロギーにはほぼ無関心なこの国家は針路を違えず、その機構を維持し、金権的な世界からの闖入者を拒み、そして現代においてはドゴール時代からミッテラン時代に至るまで、エリートたちは同じ一つの政治的・行政的空間内で移動し、あらゆる陰謀論的な視点を否定していた。やや挑発的な手法ではあったが、私の意図は国家が二〇〇家族〔主として第二次大戦以前に、限られた少数の家族がフランスを政治的、経済的に支配しているとされた説〕や「金持ち」に奉仕しているのではないと示すことにあった。また、当時なお多数の政治文書の左右両極のポピュリスト的作者がエドゥアール・ドリュモンに倣って主張していたように、少数の支配グループが罪なき民衆を隷属させているのではないことも、示そうと試みた[25]。

確かに、歴史はときとして強い国家の奉仕者が実業界の声により多く耳を傾け、ときとして政治的に同調し、予断をもって行動したことを事実だと認めるよう迫ってくる。それでも比較が常に示すように、彼らの特性、すなわちその論理によって、彼らは異なる社会的勢力間の調停役を務め、国民生活の管理運営を担当し、政治を社会化する責任を負ってきたのだ。学校教育制度、大学とグランゼコール〔大学以外の高等教育・研究機関。フランス革命期以降に創設された〕は、公共的で、ライック〔ライシテ（非宗教性、世俗性）の形容詞形〕で、おおむね無償という性格から、階級制や再生産といった言葉による解釈を退ける。階級と再生産は、エスタブリッシュメントと分化できない弱い国家の社会に特有な規範なのである。一九七〇年代末から、不用意にも私はある種のマルクス主義、機械論的で国家を否定するマルクス主義の純朴な批判者になった。学術の世界ではこの種のマルクス主義が席巻し、ルイ・アルテュセールからニコス・プーランツァスまでがこれを主張していた。彼らは、経験論的な比較研究の手法を、当時のアングロ＝サクソン的な社会科学に類するものだとして軽蔑し、嘲弄した。このように、比較史学を無視する純粋に構造主義的なモデルを通じて、彼らは国家の論理を軽視したのである。マルクスでさえ、ときとして国家を、市民の目に正統と映る国家を、社会の諸勢力から独立したものと見ていたにもかかわらず。

かつての黒い軽騎兵たちに忠実に、また厳格で道徳的な正しさを特徴とするマルティネ先生やリセの教員たちに従って、私は解放をもたらす国家の奉仕者たちの遺産に忠実であろうと努めた。保護者的でありながら合理主義的で、あらゆる形態の偏見から離れた国家像、すべての市民により構成された国家像を仲介役とすることで、集団への再加入は意味を持つのである。この国家像は、メシア主義的なイデオロギーの高揚感、カリカチュラルな意思表明、ソヴィエトの実験に対する信仰、毛沢東主義への狂信を抑止し、その一方で国家の法を圧し潰すマッカーシズムとその同類への厳重な警戒を求めるものだった。重要なのは一党制国家という想像を絶する、正統性のない国家の観念を排すると同様に、人種による国家も否定し、あるいは現代においても多数の政治体制にみられる特定宗教と協調する国家という、国家の名に値しない制度を拒絶することである。用語の完全な意味での国家が要求するものは、国家という場を矮小化させる社会の均質化と、国家と市民の機能を縮小させるあらゆる全体主義的な志向から隔たっている。

この当時、国家がイデオロギー的な真理や階級的な立場、あるいは宗教的な親和性によらずに、法に基づく社会の擁護者たりうると考える者は少数だった。この時期には、フランスにおいてさえ、ENA支配《エナルシー》あるいは国家貴族をめぐり激論が闘わされた。高級官僚は、メリトクラシーに基づく採用が行なわれているにもかかわらず、自らの利益ないしはブルジョワジーの代弁者だとして非難されたのである。それとは反対に、私は国家機構と社会的ヒエラルキーを隔てる境界の存在を明らかにし、国家の持つ耐久性を示し、国家の奉仕者たちの献身を強調し、あらゆる経済的ないしは宗教的な侵入の試みから公共圏を保護する行政法の論理を称揚した。この異議申し立ての時代には、共和主義的融和の保証者としての国家の擁護が、私の主要な仕事となった。この仕事が、何度にもわたり――果して、このことを後悔すべきだろうか――、国家を資本主義的、ファシスト的、完全に抑圧的だとして糾弾する社会運動から私を遠ざける結果となった。

こうした理論は、一九八〇年代にENA支配の批判者たちからばかりでなく、ヴィシーの暗黒時代における国家の隷属を非難する歴史家たちからも攻撃された。一九七三年に、ロバート・パクストン〔一九三二年生まれ。米国の歴史家。コロンビア大学名誉教授。専門はフランス現代史〕の『ヴィシー時代のフランス』のフランス語訳が出版された。この著作は、激震を引き起こした。非常に激しい論争が巻き起こり、それまでの歴史記述の苦しくも大幅な見直しが求められた。私は、ルヴュー・フランセーズ・ド・シアンス・ポリティック誌（フランス政治学雑誌）の非常に否定的な書評を読んで[26]、意外な感を覚え、パクストンが「パリ政治学院から好意的に受け止められずに失望した」と語ったことを残念に思った。私は、この本がときとして排外主義的な反応を引き起こしたことに動揺した[27]。私はこの本を夢中になって読み、高級官僚たちがペタン体制に与したことを示す統計を知って、また第三共和制期の幹部公務員がヴィシー政権下でも、またその罪を贖おうとした第四共和制下においても重要ポストにとどまる様子を知り驚愕した。これは、私の高級官僚に対する見方に重要な疑義を呈する衝撃であった。なぜなら、パクストンは、ヴィシーで権力を持っていたのが国家に奉仕する上級の公僕たちであることを証明していたからである[28]。もっとも、この衝撃は一過性であった。同じ頃、私は精神分裂状態に陥ったかのように、フランス型国家の歴史に関する著作をいくつも書いていたが、そこにはヴィシーは不在だったからである[29]。

一九八一年、左翼が政権を獲得し、「生活を変えよう」というスローガンと現実との遭遇が起こった。私は行政学と政治社会学の専門家を集めて共同研究を行ない、成果を一冊の学術書にまとめた。統計的手法を用いた実証的なこの研究は、新政権の政治家たち、各省大臣官房のメンバー、エリート層の人員の循環を研究対象としていた。当時、ある人々が社会主義思想の再評価を喜び、他の人々がヴィシー時代のフランス国家の役割を批判しているときに、私たちは以前と変わらない国家の重要性、社会変革におけるその不可欠な役割、共和主義的公共空間における社会変化の中で高級官僚が果たす決定的な役目を強調していた[30]。ところが、同じ一九八一年、『ヴィシー時代のフランス』から八年後に、マイケル・マラスとロバート・パクストンは『ヴィシーとユダヤ人』を出版し、一九四〇年一〇月のユダヤ人身分法に大きな重要性を認め、これがフランスのユダヤ人の収容所移送におけるヴィシー自身の責任の明確な証拠だとしたとき[31]、私はこれを拒絶し、ロベール・アロンが主張した、ヴィシーが盾となってユダヤ人を保護したとする説を否定するこの本を開こうとはしなかった。私の否認は非常に強く、驚くべき新事実を知ってもその重みをすぐには理解できないほどだった。その事実とは、ヴィシー政権下で高級官僚だったルネ・ブスケ、その後まもなくフランソワ・ミッテランと親交があったことが知られるようになるこの人物が、ドイツ側の命令に従い、フランス警察のみの手によりヴェルディヴ一斉検挙を組織したというものだった。この事件では、ユダヤ人移民ばかりでなく、多くの場合届け出によりフランス国籍を持っていたその子供たちも対象とされた。この子供たちは、親とともに収容所に送られた。一九八三年には、セルジュ・クラルスフェルドが『ヴィシー――アウシュヴィッツ――フランスにおけるユダヤ人問題の「最終的解決[32]」』を出版し、大きな反響を呼んだが、『ヴィシーとユダヤ人』の場合と同じく、私はこの本を開こうとはしなかった。この時期には、私は確かにロベール・フォリソンの馬鹿げたユダヤ人虐殺否定論が耳目を集めたことに動揺し、一九八五年にクロード・ランズマンの『ショアー』が公開されると映画館に走った。しかしヴィシーとショアーが知的な世界でこうして再び注目され、多くの人々がこの問題の存在を認識し、署名運動が行なわれ、ユダヤ人とフランスの反ユダヤ主義、ユダヤ人の収容所移送に関する議論が起きる中で、私は耳を塞ぎ、なお集団への再加入を求めて、国家の役割の正当化の仕事を継続した。ユダヤの記憶が目覚めつつあったこの時期にも、私は純粋な学術研究を行なう研究者の立場にとどまろうと努めていた[33]。

しかし、誰であってもその時代が課す問題から逃れることはできない。私は自分の「要塞」に「匿われ」ながら[34]、自身の価値観や不安を見せることのない研究者の役割に徹していたが、フランス社会内部に入り込み始めたユダヤの記憶は、徐々に歩みを進めていた。一九八八年、多くの同僚たちにとっては予想外、あるいは驚くべきことに、私はある種のカミングアウトのようにして、『政治的な神話――「ユダヤ共和国[35]」』を出版した。経験論的に扱った大量の未公表資料に基づき、私はある意味では『民衆と金持ち』〔ビルンボームの一九七九年の著書〕に立ち戻ったのであるが、この著書では、フランス共和国はユダヤ人に支配された共和国だという非合理的な妄信のユダヤ人に関わる側面のみに重点を置いたのである。ユダヤ人は、この神話の核心にいた。ユダヤ人はもはや、大資本家としてのみ見られているのではない。彼らは国家を支配しているのではないかと疑われていたのである。その意味において、国家の社会学は初めて、フランスに特有のユダヤ人の歴史と遭遇したのである。ライシテを創始し、国家と結びついた市民たちの公共空間を築いた黒い軽騎兵たちの母である「我が」第三共和制の不倶戴天の敵であるエドゥアール・ドリュモンは、強い国家を中心とするフランス社会に独特の政治的反ユダヤ主義への道を切り開いた。ドリュモンの『ユダヤのフランス』(一八八六年)は、現代史の転換点を示す書物だった。というのは、初めてユダヤ人が政治権力と密接に結びつけられたからだ。ユダヤ人は彼らの計画に有利な世俗化計画を通じて、フランス社会の文化的な規範であるカトリシズムを問題視しようとした、というのである。私は、レオン・ブルムとピエール・マンデス・フランスという二人のユダヤ人が体現し、彼らが国家において枢要な地位を占めることで重要な社会変革を開始した二つの象徴的な時期における、ユダヤ人に対して開かれたフランス型国民国家と結びつく、文字どおり政治的な反ユダヤ主義の輪郭を描いた。第三共和制下でカトリックのエリートの一部がこの強い国家から離れていったことを、私は国家の社会学の研究を通じて認識したのである。共和国は、すると反対にプロテスタントとユダヤ人のエリートに門戸を開き、その反動として強烈な反プロテスタントと、同様に激烈な反ユダヤの動きを生んだ。これとは反対に、米国や英国のような弱い国家を持つ社会においては、こうした政治的反ユダヤ主義は存在しない。私は、アレクシ・ド・トクヴィルについて書いて以来、ずっと比較論的アプローチを用いてきたが、ここで初めて国家の形態と反ユダヤ主義の形態の関連性について検討するに至った。結論は、またしても強い国家を正当化するものだった。確かに、強い国家は強力な反ユダヤ主義を生み出しもするが、同時にこれを抑え、食い止めることができる唯一の国家形態でもあった。それでも、私のほとんど記憶喪失と呼べる状態は続いていた。当時盛んに行なわれた論争にもかかわらず、『政治的な神話——「ユダヤ共和国」』において、私はヴィシー時代にはほぼ触れていなかった。その翌年、一九八九年に、フランス革命二〇〇周年での国の記念行事の枠組みの中で、私は編者として『フランス・ユダヤ人の政治史』を刊行した。この本でもまた、ヴィシーは黙殺された。信じ難い否認行為であるが、フランス革命以降のユダヤ人と政治の関係を扱うこの共著は、ヴィシー時代については完全に沈黙したのである(36)。私は頑なに、何も聞こうとしなかった。個人的に関わりのある一九四〇年代について、私は耳を塞いでいた。

それでも、一九九〇年代に入ると、私はヴィシー時代を忘れ去るわけにはいかなくなった。私は、友人のロラン・ラパポールの要請に応じて、イジウー〔リヨンの東方にあるアン県の小村〕の家の学術委員会の一員となった。一九四四年四月六日、クラウス・バルビーが指揮するドイツ軍部隊が、この家に避難していたユダヤ人の子供四四人と教師七人を逮捕したのである。私は会議に参加し、子供たちを保護しようとした当時の副知事ピエール＝マルセル・ヴィルツェールと会い、イジウーに出向いて記念館の開館式典に出席した。[37] 同じ頃、私は第三共和制初期からヴィシー（！）に至る、国家の中枢において重要な役割を果たした政治家と行政官の古典的なプロソポグラフィ〔一種の人名事典〕作成の仕事に着手していた。[38] このとき初めて、ヴィシーの暗黒時代が共和国に献身的に仕えた「国家ユダヤ人」たち、私が研究してきた知事、国家参事会判事、下院議員、元老院議員、将軍あるいは司法官たちの炎のごとくに輝く運命の悲劇的な結末としてそそり立ったのである。これらの国家ユダヤ人たちの運命は、個人資料、公務員としての勤務記録、あるいは地域における彼らの役割と彼らに対する反応を知るうえで貴重な各県の公文書館資料からたどることができた。彼らが自身の伝統に忠実だったことは、彼らの同族結婚、国家機構における役割や共和国のための行動と両立する小社会への参加などが明確に示しているが、これに対して、反ユダヤ主義的な強力な反応が、ドリュモンとその追随者たちが書いた文章を受けて巻き起こったのである。今回は、ヴィシーが最終章に登場した。そこで、私は何人もの国家ユダヤ人が、一九四〇年一〇月三日のユダヤ人身分法に抗議するためにペタンに書いた、感動的な書簡の分析を行なった。

これらの共和国狂たちの歴史は、フランス型の、メリトクラシーに基づく国家の例外性を示すものである。それはまた、当時はほとんど知られていなかった根強い政治的反ユダヤ主義の広がりと継続性をも明らかにしていた。この長文の最終章が、国家ユダヤ人たちの輝かしい歴史に悲劇的な色調を与えていたにもかかわらず、プレスばかりでなく私の同業者たちも、ユダヤ人と共和制国家との結びつきという高貴な側面のみを、自由と解放をもたらすフランス社会の無償の行為の証拠として見るにとどまった。しかし、私を動揺させたのは、国家機構の内部においてさえ政治的反ユダヤ主義が蔓延していたことだ。なぜなら、それはこれまでの私の仕事の論理の見直しを迫るものだったからである。

国家ユダヤ人たちがキャリアを積む過程で、上司が書いた反ユダヤ的な評価は、私を驚愕させた。社会の中で増殖する政治的反ユダヤ主義は、国家機構の境界さえも乗り越えたのである。この事実は、これまでの、制度化された強い国家の社会学を無効にするものかもしれなかった。この意味において、マイケル・マラスに倣い、「ヴィシー以前にヴィシーがあった」[39]、すなわちユダヤ人を排除するメカニズムが一九四〇年一〇月の身分法以前に存在したと考えられる。そして、かかるメカニズムが共和制国家の内部において拡大し、フランス国の成立後にはさらに盛んになったと言えるのである。

そのときから、国家の社会学に新たな横糸が通るようになった。ユダヤ人の位置と、反ユダヤ主義である。『記憶の場』に一文を寄せるよう、ピエール・ノラから私に依頼があったとき、当然取り上げるべきと思われたのがヴィシーである。それというのもヴィシーは、ドレフュス事件という、フランス社会に広がる政治的反ユダヤ主義と、理工科学校出身の国家ユダヤ人の陸軍参謀本部在籍に対する大規模な抗議の声が誕生した象徴的な時期に続く、きわめて重要な時代だったからにほかならない。裏切り者は、彼ドレフュス以外には考えられなかった。卑劣な反ユダヤの憎悪を何百万部と発行する反ユダヤ主義の新聞雑誌が、毎日告発する他の共和国狂たるユダヤ人たちと同様に。そして、この雄叫びに加わっていたシャルル・モーラスにとって、数年後にヴィシーは、ドレフュスに対する「復讐」、ついに敗北した共和国の征服による政治的反ユダヤ主義の勝利となるのである。私が書いた一文のタイトルの中で、ドランシー〔パリ近郊、ドゴール空港から近い都市。アウシュヴィッツへの中継起点となる収容所があった〕はユダヤ移民に対する国家の明白な裏切りを示していたが、それは同時にフランス警察の監視のもと、収容所に移送されたユダヤ教徒と呼ばれるフランス市民に対する裏切りでもあった。私の原稿に危惧を抱いたピエール・ノラは、いくつかの文章表現を和らげたが、大筋は変わらなかった。その直後、ノラは一九世紀末からヴィシーに至るこの政治的反ユダヤ主義の流れを描く私の著書『ドレフュス事件のフランス』の出版を了承し、これによって私の仕事の正当性を承認してくれたのだった。(40)

こうして、ヴィシーは研究計画全般に背景として加わることとなったが、それでも、私はヴィシー時代の史料の調査にあえて身を投じ、私自身に直接関わるものであることを明らかにするのを拒んでいた。とはいえ、私とヴィシーの間にあるつながりは、徐々に学術の世界の約束事を超えて、感情表現とそれに伴う発言を促すようになった。その機会は、翌年、ナショナリズムに基づく憎悪をテーマとする一冊の書籍を通じてもたらされた。(41)この研究の中核となる一章は、国家ユダヤ人に対する反ユダヤ主義の憎悪の中心にヴィシーを据えた。ドリュモンからル・ペンに至るまで、一世紀にわたり、社会の内部から国家におけるユダヤ人の位置への告発が続く中で、ヴィシーは、ユダヤ系公務員を排除することで国家が自らの論理に背を向けて、国家そのものが反ユダヤ的になるというパラドックスの時代を例証している。史料に当たる中で、私は偶然、国家参事会の副部長だったポール・グリュネボーム＝バランがアンドレ・シーグフリードに宛てた一通の書簡を発見した。この書簡は、私の国家に関する理論に異を唱えることになる。グリュネボーム＝バランは、一九〇五年の国家と教会の分離法の法案起草にあたった人物であり、代表的な共和国狂である。彼は、一九四〇年一〇月のユダヤ人身分法により、解任されたばかりだった。自由地域に逃れた彼は、ル・タン紙の一面にユダヤ人を国の業務から排除することを正当化する記事を寄稿したアンドレ・シーグフリードに宛てて、長文の手紙を書いた。シーグフリードにとって、ユダヤ人はパリンプセストゥス〔書かれた文字を消し、別の内容を上書きした羊皮紙の写本〕の如くに、何世代にもわたって、フランスに馴染まないアイデンティティを保持し続ける民であった。ル・モンド紙の直接の先祖であり、フランス社会で最も名誉ある地位を占める日刊紙ル・タンの一面に掲載された、当時の学界の権威が書いた記事が、統合機能を持つ強い国家という私の解釈を否定していたのである。この記事は、ドリュモンのような人物が、ヴィシー時代の最初の年にラ・リーブル・パロル紙のごとき過激な反ユダヤ新聞に書いたものではない。これを書いたのは、私が学生時代を過ごし、公共への奉仕に対する信頼を形成した政治学院が、その並外れた功績を称え、大教室の一つにその名を冠した人物である。そして、その大教室は、今もなお政治学が息づき、高度に学術的な会合が催されるときには、私が同僚たちと出会う場である。衝撃は大きかった。近年までコレージュ・ド・フランス教授を務め、国立政治学財団〔パリ政治学院などの運営母体〕理事長でもあった、私の専門分野の教皇とまで呼ばれた人物がユダヤ人身分法を正当化し、私が理論化に努めてきた国家、私にとって驚嘆に値する例外性を持つ国家から、私をはるか以前に排除していたということは想像もつかなかった。そして、すべてが単純に忘れられ、赦されなければならない。一九五〇年代になっても、彼の文章に見られるユダヤ人の有害な役割についての常軌を逸した言説については、沈黙しなければならない。戦後にもなお長頭や短頭を論じていたこの人種間の不平等の理論家の庇護のもと、私自身の入学の少し前に政治学院で行なわれていた彼の権威ある講義では、学生は穏やかに打ち解けて議論をしなければならない。公立小学校でも、政治学院でも、この沈黙、語られざる言葉があった。このとき、ヴィシーは眼前にはっきりと現れ、私自身の生を否定したのである。私は、この事実を忘れることができなくなった。現実の否認は、もはや不可能となった。

最後の一歩を踏み出すには、否認に終止符を打つには、完璧に中立的な教授の衣装を脱ぎ捨てるには、口実が一つありさえすればよかった。一九九四年一〇月二一日、その転換点が訪れた。それまで国家公務員として、エミール・デュルケムがドレフュス事件の際にそうしたように節度を守ってきた私は、大統領であるフランソワ・ミッテランを批判したのである。私は個人的な関与には一切触れずに、「私自身の」ヴィシーには沈黙したまま、ル・モンド紙に寄稿した。その文章をそのまま、編集部が付した小見出しも含めて以下に再録する。

最近出版した著作で、エリック・コナンとアンリ・ルソーは、ヴェルディヴは「不完全な意味でしか、フランス特有の反ユダヤ主義の〝記憶の場〟ではない。フランスの反ユダヤ主義をはるかによく象徴するのは、一〇月三日という、一九四〇年の最初のユダヤ人身分法制定の日付である。これはドイツの圧力により制定されたものではなく、その数日前にナチスが占領地域で発布した政令よりも差別的なものであった」[42]と述べている。確かに、ルネ・ブスケの指揮のもとで、ドイツ側の要求に応じて、フランス警察が一九四二年七月一六日にヴェルディヴ一斉検挙を実施したのではあったが、それは新しいフランス国による市民の一部の公共空間からの追放であり、後にフランス国はそのさらに一部からフランス国籍を剝奪しさえした。彼らは市民としての権利に続いて、国籍への権利さえ突如として奪われたのである。

一瞬にして、フランス型の解放《エマンシパシオン》、一七八九年の普遍的価値にその起源を持つ共和国の伝統が無に帰した。それは同時に、反革命がついに勝利を得たことを意味した。一九世紀全体を通じて、そして一九三〇年代に至るまで、反革命は共和国の終焉を、つまりは「他者」の根絶を準備してきたのである。ナチスの支配下で、ヴィシーはジョゼフ・ド・メストルとドリュモンの、バレスとモーラスの勝利を象徴した。ついに、「フランス人のためのフランス」が実現したのだ！　ナショナリストの巨大な群衆が発したこの叫びは、今や空虚に響くスローガンではなくなった。ヴィシーとは、国家との紐帯の断裂であり、高貴な意味における公共サービスの終焉であった。これはまた、メリトクラシーのルールに基づく、たとえば宗教的属性などに関わりなく、あらゆる能力に対して開かれた共和制国家の建設に、古くから敵対してきたある種の社会の勝利でもあった。

国家におけるユダヤ人の運命

ところが、最近のテレビ出演の際に、共和国大統領は番組が始まって間もなく、次のように発言した。「〝反ユダヤ法〟とおっしゃいましたが、これは外国籍のユダヤ人に対する法律でした。だからといって問題が小さくなるものでも、また大目に見られるものでもありません。この法律について、私は何も知りませんでした」。一九四〇年一〇月三日に決定された措置、さらに一九四一年六月二日のさらに厳しい追加措置は、フランス国籍のユダヤ人を国家と公共空間全体から文字どおり追放した。一方、外国籍のユダヤ人に関しては、一九四〇年一〇月四日から収容所送りが可能となった。一九四二年にはヴィシーの公務員だった大統領自身は、これらを何も知らなかったことになる。法律を修め、ヴィシーで上級の公務員だった大統領は、ピエール・ペアン〔ジャーナリスト。一九九四年出版の著書『あるフランスの青春――ミッテラン一九三四－一九四七』はセンセーションを巻き起こした〕に次のように述べている。「私は反ユダヤ主義について考えていませんでした。残念ながら元帥〔ペタン〕の周辺で反ユダヤ主義者が重要な位置を占めていたことは知っていましたが、当時私はどういう法令があったのか、どのような措置が取られているのかには注意していませんでした」[43]。

歴史家アンリ・ルソーが強調するように、「フランス市民、ましてや大統領である人物が、現在では大学一年生でも知っている事実を知らないというのは、もちろん信じられないことだ」[44]。ユダヤ人身分法に対する認識の欠如は、基礎的な共和国の諸制度への全般的な拒絶を意味する。一九四二年七月六日には、フランソワ・ミッテランは「公立小学校などくそくらえ！」と叫んで、ジュール・フェリー以来最もよく根づいた確信を、躊躇なく消し去ったのである[45]。同時期に、新しい公民教科書は、市民権の共和主義的理解に終止符を打った[46]。

こんにち、大統領は何人かのユダヤ系の顧問、それも多くの場合第三共和制の国家ユダヤ人であった「共和国狂」の直接の後継者である公務員出身の顧問、もしくは大臣と躊躇なく仕事をしている。彼はまた、たとえばヴェルディヴあるいはイジウーで、フランス警察またはドイツ軍により逮捕されたユダヤ人の記憶に敬意を表している。彼は、『夜』の著者であるエリー・ウィーゼルへの友情を明らかにしている。一九八二年のテロ事件の際には、連帯を示すためにユダヤ料理店ゴールデンベルグを自ら訪れた。これらにもかかわらず、あれほどに悲劇的な時期のこの問題発言はそれだけで、すべてを否定するように見える。

多すぎた隠蔽行為

沈黙。大統領の失言は、その意味するところから、国家におけるユダヤ人の運命に対する完全な無関心をまたしても表すものだった。これは、職業と権利を侵害された自国の市民に対する国家の責任を作為的に消去することにより、フランス国籍のユダヤ人と外国籍のユダヤ人を同一視していた。この市民たちは、こんにちでも恐らく、各種の補償を求めることができると思われる。さらに、この沈黙は、フランス領内に所在するすべての外国人に対する国家の責任――彼らは、国家からのみ保護を受けられる――を過小評価している。こんにちでもなお沈黙は、暗に総体としてのユダヤ人を市民全体から分離しているのである。

一九三〇年代の反ユダヤ主義の過激さを知り、右翼ナショナリストの決意を知り、多くの職種からユダヤ人の即時追放を求める数多くの大衆動員による大集会のほとんどで行なわれる儀式を知り、国の公職ないしは自由業において重要な立場にあるユダヤ人の個人名を記したリストが流通してそれが大新聞に掲載されたことを知っているなら、一九三五年に、当時大学生だった大統領が極右の学生とともに「外国人《メテーク》による侵略に反対」するデモに参加する姿を撮影した写真は耐え難いものである。一九四二年一〇月一五日にヴィシーでペタンと会見する場面の写真についても、同様である。このとき、すでにユダヤ人の大量検挙が何度も実施されており、こうした残虐行為は抵抗《レジスタンス》を行なうフランス社会に対しても広がっていた。この時、マレシャリスム〔ペタン元帥個人に対する崇拝、もしくは支持〕からペテニスム〔より積極的な対独協力思想〕への移行が確かに行なわれていたのである。

信じ難いことである。フランス－ルヴュー・ド・レタ・ヌーヴォー誌（フランス・新国家雑誌）

の記事にせよ、あるいは危険を伴うレジスタンス活動に加わった時期に受けた不明な部分の多いフランシスク勲章〔ヴィシー政権が授与した勲章。ミッテランは一九四三年春に受章した〕の一件にせよ、これらの写真や交友関係、そしてペテニスムへの賛同と参加が、どうしてこれまで知られずに来たのだろうか。歴史家やジャーナリストは何をしていたのだろうか。大統領の交友関係、私的な会合、ヴィシーの警察長官の官房長だった「忠実な友人」ジャン＝ポール・マルタンとの一九四三年以来の長年にわたる友情、ブスケとしばしばともにした昼食などを、彼らは知っていたのだろうか。「大変な力量の人物で……どちらかと言えば好感が持て……会うのが楽しみだった」と大統領はピエール・ペアンとの対話でブスケについて語っている。さらに、テレビでも「おもしろい男だった」と述べた。ブスケと大統領は、すでに一九四三年に出会っていたのかもしれない。彼は、フランスにおける最終的解決〔ナチス・ドイツによるユダヤ人の大量虐殺〕の実行において、中心的な役割を果たした。ナチスによれば、ブスケは「一九四二年に、フランス全土で、全国での同時作戦によって、我々が望む人数の外国籍ユダヤ人を逮捕する用意があると発言した」とされる。我々の大統領によれば、「何人もの、まっとうな共和主義者である元首相たちから友人だと見なされていた」ブスケが、である。大統領は、このような人物を、どうしてエリゼ宮に招き、また司法から保護することができたのだろうか。

ユダヤ人たちの孤独。大統領は、どのようにして、一九九四年においてなお、ヴィシーでは「これらの高級官僚のうちには、愛国心の面から見て完璧な人々が多かった」と主張できたのだろうか。彼らは全員がペタンに忠誠を誓い、それだけで共和国の普遍主義に終止符を打ったユダヤ人身分法の制定後も、誰一人として辞職しなかったというのに。大統領のテレビ出演について、ジャック・デュケーヌはラ・クロワ紙に「いかなる罪にも、確かに、許しがある」と控え目に書いた。しかし、この告解に至るまでには、あまりにも多くの隠蔽があった。そして、過去に取った態度を思い返して、罪びとはより謙虚であるべきだったのではないだろうか。フランソワ・ミッテランは、一九六四年に書いた『恒常的クーデター』で、ドゴール体制を「ペタン元帥が、道徳秩序を掲げてフランス国民に強いた独裁」と比較した。我々の大統領は、二六歳のときに、自ら進んで「独裁[47]」のために働こうとした、と結論づけてよいものだろうか。彼はまた、最近のよく知られたインタビュー[48]でも、先のテレビ出演の折と同様に、フランス人同士の容赦なき内戦であったパリ・コミューンの虐殺と、フランスの警察と行政機構が最終的解決の実現のために行なったナチスへの決定的な寄与とを、どうして比較できたのだろうか。

残るのは、歴史記述に関する議論である。まず、フランスの歴史家たちの長い沈黙がある。ゼーヴ・シュテルンヘル〔一九三五―二〇二〇年。ポーランド生まれのイスラエルの歴史家。一九世紀末のフランスにファシズムの源流の一つがあるとの説を唱えた〕と何人かの歴史家が強調したように、何世代もの学生がバイブルのように読んだルネ・レモン〔一九一八―二〇〇七年。フランスの歴史家。パリ・ナンテール大学学長、国立政治学財団理事長などを務める。フランス政治史研究の権威とされる〕の著書、『フランスの右派』のヴィシーに関する数ページでは、ユダヤ人身分法も、一斉検挙も、対独協力全体も語られていない。付け加えるなら、この古典的な著作には、反ユダヤ主義への言及がまったくない。この観点から平穏だったとは言えない一九世紀末に関する長い記述でも、ほとんど触れられることがない。シュテルンヘル氏は正しい。しかもレモン氏の回答[49]は、この点について沈黙している。また、一九七〇年にルネ・レモンがヴィシーに関する最初のシンポジウム――シュテルンヘル氏への回答でも言及がある――を開催したときにも、ペタン体制のこの面についての分析はほとんど行なわれなかった。反ユダヤ政策には、まったくと言っていいほど触れられなかった。このシンポジウムを基に一九七二年に出版された本の結論では、当事者の運命をやや軽視するかのように、レモン氏は次のように指摘するにとどめた。「追放処分の対象となったのは、ほぼユダヤ教徒と秘密結社のメンバーに限定された……。それは忌まわしい措置だったが、結局のところ追放は実効性を持つというよりは象徴的なものだった……。この計画は実際の行動のための手段の刷新であるよりは、むしろ見かけ上の効果を狙っていた」。

当時、この点に関する研究は、ほとんどが大学などの研究機関ではなく、外部で行なわれていた。ジョゼフ・ビリグやジョルジュ・ヴェレルスの仕事は、今でも重要なものであり続けている。主として英米の歴史家とともに、現在ではセルジュ・クラルスフェルドをはじめとする「半歴史家」とでも言うべき人々が、長いこと忘れられていたこの研究を前進させた。それを知っておく必要がある。これまでの欠如を償うアナール誌（一九九三年五月 - 六月号）の特大号にあるように、「沈黙があったとするなら、それは歴史家の問題」だった。それでも、数年来状況は変わってきた。フランス人歴史家が書いたヴィシーのユダヤ人政策に関する重要な博士論文が近年いくつか提出されている。さらに、同誌は次のように強調する。「彼らのうちの多くが、ジェノサイドの犠牲者たちとつながりがあることを指摘してもよいものだろうか」。フランスという国の歴史に確かに関連するこの問題に関心を示すのは、奇妙なことに彼らだけなのだろうか。

公権力の責任ではなく、主として世論の状況に関して議論を行なうことで、レモン氏はペテニストであるよりはマレシャリストだった平均的フランス人の態度を、いわば再評価して見せた。それ自体は正当である（こうした結論には、シュテルンヘル氏自身の論文も反対していない）が、そうすることで大統領の失言が思い出させた議論の中核部分、すなわち国家と政治家、行政官、経営者、さらには聖職者や大学教授といったエリートたちのヴィシー体制の確立における責任を、用心深く素通りしてしまうのである。この本質的な要素に関して、レモン氏はこう書いている。「ロバート・パクストン氏のパイオニア的な著作を、我々はしばしば読みすぎた……。この本は政府の政策を説明しようとするものだったが、我々はフランスの深遠部を明らかにするものとして読んでしまったのである」。

意味のずれ

これは、確かに間違いであろう。そればかりか、この「パイオニア的著作」（しかし、出版当時歴史家からは不評だった）の結論を、意味のずれによって巧みにかわそうとするものではないか。

すなわち、ユダヤ人身分法にかかわらず、もともとは共和国のメリトクラシーに基づく試験により採用されていたフランスの上級行政官が、留保なく対独協力に邁進した、という点である。この観点から、ブスケは無数にいる高官たちに似通っているにすぎない。たとえば、ダルラン提督である。「完璧な共和主義者と見られたこの人物は、ヴィシーの大幹部となった」[50]。思い出してみよう。ロバート・パクストンは、「一九三九年と一九四六年の間に、大嵐を越えて、驚くべき継続性」が見られたことを示した。彼によると、会計検査院では、一九四九年に在職していた職員の九九%が、一九四二年にすでに在職していた。財務監察局では、一九四八年に現役の上級監察官だった者の九七%が、一九四二年にすでにその職にあった。特に政治との接点が多かった国家参事会においてさえ、一九四二年に部長であった者の八〇%と、評定官であった者の七六%が、一九四六年の職員録に名前が掲載されていたのである[51]。ここに、ブスケあるいはマルタン、またその他の高級官僚たちの息の長さの起源を見ることができる。彼らの奇妙な政治遍歴は、こんにちのフランスにおいてもなお見られる。ヴィシーは、反動的で反ユダヤ的な強固な伝統に深く根を下ろしたが、この伝統は第三共和制下の共和制国家には控え目に浸透したにすぎない。

大きな無関心と継続性と

共和国の忠実なユダヤ人奉仕者たちが、いくつものユダヤ人身分法により歩んだ運命に対する無関心は、さらに驚くべきものである。本紙上で[52]、フランスの弱点について書いたもう一人の米国の歴史家、トニー・ジャット〔一九四八－二〇一〇年。英国出身の歴史家。米ニューヨーク大教授。専門は欧州史〕が適切に表現したように、「ユダヤ人は、レジスタンスにとっても、連合国にとっても、最重要の課題ではなかった」のであり、それだけに彼らの絶望の大きさが理解できる。行政組織のあらゆるレベルにおいて、ユダヤ人職員はほとんどの場合、助けの手を差し伸べられることなく、見放された。共和制国家の行政の最高レベルにおいては、特にそうであった。今や、お茶を一緒に飲むこともなくなり、扉は閉ざされた。取り返しのつかない事態が迫っても、それは変わらなかった。そして、国家の中枢機関《グラン・コール・ド・レタ》の機能の仕方という本質的な要素に関して、わけても国家参事会に関して、ロバート・パクストンの著作以降、最近の歴史研究はわずかしか新しい情報をもたらしていない。フランソワ・フルケが書いたように、「高級官僚の大半は（警察と司法を除いて）、熱心すぎる職務遂行による目立った活躍を回避した場合には、フランス解放に引き続く数カ月間を特に問題なく乗り切った……。追放処分は、むしろ象徴的なものであった[53]」。

ヴィシーは、したがって反ユダヤ主義的政策、あるいはユダヤ人に特有の運命の結果のみに還元できるものではない。しかしながら、研究方法のルールを正当に適用しようとする現代の多くの歴史家の目には批判すべきものと映る「ユダヤ人中心主義」に陥らないようにするのもまた、非常に困難なことである。こうした異常な言動と無関心、これほどの連続性を前にして、もうしばらくフランス史の本のこのページを開いたままにしておくべきではないだろうか。たとえ、強権的になった共和制国家を前にしてユダヤ人の孤立が明らかになるとしても。確かに、ときとして記憶は人を惑わせる。それだけに、事実を知る必要性はなお強く感じられる。しかし、的外れな「事後的宗教裁判」に陥ることなしに現実が語られない限り、コナンとルソーが「偏執」と呼ぶものは、不幸にしてこれからも繁栄し続けるだろう。(54)

これまで公に意見を表明することがあまりなかった私が、私を守護する沈黙を破って、新聞という公器を用いてこのような言説、共和制国家の大統領に対する攻撃を行なったことは理解を得られず、怒りを呼びもした。「我が国家」の元首が、共和国の市民としてすべての権利を持つユダヤ人を排除し、ユダヤ人と共和制国家の結婚という例のない物語に終止符を打った法律の内容を、どうして知らずにいられたのだろうか。自身ヴィシー国家の公務員であり、フランス型国家の復活後、隠蔽されていたこの事実を知らずに私が一票を託した「我が」大統領は、それから五〇年以上を経て、フランスの全国民が見るテレビ・インタビューで、普遍主義国家の終焉をしるしたこの法律は「問題が小さくなるものでも、また大目に見られるものでもありませんが、この外国籍ユダヤ人に関する法律について、私は何も知らなかったのです」と話し、さらに詳しく説明して、上級公務員だった一九四二年には「反ユダヤ主義については意見を持っていませんでした。(中略)当時の法律や新たな措置については、注意していませんでした」と語ったのである。確かに、反ユダヤ法制は、ヴィシー国家の政策実施の上で中核を占めていなかったと認めてもよいだろう。しかし、フランス国籍のユダヤ人が大量に検挙され、収容所に送られているにもかかわらず、そうした実態とその悲劇的な結果を知らなかったとする主張は、私を追い詰めた、収容所送りに先立ち国家が義務づけたユダヤ人の人口調査という、この恥ずべき警察による監視に対する無関心をも雄弁に物語る。この無関心は、歴史家にとって基本的な雑誌であるアナール誌が「沈黙があったとすれば、それは歴史家の問題」だとしただけに、私を憤慨させた。私の同業者たちは、一九七〇年にもなお、ルネ・レモンが中心となったヴィシーに関する最初の学術シンポジウムで、ユダヤ人法については触れず、ペタン体制によって決定された一斉検挙について、一つの段落さえも書くことがなかったのである。私が「年老いた極左主義者」でも、「元六八年世代もしくはその同類」でもなく、知識人の世界を揺さぶる論争から遠く離れていたからだろうか[55]、この時代、私にとってヴィシーは「幻影」ではなく、ましてや「ユダヤ人中心主義」と「共同体優先」の立場から用いる「商売道具」でもなかった。それは「子供じみた儀式」、「祭式」および「事後的宗教裁判支持の闘争[56]」とは無関係だったが、友人であるアンリ・ルソーが田舎に滞在してエリック・コナンとの共著のゲラを読み直していたとき、この本のいくつかの表現が私の近年のヴィシーに対する関心を結果的に馬鹿にしており、私はそれに傷ついたと彼に告げたのだった。

その数カ月後、私はディジョンで「ヴィシー体制下における反ユダヤ主義の法的枠組み」に関するシンポジウムに出席した。ヴィシーが作り出した反ユダヤ法制について、学術の世界で初めて、それがもたらした結果が検討対象となった。当時の法学界の権威たち、アシル・メストルからパリ大学法学部長ジョルジュ・リペールに至るまで、ボルドー大学法学部長ロジェ・ボナールやジョゼフ・バルテレミー（第二ユダヤ人身分法の起草者の一人）のような著名な憲法学者、さらにはジョルジュ・ビュルドーやモーリス・デュヴェルジェのように、学生時代に私自身謄写版刷りのプリントを読み、後年大学の同僚となった人々も含めて、全員が積極的に、良心の呵責を感じることなく、法の実証的概念の名において、国家からユダヤ人を排除する法制に進んで適応しつつ、その実践に参加したのである。ラファエル・アリベールに関しても、同様である。アクシオン・フランセーズの活動家で、元国家参事会調査官のアリベールは、私が生まれる数日前に司法大臣に任命された[57]。高名な法学者たちの反ユダヤ政策をこれほど長いこと忘れさせた「集団的記憶喪失」と、ヴィシー体制の反ユダヤ政策の「優先性」の否定に対して、ようやくその重要性が大声で叫ばれたのである[58]。

それから一年後、高級官僚から研究者に転じたマルク＝オリヴィエ・バリュッシュが、博士論文を提出した。この論文は、一九九七年に『フランス国のために働く――フランスの行政機構一九四〇－一九四四年』として出版された。私はバリュッシュと面識があったため、博士論文の口頭試問を傍聴し、その後この全三巻の分厚い、厳密でありながら型にはまらない論文を読みふけった。バリュッシュは、歯に衣着せぬ言葉で、物事をありのままに語り、ストレートな表現を躊躇なく用いた。彼の目には、「ユダヤ人を敵視する国家に奉仕する、権限を持つ公務員たちは、適切に職務を遂行するために反ユダヤ的となった。（中略）ペタンに忠実な官僚組織は、ユダヤ人について、たとえ厚い同化の仮面をかぶっていたとしても、ユダヤ人はフランスにおいて外国人であり続け、国民の共同体内部に、ましてや国家機構の内部に居場所はない、という言説を繰り返した[59]」。この優れた博士論文の長い一節が、すぐに私の注意を引いた。それは、一九四〇年一二月一六日に、首相府事務局が招集した関係省庁連絡会議に関するものである。会議の目的は、ユダヤ人を国家機構から排除する反ユダヤ法を各省庁が遅くとも一二月一九日までに、「共通ルール」に基づき、「論争」を避けつつ、どのように適用できるかを確認することだった[60]。会議での高級官僚同士の驚くべき対話では、一九四〇年一〇月のユダヤ人身分法を最も極端な形で運用しようとする積極的な意見が出されていた。純粋な法律用語を用いて行なわれたこの行政上の論理構成は、眩暈を覚えさせる。というのは、狭義の実証的な論理にのみ従ったこの対話は、ユダヤ人と非ユダヤ人の区分の道義的な次元を完全に置き去りにしていたからである。多くのユダヤ人官僚にとって悲劇的な結果を招き、彼らの運命を転換させたこの会議の議長を務めたのがモーリス・ラグランジュである。彼は一九二九年から国家参事会の政府委員を務めた、共和制国家の職務熱心な官僚であった。他の発言者には、司法大臣ラファエル・アリベールの官房に勤務し、政府により国家参事会に任命されたばかりのジャン・デルヴォルヴェのような高級官僚がいた。官報に掲載されたように、その発言は「何世代にもわたり継承されることで培われたフランス的特徴を持つ国民の力を結集させる義務」に関するものだった。まさにそのとおりである。この法律を通じて、民族的、人種的な国家観が実際に適用された。モーリス・ラグランジュは、その取り扱いを定め、国家機構の内部で誰がユダヤ人であるかを知ることができるよう、通達を発していた。会議では、以下のような対話が交わされた。

ラグランジュ氏　何本か電話をかけた結果、私は多くの県でこの通達が知られていないことに気がつきました。すぐに送らせましたが、いまだにいくつかの部署には通達が届いておらず、誠に遺憾です。なぜなら、法律を運用するうえでの解釈を、この通達で定めているからです。（中略）通達は受領されてはいます。これは非常に困ったことです。というのは、すぐに運用を開始しなければならない課題だからです。我々は各省の官房に文書を送付しています。後は、官房が仕事をする番です。

デルヴォルヴェ氏　祖父母世代については、間違いないでしょう。現在の世代よりも確実に、より定期的に宗教的実践をしていますから。他方で、私としては容易にユダヤ教に改宗できるとは思いません。

ラグランジュ氏　もちろん、いくつもの状況証拠があります。法律の解釈を厳密に行なわなければ、半分の事例を取りこぼしてしまうでしょう。重要なのは、いくつかの具体的な状況証拠に着目することです。これは法的にはやや弱いし、いくらか恣意的でもあります。苗字の件については、慎重な取り扱いが必要です。（中略）たとえば、商売上の理由で、レヴィという名の絨毯商人が改姓を求めたとします。理由を検討したところ、改姓あるいは夫人の姓の付加を許可してもよいとします。（中略）フランス風の姓のみを使用して、もう一方の姓を使わなかったとします。コーエンサラーはクリスティアンとなるかもしれないし、レヴィはロランとなり、数年後にどうなるかはおわかりでしょう（後略）。

今では、補助職員として採用された者が、上級管理職のポストに就く例が増えています。この人たちが対象となることは明らかです。よりデリケートなのは、職階が下位の者の場合です。重要書類を目にする機会がよくある女性タイピストの例があります。（中略）病院の外科医で、公的な職にあるが、実際には私的な職業的行為を行なっているためにほとんど報酬を受けていない場合もあります。（中略）法的に見て、彼らを排除しないわけにはいかないのではないかと思います。（中略）任期付きで日給制の補助職員については、難しい点があります。というのは、この人たちは公的な仕事をしていながら、身分上は公務員でないからです。（中略）我々としては、日給制でない者は、この法律の適用範囲内にあると考えます。

デルヴォルヴェ氏　最善の解決法は、将来のために非常に厳密な解決法をとることです。暫定的には、各県に裁量権を与えたらよいでしょう。

ラヴェシエール女史　日給制の補助職員がおります。我々としては、この人たちは対象となるべきではないと考えています。（中略）中央官庁においてであれば、完全に排除することに利益を見出せると思いますが。

ラグランジュ氏　中央官庁では、排除しようとしています。私は、さらに徹底すべきだとの意見です。各県庁、税務署、主要な市もあります。今、私が考えているのは純粋に技術的な部局です。土木局とか、社会保険局です。軍の関係機関については、非常に厳格であるべきです。法律が完全に適用されなくてはなりません。

デルヴォルヴェ氏　ユダヤ人は、ある一つの国民共同体の一員です。
ミニョン監査官　例外を認めれば、敵を呼び込むことになります。[61]

この奇怪な議論は、全文を紹介する価値があるだろう。この高級官僚たちは、以前は法を尊重する共和主義者だった。それが、ここでは「ユダヤ共和国」に関して極右が流布させるあらゆる偏見を受け入れて発言している。ユダヤ人法案の起草にあたり、国家参事会が正式な諮問を受けなかったとはいえ、何人もの国家参事会の幹部職員がその適用に深く関与していた。国家参事会とヴィシーの「相互浸透」は、明白だった。[62]それは、耐え難いものですらあった。たとえば、国家参事会の部長職にあったジャン＝マリー・ルーセルは、一九四〇年夏に帰化再審査委員会の委員長に就任した。もう一人の国家参事会幹部、レイモン・バカールは委員として名を連ね、破棄院名誉部長のアンドレ・モルネも委員となった。[63]一年前にはなお共和主義者だったこれらの高級官僚は、国家元首直々の勧告に従ったにすぎない。国務大臣としてユダヤ人法に署名したポール・ボードワンは、一九四〇年一〇月一日に開催された「一七時から一九時四五分までかかった長時間の閣議で、二時間にわたりユダヤ教徒の身分について検討」したことを思い出して、こう書いている。「最も厳しい態度を示したのは元帥であった。特に、司法と教育にユダヤ人が関わるべきでない、と彼は強く主張した[64]」。

ユダヤ人を公務員から排除する法律の適用を極端なまでに推し進めるべく、一部の国家参事会幹部はユダヤ人法の適用範囲を可能な限り拡大し、「国家に対して特筆に値する貢献のあった者」を対象とする特例について、かかる「貢献」は事実上存在しないとの立場を取った。たとえば、ジャン・デルヴォルヴェは、「国家参事会は、本件について特別に厳正に対処するというわけではありません。法の定めるところに従って対応するまでです。それは、法律を読めば理解できることです」と述べた。一部の職員は常軌を逸した想像力を発揮して、非常に伝統的な反ユダヤ主義の兆候を示した。これらの公僕たちにとっては、ユダヤ人がカトリック的な名前に改姓するのは、目立たないようにするためだ。ユダヤ人は本質的に絨毯商人〔狡猾な人々、の意〕であり、フランス国民とは別個の共同体を形成している、というのである。国家機構からの追放を免れたユダヤ人たちは、「敵」だとさえ見なされた。モーリス・ラグランジュのような国家参事会の最高幹部の一人が、「法律の解釈を厳密に行なわなければ、半分の事例を取りこぼしてしまうでしょう」とストレートに述べるとき、どのようにしてフランス型の強い国家モデルを頑なに擁護できるものだろうか。この国家参事会の高官が、ヴィシーの崩壊後に、平然として制度上大統領がトップを務める最高レベルの国家機関である出身母体の組織に戻り、平穏に職務を遂行した末に、欧州石炭鉄鋼共同体裁判所の次席検事に就任したというのに、どのようにしたらフランス型国家の制度化の理論を主張することができるものだろうか。司法に対する厳格な考え方の持ち主であったことで、彼はレジオン・ドヌール勲章コマンドゥール章を授与される栄誉を受けた。モーリス・ラグランジュばかりでなく、ジャン・デルヴォルヴェも国家参事会で戦後輝かしいキャリアを積み、訴訟部の部長に昇進したことを知るとき、普遍主義国家の制度化という観念は、ほとんどカードの城のごとくに、脆くも崩壊する。[65] この会議で、「最善の解決法は、将来のために非常に厳密な解決法をとることです」と主張していたこの高級官僚もまた、レジオン・ドヌール勲章でコマンドゥールの位を与えられた。バチカンに近い熱心なカトリックで、ユダヤ人法の例外措置申請の報告者を務めていたルイ・カネの指導のもと、国家参事会は限界を知らない想像力を発揮して、ほとんどの申請を却下し、また公務員としての身分の維持を求める申請も大半を不採用とした[66]。これと同じ方向で、ともに国家参事会出身で、帰化再審査委員会のトップを務めたジャン＝マリー・ルーセルとレイモン・バカール、また破棄院名誉部長のアンドレ・モルネも、委員会で大きな影響力を行使した。それにもかかわらず、モルネは一九四四－一九四五年に司法界の粛清《エピュラシオン》を担当し、ペタンとラヴァルの裁判では首席検事として中心的な役割を担った。一九四八年には、破棄院付名誉首席検事となっている[67]。何世代にもわたり、法律家を目指す若者たちの尊敬を集めていた国家参事会が、何人かの幹部職員を通じて反ユダヤ法の制定に寄与し、またこの政策に関与した省庁の官房に人員を提供したこと、ヴィシーが任命した各県知事のうち何人もが国家参事会出身であったこと[68]、それにもかかわらず、これらの人々が大きな問題なしにこの時期を乗り切り、第四共和制のもとであらゆる栄誉を得た事実は、ユダヤ人迫害、ユダヤ人の公共の場から排除が重大問題とはとらえられず、何の疑問もなしに行なわれたことを示している。

同じ一九九七年に、マルク＝オリヴィエ・バリュッシュの著作がいかに重要であるかを知らしめる出来事があった。ボルドーでの、モーリス・パポン裁判である。私は、長年にわたり教職にあったためによく知っているこの都市に向かった。私は、自分の目で、この考えられない光景を見たいと思った。共和制国家の高級官僚が、与えられた職責の範囲において、ヴィシー時代にユダヤ人の収容所送りを計画し実行したのである。しかも、このフランス国となった国家機構のアクターは、オメックス時代に私のすぐそばで、つまり隣県であるランド県でも活動していたのである。ヴィシーの奉仕者にして、私がその厳格さに感嘆する高級官僚たちの第五共和制で大臣になったパポン一人をもってすれば、それだけで強い国家の理論を否定するのに十分だった。私の至近距離にいるパポンは、高潔で職務熱心な高級官僚であり、尊敬に値する立派な人物であるはずだったが、私が親しみを感じるリブルヌの、あるいは私がそこのシナゴーグをよく知るボルドーの大勢のユダヤ人たちを収容所に送った人物なのである。特に、ジャン＝ミシェル・デュメイがル・モンド紙に次のように書いていただけに、私にとっては耐え難かった。パポンとともに「法廷に入ったのはヴィシーであった。それは、すでにフランス解放後に裁かれ有罪となった、敵と内通したヴィシーではない。ここで裁かれるのは、十分な粛清が行なわれなかった、人道に対する罪の共犯者としてのヴィシーである[69]」。いうなれば、ユダヤ人たちの死における責任の重要な部分を負うヴィシーである。その数年前の一九八七年、リヨンでのクラウス・バルビー裁判は、フランスで初めての人道に対する罪の容疑によるもので、「中心にユダヤ人に対するジェノサイド[70]」があったが、この裁判はリヨンにおけるゲシュタポの責任者であったドイツ人に対するものであり、レジスタンス活動家の殺害容疑と、それ以上に一九四三年四月のフランス・ユダヤ教徒総連合（ＵＧＩＦ）のユダヤ人の収容所移送と、一九四四年四月六日の、イジウーからの四四人の子供たちの移送が容疑の中心であった。一九九七年にパポンとともに問題となったのは、ヴィシーである。ゲシュタポによる残虐行為ではなく、共和制国家と断絶しながら、政治・行政上の人員をほとんどそのまま引き継いだヴィシーである。

それでも私は、フランス型の強い国家というモデルを放棄する気持ちにはなれなかった。そして、ほとんど精神分裂のように、私はなおもドレフュス事件の際の反ユダヤ主義の運動からフランス社会全体を崩壊から救ったのは強い国家の役割があったからだと証明しようと努めていた。市民の安全を守るとの役割に忠実に、国家は「ユダヤ人に死を！」と絶叫する群衆からユダヤ人を保護し、警官隊はいくらかの偏見を持っていたとしても、デモ隊の叫び声に同調することなく、反ユダヤ団体の活動家たちの過激な行動に対処し、攻撃に耐え、秩序を混乱させる者らを何千人も逮捕した[71]。敗北とドイツによる占領に伴い、国家の組織を奪取したのは共和制国家に敵対していた反ドレフュス派の後継者たちであり、国家の諸機関は今や市民を保護することができなくなった。いかなる形であれ、控え目にではあるが、ヴィシーは常に私の意識の中にあった。著書を出すたびに、研究対象の中心ではなかったものの[72]、ヴィシーはすべてが変転する「国家とのつながりの断裂[73]」の代表例として現れた。ユダヤ人と国家の縦の関係による同盟が、否定され、粉々にされるからである。

今や私にとって、私たちの生命を直接に脅かした背信行為の重大性を認識すべき時期が来ていた。オート＝ピレネー県においても、その他の地域においてと同様に、国家機構はヴィシーの反ユダヤ政策の実施に積極的に取り組んだ。国家を堕落させる装置はフル稼働し、ユダヤ人身分法を細部に至るまで適用すべく確認を行ない、相次いで制定された法令に定められたユダヤ人の資格を特定の個人が満たすかどうか調査し、ある者はユダヤ人と判定され、別の者は除外された。一九四一年六月二六日以降、ユダヤ人の人口調査は、市町村長と警察署長の協力を得て、強制や脅迫を伴いながら、厳格に実施された。知事は調査を行なうばかりでなく、自らのイニシアティブにより、「ユダヤ人であることが判明している者、ならびにユダヤ人と見なされている者全員」のリストを「秘密裡に」作成するよう命じた。これは、ユダヤ人身分法の定めよりも一層不明確なものだった。

一九四一年六月二日の法律はユダヤ人の人口調査を行なうものと定めている。これに従い、近日中に貴職に必要な指示と当事者向け質問票を送付予定である。それまでの間、当事者自身からの届け出がある以前に、秘密裡に、貴職の市町村に居住するユダヤ人もしくはユダヤ人と見なされている者全員の事前調査リストを作成されたい(74)。

一九四二年八月六日、知事は一九三六年一月一日以降にフランスに入国したユダヤ人全員を逮捕するよう命令を受けると、これに従い平然としてフランスの憲兵と警察官のみの手を借りて実行した。この地方の知事たちは、トゥールーズにおいてユダヤ人問題庁の現地責任者と円滑な協力関係を結び、同庁のもとに設置されたばかりのユダヤ人問題警察もこれに加わった。一斉検挙は協調して実施され、細部に至るまで入念に計画が練られた。敵国に敗れた国家は行政能力と強い上下関係意識を温存して

吉田書店

図書目録

2020

since 2011

【書店様へ】

当社契約取次店はJRC（人文・社会科学流通センター）、八木書店、大学図書です。
トーハン・日販・大阪屋などの帳合書店様にも、上記取次店を通じ納品できます。

【ご注文について】

小社の書籍がお近くの書店にない場合は、店頭でもご注文いただけます。
お急ぎの方は、小社に直接ご注文ください。送料無料にて、迅速にお届けします。
ご注文をお受けした後、郵便振替用紙を同封の上商品を発送いたします。
商品のご確認後、2週間以内に郵便局よりお支払いください。

〒102-0072
東京都千代田区飯田橋2-9-6　東西館ビル本館32
電話：03-6272-9172　　FAX：03-6272-9173
info@yoshidapublishing.com
http://www.yoshidapublishing.com

界正義の時代 ― 格差削減をあきらめない ―
マリー・ドゥリュ＝ベラ 著
林昌宏 訳　井上彰 解題　2300円　2017刊

家の歴史社会学〈再訂訳版〉
B・バディ／P・ビルンボーム 著
小山勉／中野裕二 訳　2700円　2015刊

民国家 構築と正統化 ― 政治的なものの歴史社会学のために ―
イヴ・デロワ 著
中野裕二 監訳　稲永祐介／小山晶子 訳　2200円　2013刊

ニコス・プーランザス 力の位相論 ― グローバル資本主義における国家の理論に向けて ―
柏崎正憲 著　5800円　2015刊

憎むのでもなく、許すのでもなく ― ユダヤ人一斉検挙の夜 ―
ボリス・シリュルニク 著　林昌宏 訳　2300円　2014刊

心のレジリエンス ― 物語としての告白 ―
ボリス・シリュルニク 著　林昌宏 訳　1500円　2014刊

【社　会】

国籍の境界を考える【増補版】 ― 日本人、日系人、在日外国人を隔てる法と社会の壁 ―
丹野清人 著　2900円　2020刊

「外国人の人権」の社会学 ― 外国人へのまなざしと偽装査証、少年非行、LGBT、そしてヘイト ―
丹野清人 著　3500円　2018刊

指導者（リーダー）はこうして育つ ― フランスの高等教育：グラン・ゼコール ―
柏倉康夫 著　1900円　2011刊

離島エコツーリズムの社会学 ― 隠岐・西表・小笠原・南大東の日常生活から ―
古村学 著　2500円　2015刊

【文　芸】

GRIHL（グリール） 文学の使い方をめぐる日仏の対話
文芸事象の歴史研究会 編　6000円　2017刊

ノーベル文学賞【増補新装版】 ―「文芸共和国」をめざして ―
柏倉康夫 著　2300円　2016刊

庭園の五人の子どもたち ― アントワーヌ・ド・サン＝テグジュペリとその家族のふるさと ―
シモーヌ・ド・サン＝テグジュペリ 著　谷合裕香子 訳　2400円　2012刊

石坂洋次郎「若い人」をよむ ― 怪しの娘・江波恵子 ―
柏倉康夫 著　1800円　2012刊

ある少年H ― わが「失われた時を求めて」 ―
石崎晴己 著　1800円　2019刊

おり、ＣＧＱＪの求める文書等を作成し、ジョゼフ・レキュサンの要求に応え、この地方に所在する収容所までの輸送手段を準備する能力を維持していた。地域圏あるいは県レベルで、ＣＧＱＪと各県庁はいかなる見解の相違もなしに協力した。国家と戦士団《レジオン》との間にも、緊密な関係が敷かれた。たとえば、知事のル・ジャンティは、ある報告書にこう書いている。

戦士団は公権力に対して誠実で献身的な協力を継続して行なっている。全般的に見て、戦士団は公権力の一時的な助言者ないしは補佐機関の役割にとどまっている。（中略）しかしながら、残念なのは一部の団員、特に戦士団保安隊（ＳＯＬ）少年部が、ある種の状況下において、過激すぎる行動に走っていることである。(75)

知事は、別の報告書で、こう強調した。「戦士団は、首長が政府に対して反抗的な市町村について、あるいは業務遂行能力に欠ける市町村について、貴重な情報を提供した(76)」。精力的に反ユダヤ法令の規定を実行に移した知事であるル・ジャンティは、それでもときとして権限を奪われたと感じ、彼にとって非生産的と見える過激すぎる行動に批判の目を向けた。ある報告書に、彼はこのように記した。

ユダヤ人について。前回の報告書に書いた内容を、ここで再度述べる必要がある。それは、ユダヤ人問題警察が全員を追うとき、よいユダヤ人と悪いユダヤ人を区別しないならば、それは遺憾だということである［この部分は、報告書では次のように改められた。「区別なく、全員を標的とするなら」］。それでは、目的とは反対の結果が得られることとなろう。ユダヤ人問題警察が、ときとして適切な判断ができないだけなく、「アーリア化」された事業所を指導する立場の行政官にも同様の例が見られる(77)。

ル・ジャンティ知事は、平然としてヴィシーの反ユダヤ的な命令を実行に移したが、それでも「よいユダヤ人」に対する行きすぎた暴力を遺憾だとした。その一方で、彼は「悪いユダヤ人」を、指揮下の部局を動かして追い詰めた。マレシャリストの彼は、極端な対独協力には走らなかったが(78)、それでもこの地方のユダヤ人を収容所に移送した。要するに、反ユダヤ主義とユダヤ人移送政策の前では、マレシャリストと対独協力者の間に区別はなかった。この県に勤務した他の知事たちよりも慎重だったル・ジャンティは、「妥協的(79)」あるいは「両面的(80)」な位置にあった。彼はグレー・ゾーンにあって、ときにはレジスタンスを助けることで将来に向けての保険をかけた。目をつぶることがあったとしても、一斉検挙、輸送と収容所への集結は良心の呵責なしに実行された。一九四二年秋に任命された国家警察地方本部の警視正は、知事によれば「求められる資質のすべてを備え」ており、断固たる決意をもって職務に精励した。一九四四年二月、内務省公安局長は、この警視正が「ルルドにおいて満足すべき成果を上げている(81)」と評価した。彼はルネ・ブスケの指令を実行し、ユダヤ人あるいはレジスタンス活動家の逮捕を命じ、一斉検挙の指揮を執り、暴力行為に及んだ。それでも、彼の行為には二面的な部分もあった。彼は一部のユダヤ人の逃亡を助け、偽造身分証を提供し、そして一九四三年からはレジスタンスにも協力して、二股をかけていたように思われる。一九四四年七月には、ゲシュタポが彼を逮捕しようとしたほどである。フランス解放後には、何度もの裁判を経て、彼は特赦を受けて警察に復帰を認められ、ランスで警視正を務めた。

こうした国家の公安担当部局によるアンビヴァレンスは、オート＝ピレネー県以外の県でも見られた。しかし、それはユダヤ人の逮捕にブレーキをかけるものではなかった。たとえば、「県庁のイニシアティブによる、何よりも外国人排斥的な反ユダヤ主義が目についた」イゼール県では、ユダヤ人に関する調査ファイルが「事務的」な行政上のルーティン作業として次々と作成され、これは一九四二年と一九四三年に行なわれた一斉検挙の準備作業となった。[82] この場合も、少数の警察官が躊躇したものの、取締機関は調査、ユダヤ人の追跡、地域内に存在する多数の収容所への監禁、そして移送といった業務をきわめて効率的に遂行した。一部の公務員の行動に見られた両面性は、ヴィシーの極度に反ユダヤ的な政策を、いくらかでも緩和するものではない。一九四〇年一〇月以降、パリのユダヤ人一五万人が洋服の胸に黄色い星をつけ、またドイツ当局の要求に応じて、セーヌ県知事がユダヤ人の身分証明書に、当人がフランス国籍であるか外国籍であるかを問わず、赤く「ユダヤ人」の文字を押印させたことを知るとき、「一九四二年秋まで、同じ人物の頭の中で、フランスに対する二つの見方を共存させることができた[83]」と、どこまで考えられるものだろうか。一万七四二八人の子供たちが、誰にでも見える形で、この刻印を身に着けていたというのに。一九四一年二月以来、五〇〇〇人以上の子供たちが、フランス南部の収容所に監禁されていたというのに。一九四一年八月の一斉検挙は、フランス側の市警察によって実行され、逮捕されたユダヤ人四二三二人の三分の一近くがフランス国籍だったというのに。一九四一年一二月一二日のユダヤ人有力者の一斉検挙は身の毛がよだつほどひどい状況で実施され、また一九四二年七月と八月には大規模な一斉検挙が、占領地域と自由地域の双方ですでに行なわれていたというのに。

一九四一年の最初の数カ月であれば、一部の人にとっては悲しみながら受容できたかもしれない「二面的思考」も、一九四二年秋のかなり前には考えられなくなっていたに違いない。占領地域でも非占領地域でも、ユダヤ人が恐怖に押しつぶされているときに、「ヴィシーとドイツ占領下での人々の態度は、単純でわかりやすい分類法では理解できない」と主張して、無関心をほぼ理解できるとすること、また一九四二年秋までは「目に見えない部分」や「曖昧な両面性のある不確かな部分」が残るとの見方を曲げないのは奇怪なことではないだろうか。それが大規模なユダヤ人狩りに対する態度なのだろうか。一方で、ユダヤ人迫害に対する反応は、「控えめで、時期的に遅かった[84]」と認めているにもかかわらず。両面性とは、一九四二年の終わりには、魔法のように消えてしまった二面的思考と同様、結構な口実である。現代の歴史記述が安易に受け入れているこの変化は、誰の目にも見えるところで、大半の人々が無関心な中で行なわれた迫害の巨大な規模を軽視するものではないだろうか。ユダヤ人の孤立感は深く、「ドランシーはパリからすぐの場所にあったが、この名前を聞くだけで震え上がったユダヤ人以外に、パリで誰がこの地名を気にかけただろうか[85]」。

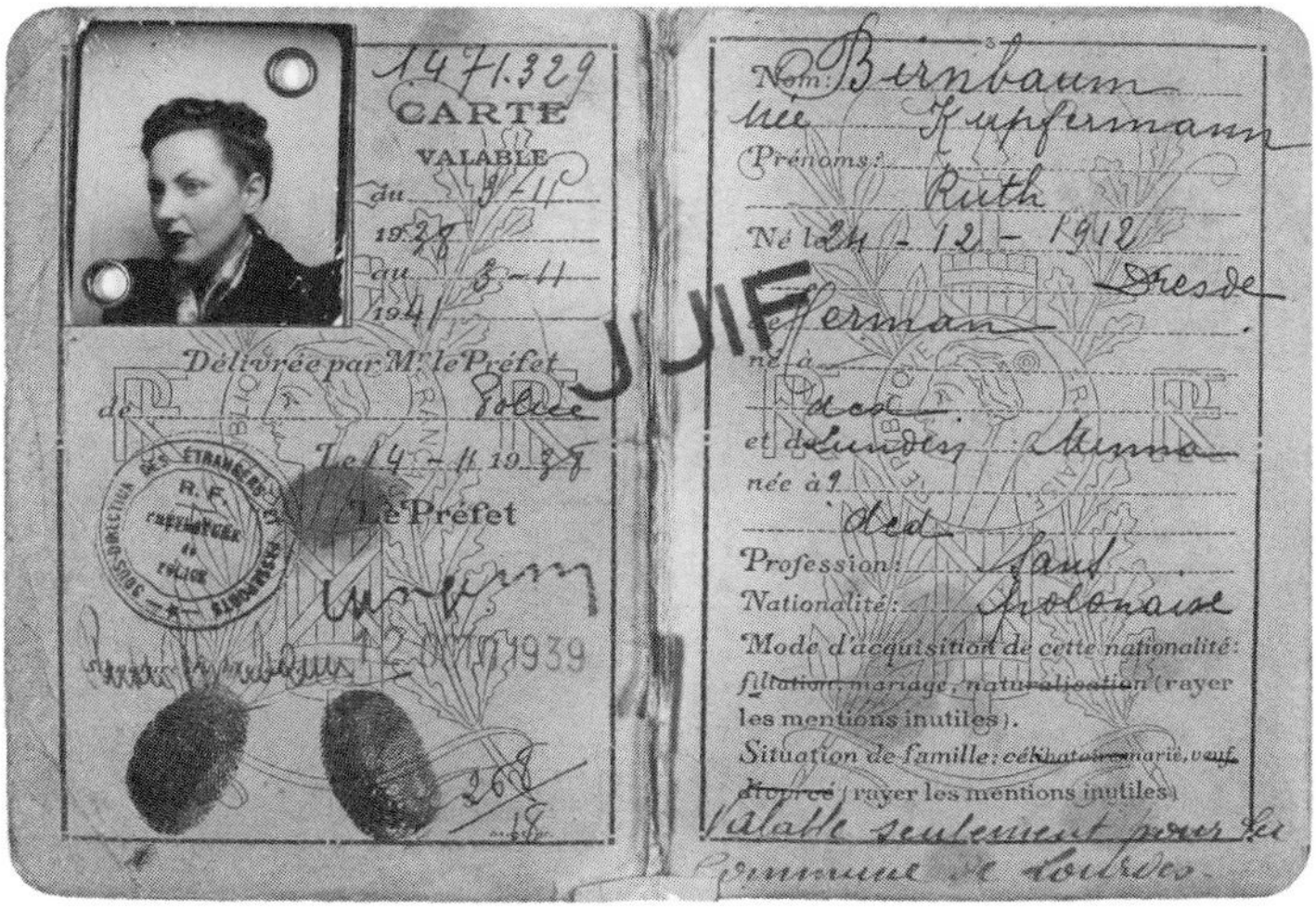

著者の母、ルート・ビルンボームの身分証明書〔AD HP 1214 W 1209, dossier n° 19251〕

「グレー・ゾーン」が両面性を正当化すると見るにせよ、公僕たちの「政治的方便[86]」の余地はますます狭まり、国家と高級官僚はユダヤ人迫害においても責任を負うようになった。フランス型の強い国家モデルは、揺らいでいるようであった。ドイツ占領地域では、在フランス・ドイツ軍司令部（Militärbefehlshaber in Frankreich）は「執行権限」を持ち、同司令部の「評価に基づき（中略）フランス側の人事に介入する。（中略）恐らく、中央官庁の局長、また占領地域における各県庁幹部の人事で、ドイツ側当局の同意なしに行なわれた例はない。ドイツ軍政当局は、フランスの人事政策を〝間接的に〟方向づけたとして自賛した[87]」。

　自由地域では、ユダヤ人問題庁の影響力が広がり、国家公務員上層部の活動にまで及んでいた。重要なのは、その結果として、高級官僚が

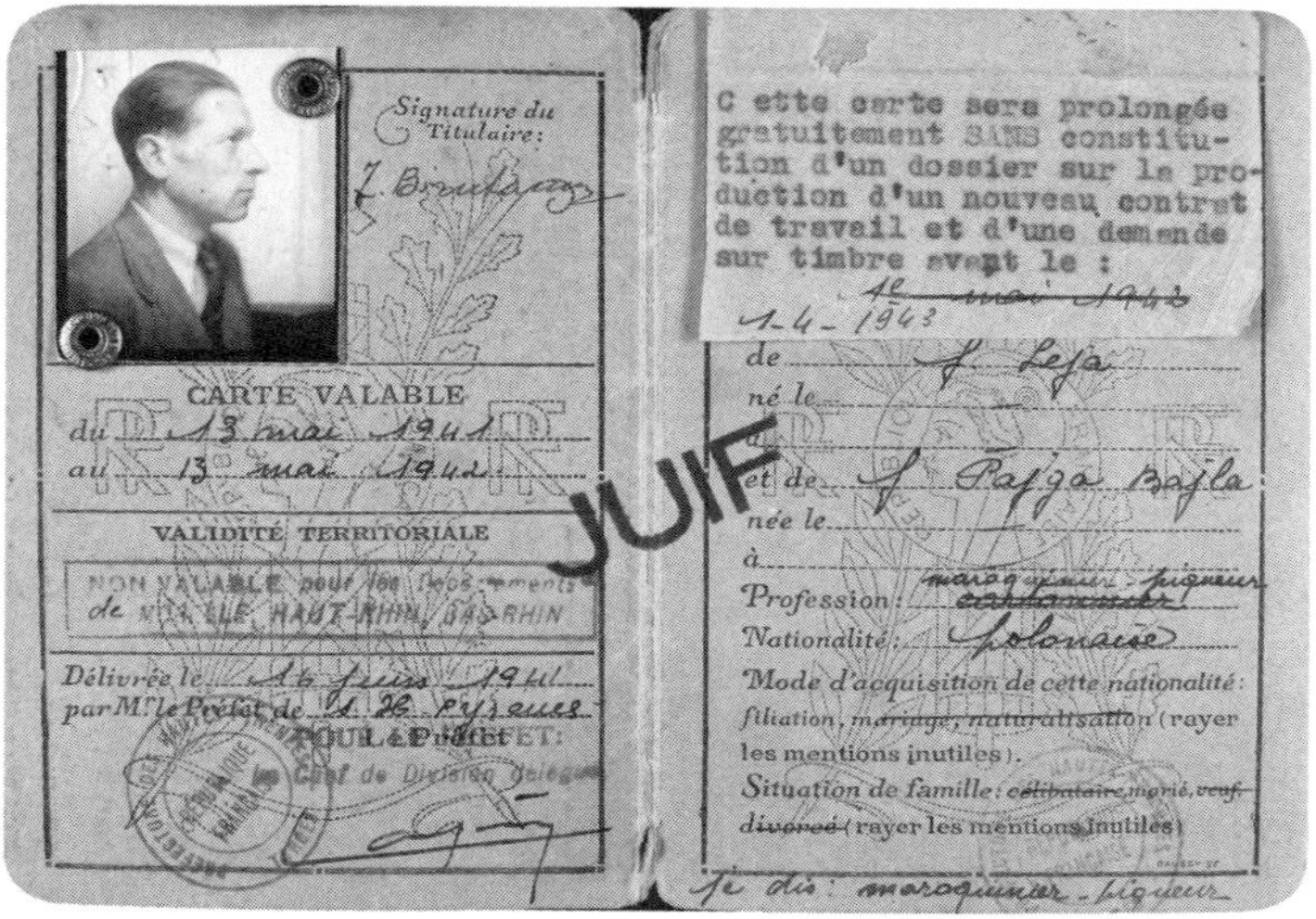

著者の父、ジャコブ・ビルンボームの身分証明書〔AD HP 1214 W 1116, dossier n° 17500〕

主導する反ユダヤ政策が中核的な位置を占めるようになったことである。知事団、行政機構全般がそうであるが、それ以上に、国家参事会は多くの幹部がユダヤ人身分法制定に寄与しており、同法を厳格に適用した他、一九四〇年一〇月設置の帰化再審査委員会にも人員を送り込んでいた。クレール・ザルクの指摘によれば、この委員会は「共和国の行政機構の通常の歯車には含まれない、ヴィシー体制の組織」であった。「委員会の設置は、明らかに共和国を否定するものだった。というのは、帰化の問題に関する〝新人たち〟の権力を認証したからである」[88]。

ヴィシー国家によるＣＧＱＪの設置は、同じ方向性を示している。これもまた、国家の枠組みの外側に作られた特定目的の組織で、国家の解体とその中核的な位置づけの喪失を意味していた。ダルラン提督が議長を務めた一九四一年三月八日の閣議で設置が決定されたこの組織は、フランスのユダヤ人を追放しようとするオットー・アベッツの計画に応えるもので、したがって「最終解決」的な性格を持っていた。これは、ナチス・ドイツとヴィシー体制の反ユダヤ政策の「合流」を示していた。ヴィシーのユダヤ人政策の記憶は長い間失われたままだったが、間違いなく「CGQJはヴィシー体制の特徴が最もよく表れた産物だった[89]」のである。

CGQJの規程とそのミッションを起案したのは、またしても国家参事会のモーリス・ラグランジュだった。国家機構からの追放の後、第一ユダヤ人身分法の延長線上で、今では問題は「彼らの国外移住[90]」を準備することだった。レオン・ブルムの首相就任に際して、ブルムを初めてこの古いキリスト教国家を指導しようとする「タルムード的ユダヤ人」と罵ったことがある強硬な反ユダヤ的議員であるグザヴィエ・ヴァラが[91]、CGQJの長官に起用された[92]。彼は就任直後、次のように述べた。「大量のユダヤ人がフランスになだれ込みました。彼らは破壊し、略奪しました。この野蛮人どもは外国人です。彼らは、我らの田園に根を下ろした人々を理解する魂も、心も、暮らし方も、備えてはいないのです[93]」。ドイツ当局と合意のもと、彼は近年になってフランスに移住した外国籍のユダヤ人の追放を、具体的に提案した。これは、ドリュモンとその数多いエピゴーネンたちの流れにある、古い反ユダヤ主義の復讐だった。

CGQJは次第に態勢を整え、「本格的な役所」に姿を変え、多くの人員を擁するに至った。勤務する公務員の中には、ジャン・ジルーのような国家参事会の調査官がおり、国家参事会の同僚のジョルジュ・モニエもやや後になってＣＧＱＪに勤務した。他の国家公務員では、下院の職員もＣＧＱＪに派遣された。彼らはいずれも、出身母体の組織から給与を支払われていた。これら公務員ばかりでなく、極右団体の構成員の中から過激な反ユダヤ主義活動家たちも採用されて、「急ごしらえの公務員」となった。彼らの多数は弁護士、活動的ナショナリスト、実践カトリック信者であったが、いずれも非常に過激な極右団体の出身者だった。一九四一年五月一九日の法律は、この組織に強大な権限を与えて、政府の反ユダヤ政策を実行させた。公的な場からのユダヤ人の全面的排除、あらゆる役職と職業からの追放、ユダヤ人資産のアーリア化の実施、そして「必要な場合、国益に沿って、現行の法令の定める範囲内で取り締まり上のあらゆる措置を講じる」[94]というものである。ＣＧＱＪは、ユダヤ人資産のアーリア化を図るうえで——たとえば、父のアトリエもその対象である——、ＳＣＡＰ（暫定経営者管理局）の協力を期待することができた。この組織の主要な管理職は財務監察官だった。この「本格的な役所」は、それだけで強い国家の理論を否定する。ＣＧＱＪは、強い国家の解体、すなわちオート＝ピレネー県ばかりでなくフランス全土で見られた、市民社会から多く採用された人員が運営する特定の組織と国家の相互浸透関係を象徴していた。この意味において、ＣＧＱＪと、互いに手を携えて業務を行なう関係にあった一九四一年一〇月設置のユダヤ人問題警察は、ともにヒトラーのドイツにおいて作られた組織のフランス版だったと言うことができる。それは、国家の持つ主権を縮小させ、そのミッションの達成を阻害し、多極的な統治システムを作り上げ、正当なあるいは党派的な権力の中心をいくつも作り出した。きわめて反ユダヤ的な、正規なものと並行する独立した機構により構成された第二国家ができあがり、自ら反ユダヤ的となった国家と緊密に連携するようになったのである[95]。これについては、ローラン・ジョリーが書いたとおりである。

　ＣＧＱＪの管理職の大半は、行政上の経験がまったくなかった。彼らは生涯で初めて、「敵」に対して行動するために、公的な権力の一部を付与されたのである。（中略）ＣＧＱＪは、フランス国の組織内において、体制の反ユダヤ政策を代表し保証する機関として、早期にその立場を確立した[96]。

　強い国家を研究する社会学者にとって、何というパラドックスだろうか。公務員と極右政党出身のろくでなしの群れが集まった組織[97]が、「フランス国の行政機構の中でしかるべき位置を占めた」のである。それは「ＣＧＱＪにより作られた反ユダヤ法に、国家参事会が疑問の余地のない正当性を認めた」ことを意味し、しかもユダヤ人身分法の運用にあたって、例外を拒否することで「ＣＧＱＪよりも厳格で、偏狭な」姿勢を示したのである[98]。フランス解放時に、国家参事会副議長アルフレッド・ポルシェはモーリス・ラグランジュや他の多数の人々同様に粛清を免れたが、彼はＣＧＱＪの要請に対して完璧に「反応」していた。彼は、たとえば、ユダヤ人身分法に関する例外規定の適用を求める申請について、ＣＧＱＪの決定に「反対する」わけにはいかないと説明した。なぜなら、この組織は「この問題に関する政府の政策全般に適合する判断を下すのに、十分な資格を備えている」からであった。彼は、グザヴィエ・ヴァラと、その後任でさらに過激な反ユダヤ政策を主張するルイ・ダルキエ・ド・ペルポワの下した諸決定に、迅速な同意を与えた。ＣＧＱＪが行なった例外適用拒否のすべての判断を自ら進んで追認する様子は、「不名誉な行為」と言えるものだった。[99]

同様に、公務員と極右の活動家が問題なく共存するＣＧＱＪは、国家の行政機構と緊密な協力関係を構築した。各省庁とＣＧＱＪは、ほぼ毎日のように連絡を取り合った。ユダヤ人身分法の運用とユダヤ人資産のアーリア化に関して無数の質問を受けるＣＧＱＪは、そのたびごとに反ユダヤ諸法についての独自の解釈を採用させることに成功した。議論の余地はなかった。国民教育省も、軍の行政部門も、司法省も、国税局も、郵政省（郵便、電信、電話）も、各アカデミー〔教育行政の地方単位〕の学区長も視学官も、反対せずに従った。たとえば、一九四二年四月四日、国民教育・青少年省はＣＧＱＪに以下の書簡を送付した。

一九四二年一月一六日付で、本職は各アカデミーの学区長と視学官に対し、ユダヤ的な姓もしくは名を名乗る、あるいはユダヤ教徒と見られる祖先を有する公務員に関する一九四一年六月二日の法律の運用につき、貴職から通知のあった事項を伝達し、当該人に有用な説明を求めるよう要請しました。これに対して、ユダヤ的な姓もしくは名を持つ小学校教諭が、一九四一年六月二日の法律に照らしてユダヤ人でないことを証明するために、どのような書類の提出を求めるべきか、それとも宣誓を行なうことのみで足りるのか、複数の質問を受けております。

CGQJは判断を下し、国家に自らの解釈の採用を命じた。

宣誓は、当該人がユダヤ教徒であるとの推定を排除するには、いかなる場合であっても不十分であることを、ここに通知いたします。

CGQJにとっては、公務員からのユダヤ人の排除は、全面的でなくてはならなかった。交通省によるユダヤ人身分法の適用に関して疑念を持ったCGQJは、以下のような威圧的な文書を送付した。

一九四二年五月六日付にて、ユダヤ人問題警察長官より、書簡（写し別添）を差し上げておりますが、これに対して返信をいただいておりません。貴職が、一九四一年六月二日法第三条の適用についていかなる措置を講じられたか、可及的速やかに報告願います。[100]

各県知事の大半もCGQJの反ユダヤ的政策を実行に移し、南部地域においてはCGQJ職員と「相互補完的な形」で活動を行なった。[101]たとえばグルノーブルでは、「県庁は確かに反ユダヤ的な姿勢を示した。CGQJが送った単なる文書も通達とみなされ、これに基づく治安活動が行なわれていた」。[102]また、アンドル県、オート＝ヴィエンヌ県およびドルドーニュ県の知事も、県内の一部のユダヤ人の活動について確認作業を行なうべく、ＣＧＱＪと連絡を取った[103]。シャトールーでは、ＣＧＱＪはユダヤ人問題警察を通じて活動を行なったが、同警察事務所は県庁内に置かれており、これが両者の緊密な協力関係を容易にしていた[104]。ＣＧＱＪと帰化再審査委員会の間にも、関係が築かれた[105]。パリでは、やはり国家主権を行使する機関であるパリ警視庁が先頭に立っていた。警視庁には「ユダヤ人課」が置かれて精緻な人口調査を行ない、そのためにＣＧＱＪおよびその付属組織であるＳＣＡＰと密接に協力していた。警視庁は、有能な官僚であるアンドレ・テュラールを責任者としてユダヤ人調査ファイルを一九四一年から作成し、これが一九四二年七月およびそれ以降、ドイツ当局と警察がユダヤ人一斉検挙を遂行するために必要不可欠なデータの基礎となった。一九四一年四月に、ＣＧＱＪ長官に任命されたグザヴィエ・ヴァラは警視庁を訪問して「ユダヤ人課」の調査ファイルを点検し、大いに満足している。ジョゼフ・ビリグにとって、ＣＧＱＪの行なった仕事は、「フランス国の基盤それ自体に根差したもののように思われる[106]」。こうした「伝統的な行政機関と国民革命のための新組織との間の相互浸透[107]」には驚かされる。今でもなお、この事実は国家の社会学者である私に衝撃を与え続ける。それだけで、フランス型国家の終焉を示すのに十分だからである。

Ⅲ 私は「正義の人」に救われた

終戦後、特別高等裁判所、特別裁判所、裁判所公民部で一三万二九三六人が裁かれ、そのうち四万人が刑務所に送られた。粛清《エピュラシオン》に関する規定のみからなる一九四四年六月二七日のオルドナンスに基づき、当時の用語によれば敵との内通、国防を阻害する密告、国家の対外安全の侵害のかどで、数百人が銃殺刑に処された。(1)「ユダヤ人」および「ユダヤ教徒」の単語は、この重要な法令には盛り込まれていない。確かに、一九四四年八月二六日のオルドナンスにより、共和国に反する犯罪として新たに制定された反祖国罪(2)は、「敵を利する記事、印刷物、書籍を公表し、あるいは講演を行ない、敵と協力し、レイシズムや全体主義的思想(3)」が認められたケースに適用された。フランス国民の「団結」を毀損するこれらの罪には「レイシズム」も含まれるが、それはイデオロギー的立場を指しており、具体的な行為に係るものではない。その結果、「個別具体的な行動の責任の不問(4)」が生じた。粛清の法的根拠も、「反祖国罪」のそれも、個別具体的な行為、あるいは反ユダヤ的な行動に関わるものではなかったのである。

裁判では、フランス中で多くの人々が有罪判決を受けた。しかし、ドゴール将軍が一九四四年七月二三日の演説で述べたところでは、国家機構における粛清にあたって、「ドイツ占領下と権力簒奪という恐るべき時期にそのほとんどが何よりもまず国家に奉仕しようとしていた公僕の大多数を一掃する[5]」ことは考えられなかった。国民の再建を優先する立場からドゴール将軍は、迷いなく対独協力に突き進んだ国家の奉仕者たちの役割を過小評価し、ユダヤ人狩りにおける彼らの重要な寄与については無言を貫いた。彼らの大半は、確かに国家に奉仕した。しかし、ロバート・パクストンが言うように、「一国の歴史にはときとして、国民が国民であることの真の意味を守るために、国家に対して服従を拒否せざるをえない残酷な時期がある。一九四〇年以後のフランスは、そうした時代にあった[6]」。

強い共和制国家を体現するドゴール将軍が推進する和解という目標は、フランス解放後に公務員を対象として実施されたごく控えめな処分を予告していた。「何年かが過ぎると、追放処分となった者の多くが復職した。（中略）行政機関における粛清は、ザルのようなものだった[7]」。それは、当然ながら「早々に共和国の価値観を葬り去り、それまで忠実に尊重してきた原理原則とは相容れない政治的な計画を実行に移した[8]」高級官僚たちにも当てはまった。四人の知事が、マキを容赦なく鎮圧したことのみを理由に銃殺刑となり、知事たちが高い割合で粛清の対象となり、その他の者が多くの場合一時的な処分を受けたものの、「一九四二年夏とそれ以降に行なわれたユダヤ人の一斉検挙へのフランスの行政機関と警察の関与については、何も触れられていない[9]」。したがって、彼らに「両面性」はあったもの、ユダヤ人の収容所移送において決定的であった彼らの活動はほとんど考慮されなかったように思われる。こうした状況下で、オート＝ピレネー県のル・ジャンティ知事は処分を受けなかった。ナンシーのジャン・シュミットは解任されたが、年金の受給権は保持したままだった[10]。イゼール県においては、プロテスタントのラウール・ディドコフスキ知事の官房長を務めたルイ・アマードは、一九五八年にパリ警視総監付顧問に任命され、モーリス・パポンとともに働いた[11]。やはりヴィシーの抑圧的な政策の最前線に位置した司法官たちも、解任もしくは停職の処分を受けたが、「一九四四年六月二七日のオルドナンスとＣＣＥＭ（司法官粛清中央委員会）設置に関する政府決定は、ユダヤ人に対する厳しい対応については明示的に規定しておらず、非難の対象とはなっても、それが重要性を持つことはなかった。それによって必ずしも罪を犯した公務員に分類されるわけではなく、常に赦免の可能性が残されていた。それだけでは処分を科すに十分だとは見なされなかったのである[12]」。同じく、多くの警察や憲兵隊関係者が処分を受けた中で[13]、ユダヤ人を追い詰め、逮捕し、収容所移送に関与して処罰を受けた者はごくわずかにすぎない。たとえば「ペルミュー班」は、警視庁内に設置されたことで伝統的な組織の一部であったが、その目的は一斉検挙を免れた何千人ものユダヤ人を逮捕することだった。この班に属する警察官たちは、一九四四年八月までの間きわめて効率的に職務を遂行し、しばしば隣人や集合住宅の管理人による密告に基づき活動したが、彼らは「セーヌ県裁判所により、ほぼ無罪とされた[14]」。これを見ると、「ヴェルディヴ一斉検挙への関与は、フランス解放時には罪だとは見なされなかった[15]」のである。

「対独協力者《コラボ》」と見なされた公務員たちは、ナチスに好意的な立場を取ったとの思想的犯罪か、密告のような行為、親独団体への加入、または分類困難な恋愛に関わる犯罪や些細な窃盗罪などに問われた。粛清の理由は、ここでもユダヤ人迫害の具体的な行動を含むものではなかった[16]。同様に、大学における粛清においても、たとえば密告のような反ユダヤ的活動に基づくケースはほとんどない。陪審団は「非常に寛大」な態度を示し、その後早期に復職が実現している。一九四四年の大学、あるいは初等・中等教育における粛清関連の裁判では、「反ユダヤ主義には、まったく重要性がなかった」[17]。大学関係者の粛清では、一〇％が反ユダヤ的な理由によるものだったが、それは常に副次的な要素であった。大学における粛清委員会の報告書を読むと、「フランス解放後も、反ユダヤ主義はかなり大目に見られており、平凡で、いろいろある意見や見方の一つにすぎないと考えられていた」[18]。実際、ユダヤ人身分法が教員に適用されたとき、パリ市内の主要なリセの校長たちは、すでにアカデミーに宛てた報告書で、同僚の教員たちに「混乱」や「動揺」は見られず、リセでの空気は「平穏」であると記しており、ほとんどの場合無関心が支配的だった[19]。

それでも、反ユダヤ主義と一部公務員によるユダヤ人検挙および収容所移送への寄与については、ヴィシー体制の複数の代表的政治家の裁判において、明示的な言及があった。たとえば、ペタンとラヴァルの裁判である。この種の起訴事由は、シャルル・モーラスやロベール・ブラジヤックのような著名な著述家、あるいは出版社の裁判においても見られるものだ。起訴状は、公的空間からユダヤ人を排除する法律だけでなく、迫害を可能にする措置についても、明示的に言及していた。ＣＧＱＪ幹部も、「ユダヤ人に対する過度の迫害」のために訴追された。有罪判決を受けたダルキエ・ド・ペルポワはスペインに逃亡したが、奇妙なことにフランス当局は身柄の引き渡しを求めなかった。ヴァラは、禁固一〇年の判決を受けた。ドランシー収容所の警備に当たっていた憲兵たちは、「きわめて寛大な判決」により有罪とされた。彼らは、「国防を妨害する行為」のために有罪となったのであって、「敵と内通」[20]によってではなかった。ましてや、ユダヤ人に対する暴力行為によるものではなかった。

こうした点から、

これらの裁判において不在だったのは、本来の意味においても、比喩的にも、警察組織の責任者であった。内務省の各部局、パリ警視庁などである。これらの組織が、CGQJの狂信的な面々に代わってSECの上部組織となったのであり、憲兵も含めてドランシー収容所について責任を負い、また人口調査、多数の調査ファイルの管理、さらには一斉検挙の実施においても大きな役割を果たしたのである。[21]

ルネ・ブスケの特別高等裁判所における裁判の際に、彼が行なったユダヤ人狩りは、二七ページからなる起訴状のうちの一ページ半を占めていたにすぎない。論告求刑においては「反ユダヤ政策にはまったく言及されず」、「法廷において、ジェノサイドの悲劇の重大さは十分に認識されることがなかった」[22]と結論づけるほかないのである。

フランス国は、ユダヤ人の公務員を裏切り、実際に追い詰め、収容所に移送した。フランス市民のユダヤ人と、フランスに避難してきたユダヤ人移民についても同様であった。敵に協力した容疑による粛清は広範囲に行なわれたが、公権力とそのあらゆる職種の職員によって実行された反ユダヤ政策に関する粛清はごく限定的だったか、あるいはまったく行なわれなかった。ユダヤ人の追放に最も熱心だった国家参事会幹部は、その後も強力な国家における法的判断を行なうこの名高い機関において、キャリアを平穏のうちに継続し、勲章など最高の名誉を受けた。一方で、ユダヤ人問題庁に関しては、ヴァラとダルキエ・ド・ペルポワを除く責任者と職員らは、脅かされることがなかった。CGQJの行政上の粛清は、純粋に「表面的」だった。リモージュの地方局長は有罪とされたが、二年後に特赦を受けた。リヨンの歴代地方局長は無罪となり、トゥールーズの地方局長は反祖国罪で有罪となったが、その後取り消しとなった。加えて、「CGQJ中央本部の粛清は、最高幹部とSCAE（中央経済アーリア化部）およびプロパガンダ部の上級幹部クラスが対象となる限られたものだった。個人身分部、経済アーリア化総局、長官官房、SAF（総務財務部）の管理職で、パリで裁かれた者はなかった。（中略）AE（経済アーリア化）およびSP（個人身分）を扱う部局で管理職だった者の大半は、さまざまな分野においてキャリアを継続し、ユダヤ人問題庁に勤務した過去を忘れさせることに成功した[23]」。パリ警視庁でも、事情は変わらなかった。職員で処分を受けた者は少数で、ほとんどの事案は訴追の対象とはならず、「〝ユダヤ人課〟の管理職ないし責任者は、本格的な粛清の対象とはされなかった」。元警務局長のジャン・フランソワは、ドランシー収容所の所長も務め、在任中二五回にわたり輸送列車を送り出したが、退職し年金受給を認められるにとどまった[24]。一方、個人身分課長で、

「ユダヤ人の資格」という、この時期を象徴するテーマの博士論文を書いたアンドレ・ブロックは現役を続行し、後にレジオン・ドヌール勲章を受章した。また、ユダヤ人調査ファイルを考案したアンドレ・テュラールは、一旦停職となったが、その後復職した。

こうして見ると、「フランス国の反ユダヤ政策に関わった主だった官僚と法律家は、フランス解放時に司法の追及を免れた(25)」と言うことができる。ヴィシーの高級官僚が裁判の中心を占めるようになるのは、一九七九年ジャン・ルゲの裁判を待たなければならなかった。ルゲは知事で法学博士。警察長官であったルネ・ブスケの南部地域における代理を務めた人物である。ルゲは一九四五年五月に知事職を解任されたが、一九五五年五月に国家参事会がこの処分を取り消したため、一九五七年に復職した。一九八九年七月二日、ジャン・ルゲは裁かれることなく死亡した。それでも、担当の予審判事は一九八九年九月に次のように述べた。「当時のフランス政府の公務員を導いた動機は（中略）フランス国籍もしくは外国籍の市民の一部を、ユダヤ人コミュニティーに属するとの属性（民族・文化的、宗教的の両面から）のみによって、形式的には法令に則った手段により迫害しようとする意志に内在するものです。（中略）したがって、本件起訴の対象となった犯罪は、人道に対する罪の特性を持つものと見なされます」。

この実現しなかった裁判にピリオドを打つべく、検事長は論告――多くの検事たちが、これについて考えをめぐらすべきであろう――において、以下のように述べた。「ルゲは自ら進んで職務に精励し、彼の寄与がなければドイツ側が希望していた行動の全般が目標を達成することはなかったであろう」。検事長はルゲ自身が出した指示、また送付した電報の性質について、ユダヤ人に対する「犯罪的な計画の実行を容易にしようとする意志——そして、結果が伴った——による、積極的な行動」であったと強調した。ヴィシーの高級官僚がユダヤ人狩りに積極的に加わり、人を追い詰める行動に進んで関与したことは、職務の遂行であったとしても正当化できるものではないと非難されたのは、これが初めてであった。しかし、運命のいたずらか、ルゲはすでに亡くなっており、上司であったブスケも、裁判に先立つ一九九三年六月に殺害された。その結果、ヴィシーの高級官僚の責任の問題がようやく、困難ではあったが問われるには、一九九七年のパポン裁判を待たねばならなかった。[26]

公務のさまざまなレベルにおいて、ユダヤ人狩りに寄与したフランス国の公務員で処分を受けた者は少数であるか、あるいはまったくなかった。確かに、フランス国の公務員として勤務を続けた高級官僚のうちには、ユダヤ人に助けの手を差し伸べた者も何人かあった。たとえば、ベレイの副知事ピエール＝マルセル・ヴィルツェールは、イジウーの子供たちを救おうと努めた。[27] シャトールーにあるアンドル県庁で事務総長の職にあったエドモン・ドーファンは、一九四二年にユダヤ人の子供たちをいくつもの保護センターに分散させ、収容所移送から救った。[28] モンペリエでは、エロー県知事ジャン・ベネデッティ[29]と県庁事務総長カミーユ・エルンストは、ユダヤ人の子供たちを収容所から脱出させるために滞在証明書を偽造し、また一斉検挙の情報を、検挙対象のユダヤ人に提供した。[30] ピレネー＝オリアンタル県庁幹部だったポール・コラッジは、リヴザルト収容所のユダヤ人の子供たち多数を収容所移送から救った。また、オート＝ロワール県知事でカトリック教徒のロベール・バックは、ル・シャンボン＝シュル＝リニョン〔プロテスタントの村として知られ、第二次大戦中はマキの活動が盛んだった〕に避難したユダヤ人を保護した[31]。タルヌ＝エ＝ガロンヌ県やクルーズ県などいくつかの地域で、一部の知事はユダヤ人を助け、またアルルの副知事の逮捕は、この地方における収容所移送の増加につながった。リヨン軍管区司令官ロベール・ド・サン＝ヴァンサン将軍はと言えば、この都市に住むユダヤ人の収容所移送のために、指揮下の部隊を出動させることを拒否した[32]。他の者は、そこここで両面的な態度を取り、ユダヤ人を追及しつつも、ときには見て見ない振りをした。しかし、ジャン・ムーランの最も忠実な部下だったダニエル・コルディエの指摘によると、父が熱心なドレフュス派活動家だったムーランも、一〇月から一一月二日の解任まで一カ月間、恐らくは意に反してであっただろうが、一九四〇年一〇月のユダヤ人身分法を知事として適用した。ダニエル・コルディエが残念に感じるのは、この機会にムーランが辞職しなかったことである[33]。国家参事会の一部の幹部職員のように、レジスタンスの精神を象徴する少数の高級官僚たちは、一九四二年の遅くまでポストに留まった。したがって、彼らは当然ペタンに忠誠を誓い、彼らもまた非常に厳格に、二つのユダヤ人身分法を適用したのである。この事実は残酷、かつ決定的である。

それでも、何人かの中級公務員はユダヤ人に手を差し伸べ、彼らを救った。たとえば、パリ一二区の警察署長ロジェ・ジェアノは、一九四二年七月一六日の一斉検挙が迫っているとの情報を、一部のユダヤ人に伝えた。一方、一〇区の署長エドモン・サボは、配下の警察官にかなりの裁量の余地を認め、逮捕を避けた。七月一二日、リガル警部はあるユダヤ人家族に、ヴェルディヴ一斉検挙を予告した。三区に勤務する別の警部も同様の行動を取り、一部の憲兵は、逃げようとする子供たちに気づかない振りをした[34]。モンルージュで、ネアックあるいはリオンで、ロット＝エ＝ガロンヌ県のいくつもの村で、またロゼール県やバニェール＝ド＝ビゴールで、警察官あるいは憲兵が偽造身分証を提供し、あるいは一斉検挙が近いとの情報を伝えた[35]。クレルモン＝フェランでは、一区の警察署長が、複数のユダヤ人に通行証を交付したとして、ドイツ当局に逮捕された[36]。リヨンでは、アンリ・シャリユモー警視が、受験を目的に身分証を改竄したユダヤ人の若者を保護しようとした[37]。ブロワでも、ある警部が何人かのユダヤ人に、間もなく逮捕されるとの情報を提供し[38]、ナンシーでは外国人係に所属する警察官七人が多くのユダヤ人に偽造身分証を与え、彼らを脅かす一斉検挙に関する予告を行なった。警察官のうちの一人、エドゥアール・ヴィニュロンは、ユダヤ人のために身分証を偽造したとしてドイツ当局に逮捕され、この容疑で禁固三年の刑を宣告され、その後免職となった[39]。ユダヤ人を救ったこの七人の警察官は、後に「正義の人」として顕彰された。トゥールーズ七区の警察署長も、正義の人に数えられる。レジスタンス活動家であるこの署長は、ドイツ当局への管轄区内のユダヤ人リストの提出を拒んだ。彼は逮捕され、ドイツで銃殺刑に処された。この署長の辞職願は例外的な内容で、ここに引用する価値がある。

トゥールーズ中央警察署長殿

現在、我が国の政府が取っている政策は、小職の持つ理想とは異なるということを、残念ながらご報告しなければなりません。このため、小職としては、これ以上忠実に任務を果たすことができません。小職は、完全に自らの責任において、ユダヤ教徒の迫害を拒否するものです。小職の見解では、ユダヤ教徒もラヴァル氏自身と同じだけ、幸福と生命についての権利を有しています。(40)

教育界の人々は慎重だった。たとえば、高等教育の教員を見てみると、ユダヤ人の同僚が追放された場合に、「控えめな抗議の意思表示」を行なったにすぎない。これに対して、ノルウェー、オランダあるいはベルギーでは、こうした追放を拒絶する意思表明が、学部長、教授と学生の共同で、公の場で行なわれた。フランスでは、ガブリエル・モノ〔一八八五－一九六八年。教育者〕がユダヤ人身分法の適用を拒否して、アカデミー視学官の職を辞したが、これは例外的な事例であった。彼にとっては、「教育と研究を行なう者として、フランスと人文主義とキリスト教の伝統を否認することは不可能と思われた」(41)。それでも、一部の大学教授は、たとえばモンペリエでのように、ユダヤ人学生が学業を継続できるよう取り計らった(42)。リセにおいては、排除されたユダヤ人教員が最後の授業を行なう際、涙を流す生徒もあった。しかしながら、生徒たちが退職の前日に抗議を行なった例は一件のみである。これはアンリ四世高校〔パリの名門校〕で起き、その後カルコピノ学区長に宛てた嘆願書が送られた(43)。高校と中学では「恐怖と沈黙」が支配的であったが、それでも一部の警察官と同様に、リスクを冒して抗議する教員も存在した(44)。

無関心が支配的であり、密告がしばしば行なわれたが(45)、助けの手と思いやりは国家ではなく、一般社会から寄せられ、個人の積極的行動が救いをもたらした。[46] 総体的には、ユダヤ人身分法の公布後、世論は長いこと沈黙を守り、無関心なままだった。[47] 個人が敵対的な意思表示を行なう例が見られるようになり、ユダヤ人がパリあるいは地方都市の街路で一般市民に殴打される事件も起きたが、それとは逆に、個人の日記には一九四一年から反ユダヤ的措置を前にした何人かの人々の困惑が記されている。[48] 元帥に賛同したカトリック教会は、あくまでも沈黙を守った。[49] 反対の立場のロンドンのフランス人たちも、「控え目」であろうとするレジスタンスの刊行物などが求めていたこの問題に関する「沈黙の協定」を順守していた――「ラ・フランス・コンティニュ（継続するフランス）」と「カイエ・デュ・テモワニャージュ・クレティアン（キリスト教徒のしるし）」といった例外はあったが。[50] 根本的には、「被害者自身は当然ながら別として、一九四二年の平均的フランス人にとっては、ユダヤ人迫害は重要問題ではなかった。占領期におけるこの悲劇的次元は、当時の人々にとっては、敗戦の衝撃あるいは物資不足、戦争捕虜の問題、ＳＴＯよりも、優先度においてははるかに劣る事項であった」。[51]

プロテスタント社会でこの問題が明確に意識され、指導者たちが公に抗議し、セヴェンヌ地方やル・シャンボン＝シュル＝リニョンのプロテスタントたちが精神的動揺を覚えるようになるには――これについては、知事の報告書に記述がある――、一九四一年の初めを待たなければならない。[52] ブグネール牧師〔Boegner は「ブニェ」と表記されることもあるが、「ブグネール」とするのがフランスでの発音により近いと思われる〕は、一九四一年三月に、大ラビのイザイ・シュヴァルツに書簡を送った。

貴兄のコミュニティーと改革派教会の間には、人の手で断ち切ることのできないつながりが存在します。それは教父たち、預言者たち、詩篇作者たちの聖書です。ナザレのイエスがその魂と思想を養い、それに引き続く諸世紀のイエスの弟子たちが神の言葉を聞いた旧約聖書です。私たちの教会は、神が聖なる書の省察を通じて与えるものすべて、またこれほど厳しい取り扱いを受けるフランスのユダヤ教徒に対する神のとりなしが、より強いものとなるであろうことを知っています。[53]

次いで一九四二年の転換点、黄色い星の着用から一斉検挙に至る間の転換点があった。レオン・ポリアコフ〔一九一〇－一九九七年。ロシア生まれのフランスの歴史家。ショアーと反ユダヤ主義に関する著作で知られる〕はきわめて詳細に、黄色い星の着用義務の制定に反対するフランス人の反応を描写した数少ない歴史家の一人である。さまざまな形での連帯の意思表示があり、この措置を愚弄する言動があり、勝手に作成した黄色い星に代わる標章を着用して歩く人々がいた。ある人々は「ユダヤ人」の文字の代わりに「オーヴェルニュ人」、「ゴイ」〔非ユダヤ人の意〕、「パプア人」、「ズールー」などと書かれた標章を縫いつけ、あるいは黄色い星を飼い犬に着用させ、ドイツ当局により逮捕された。同じだけ多くの人々が抗議の声を上げ、そのためにドランシーに収容された。ポリアコフは次のように書く。「重要なのは、そうした工場労働者、事務職員、学生らの名前を忘れさせないことである」[54]。その頃から、連帯を示す反応、市民社会からの救援活動が見られるようになり、それを少数ながら見ているユダヤ人の証人がいた。彼らは、黄色い星の着用と、一九四二年の一斉検挙に対する強い批判が、あちこちから上がった事実を書きとめている。[55] レジスタンスの主要機関紙が、迫害を非難するようになったのはこの時期である。もっとも、レジスタンス自体はユダヤ人の救出に「大きな役割を果たした」わけではない。[56] 従軍経験者たちからは抗議の声が上がり、「リベラシオン」（北部のドイツ占領地域で活動するレジスタンス組織リベラシオン・ノールの機関紙）は「忌まわしい反ユダヤ主義」を拒絶し、共産党青年部の機関紙「ラヴァン・ガルド（前衛）」は、見出しに「反ユダヤ主義を打倒せよ。（中略）フランスの青年たちよ、あらゆる手段をつくして、黄色い星を着用する人々への同情を示そう」と掲げた。「ジャキューズ（私は弾劾する）」は、「フランス人よ、黄色い標章を着用する人々に敬意を表そう」と訴え、「リユニヴェルシテ・リーブル（自由な大学）」は「教授の皆さん、学生の皆さん、この恥ずべき行為を阻止しよう」と叫んだ。一九四二年の大量検挙に対しては、レジスタンスの刊行物から一斉に抗議の声が上がった。いわく、「聖バルテレミーの夜」、「嬰児虐殺」、「ポグロムの地」となったフランス、「拷問部屋」、「恥ずべき行為により汚された」……。パリのテレグラフ通りにある家屋には、「人喰いどもよ、恥を知れ」との文字が書かれた。ロンドンからのラジオ放送で、アンドレ・ラバルトはこう呼びかけた。「フランスの皆さん、なされるがままにしてはなりません！（中略）フランスの大地は決して、罠に、スズメバチの巣になってはならないのです。拷問用の収容所と移送を間近にしたユダヤ人は、避難場所を、隠れ家をフランス全土に見出さなくてはなりません。フランスのユダヤ人は、フランス人の庇護のもとにあります。権力、あるいは国家が裏切るときは、国民が前線に出動しなくてはなりません」。この呼びかけは、「戦争の全期間を通じて、ドゴール将軍のすべての演説において、フランスのユダヤ人の運命については、たとえ間接的な形であれ、語られることがなかった」だけに、特に強力だった。しかし、こうしたユダヤ人迫害に関する言及は間もなく、特にレジスタンスの地下新聞から見られなくなる。それは、ユダヤ人の運命の「完全な隠蔽」を通して彼らの境遇の上に拡げられた「沈黙の覆い」「日食」であり、「全世界の沈黙[57]」を予告したのである。

ペタンを支持したカトリック教会もまた、一九四二年八月末という決定的な時期に、長い沈黙に終止符を打った。フランス南西部の複数の司教たちが抗議の声明を出し、それがカトリック信者の心に響き、同情心を率直に表現するよう促した。トゥールーズ大司教のサリエージュ猊下は、「ユダヤ人は男性であり、女性なのです。彼ら、彼女らに対して、家庭の父親であり、母親である人々に対して、何をしてもよいなどということはありません。この人々は、人類の一員です。この人々は、他の人々と同様に、我らの兄弟です。キリスト教徒なら、これを忘れてはなりません」と述べた。また、モントーバン司教のテアス猊下は、こう語った。「私は、キリスト教的良心に基づく抗議を、怒りを込めて伝えるものです。人間は、アーリア人であろうがなかろうが兄弟です。なぜならば、同じ神によって創られたからです。すべての人間は、人種と宗教にかかわらず、個人および国家から尊重される権利を持っています[58]」。オート＝ピレネー県では、ル・ジャンティ知事はこう記している。

外国籍のユダヤ人に対する集団収容と入国拒否の措置は、可能な限り慎重に実施された。しかしながら、それは当然住民の知るところとなった。それはまた、世論を大きく動揺させるところともなった。人々は、これがフランス当局の決定であると認めることを拒否した。人々は、ドイツあるいはポーランドのユダヤ人の入国拒否は占領当局の明確な要求に基づくものであり、この要求が満たされない場合には、占領当局はフランス国民に対してより過酷な措置を取ることによって遺憾の意を表明するであろうと考えたのである。住民の大半はこれらの計画の実施について知らないか、知ったとしても実施後数日経ってからであった。ごく少数の者はこの措置に全面的に賛同したが、反対派のプロパガンダの影響を受けた多数派は、この機会を捉えてユダヤ教徒に対し同情の意思表示を行なった。体制の敵であるドゴール派と共産主義者（敵対的プロパガンダの影響を受けた）［括弧内は、手書きで加えられた］は民主大衆派と協調して、この出来事を自らのプロパガンダの材料として利用している。トゥールーズ大司教サリエージュ猊下の司牧書簡――これは、一部カトリック勢力の政府に対する見方を表すものである――は、こうした世論を支持する人々から話題にされ、多くのビラで引用された（ある程度正確で、ある程度誠実な証人らが伝えた後、数日経って事件は大げさに、また歪曲して伝えられた）［括弧内の記述は、知事の手によって取り消し線が引かれた］。家族が乱暴に引き裂かれた、子供たちが両親から無理やり引き離された、などとして非難の声が上がった。実際には、物事はすべて円滑に行なわれ、いかなる混乱も起きなかったにもかかわらず。これらの措置が、実行された際の正確な状況を知らない者にとって、行きすぎのように思われたことに無理はない。この件に関して寄せられた非常に多くの質問に対しては、特定国籍の外国人に対する措置であること、対象となる外国人は一九三三年以降フランスに入国した者であること、政治亡命者に関する引き渡しの措置は初めてではないことなどの回答を毎回行なった（ユダヤ人のみが対象であることには、触れないよう努めた）。上述のように、本件によって起きた親ユダヤ的な同情心と［この節の以上の部分は筆者によって線で削除］動揺は、ユダヤ人とキリスト教民主主義的なカトリックの間で最も強かった。アルザス・ロレーヌからの避難民の間にも同様の傾向が見られたが、彼らは事態を大げさに受け止め、次には自分たちの順番が来ると考えた(59)。

九月一一日付の報告書で、ピノ警部も以下のように書いた。

外国籍ユダヤ人の占領地域への移送問題が、今週も依然として、全般的に住民の関心事となっている。一部の者は、トゥールーズ大司教の文章をタイプ打ちした写しを所持しており、こっそりと友人たちに読ませている。アルザス・ロレーヌ出身者の動揺はなおも収まらず、彼らは知事宛ての書簡で抗議の意思表示を行ない、またユダヤ人の子供たちの面倒を見ると申し出る者もあった。彼らの行動は主として反ドイツ感情によるものであるとともに、彼らもまたドイツ側から引き渡しを要求されるのではないかとの不合理な恐怖心を抱いている。社会派キリスト教の聖職者、またその他の司祭たちも、不同意の立場を隠していない。労働者階級は、これよりはいくらか無関心である。日常生活に関する他の心配事があるためである。

九月二五日には、ピノ警部は以下のように書いた。

県内で行なった調査を見ると、サリエージュ猊下の指示は、タルブやルルドなどの都市部を除いて、大きな影響をもたらさなかったと言える。混乱が生じたのは一件だけで、これはルルドで、教区司祭のペメン神父が問題の司牧書簡を、不適切な形で読み上げたことによる。

その翌日、彼はこう付け加えた。

住民を最も動揺させた出来事は、間違いなくユダヤ教徒の逮捕である。この件に関して、ユダヤ人たちはポーランドに送られる、家族はばらばらになる、子供たちは両親から取り上げられるなどと言われた。ユダヤ教徒は全般的に警戒の対象になっているが、それ以上に人間的な感情が優先した形である。特に、聖職者とカトリック社会が、最初に情愛を表明した。(60)

この県でも、他の地方でも、プロテスタント関係者、あるいはカトリックの高位聖職者による態度表明は、県当局の怒りを買った。こうした態度表明は、一部の信徒に行動を、救援活動を促した。修道院、老人ホーム、教会運営の施設などがユダヤ人避難民に門戸を開き、一方では個人による活動が増加した。たとえば、サン＝ペ＝ド＝ビゴールで教師を務めるブルデット神父は、子供たちを助けるために記録を改竄し、他の聖職者は自分で身分証もしくは洗礼証明書を偽造した[61]。

オート＝ピレネー県でも、占領地域と自由地域のいずれでも、この種の活動が決定的だった。というのは、日々逮捕を避けるための手段を講じるユダヤ人の生存戦略を成功に導いたからである。こうした活動は、また、それまでほとんど外部からの援助なしに収容所のユダヤ人たちを助けようとしていたユダヤ人諸団体の断固たる行動を補完するものでもあった。救出のための行動は、ときとして収容所からの解放を可能にし、ビザを取得し、スイスに逃亡するためのネットワークを構築し、子供たちを孤立した一軒家に匿って日常の生活に戻すというものであった。フランス・ユダヤ教ボーイスカウト団、アムロ通り委員会〔外国籍ユダヤ人救援団体。パリのアムロ通りに本部が置かれたため、この名がある〕、ユダヤ系レジスタンス諸団体、ユダヤ教長老会議、ラビたち、フランス・ユダヤ教徒総連合（UGIF）、児童救援慈善センター（OSE）、組織・再建・労働（ORT）、またシオニズム青少年運動（MJS）、あるいはレオン・ポリアコフのような個人やアンドレ組織[62]のメンバーなどは、ユダヤ人の生存のために、非常に重要な役割を果たした。同宗者を救うための活動に関する歴史記述では、しばしばおろそかにされる点である。

いかなる無関心も、いかなるアンビヴァレンスも拒否して、さまざまな社会的背景の個人が、宗教的な理由からにせよそれ以外の理由からにせよ、追われるユダヤ人たちに手を差し伸べ、救援活動を行なった。彼らは「フランス人のごく一部[63]」にすぎず、フランス国民の大多数はこれに関与しなかった。正義の人、またその名に値する人々は、このごく一部のうちにいたのである。マリアとファビアンも、有名な、あるいはいまだに無名な英雄たちの一群に含まれる。ヤド・ヴァシェムでは、彼らへのオマージュについての調査が始まっている。フランスは、二〇一一年一二月現在で、正義の人三四一八人を数える。そのうち職業が知られている二六九二人を見ると、七五三人が農業従事者であった。これは、職業が判明している人々の二八％に相当する。これに、農村部出身者でありながら、職業が不詳の人々も加える必要があるだろう[64]。以上のように仮定した場合、正義の人七〇〇人に関する別の調査が示す農業関係者の割合に近い結果となる。この調査によれば、四〇・八％が小規模農家を営んでおり、そのうちの六九％が農村地帯でも孤立した集落、村もしくは町で暮らしていた。別の研究者たちは、正義の人の五四％が農村部の居住者であったと推計している[65]。

こうした田園地帯は、ほとんどの場合大変に貧しかった。衛生状態は劣悪で、家には電気が通じておらず、便所もなかった。オメックスも、この例に漏れない[66]。ユダヤ人、わけても子供たちの救出はパリで行なわれたが[67]、正義の人の農村部の住民としての特性は、いくつかの別の研究が裏づけている。たとえば、ランド県、オート＝ピレネー県、バス＝ピレネー県の例である[68]。これらの県において、また他の地方においても、マリアとファビアンに似たこれらのつつましい人々は、多くの場合偏見がなく、ヴィシーが称揚する大地の価値を讃えず、この体制が流布させるプロパガンダを警戒していた。「これらの農民たちの証言を見ると、ユダヤ人政策に関する限り、国家と周縁部を隔てる距離の大き

オメックス村

さを強く感じさせる。ある正義の人が強調するように、〝フランスはここにありました。ヴィシーではなく、農村の貧しい住民たちとともにあったのです〟[69]。これほど明快に、フランス国と大半の高級官僚——ごく一部の、正義の人と認められた人々[70]を例外として——の裏切りを表現することができるだろうか。手を差し伸べたのは農村のつつましい人々であった。大都市からも、国家からも、有力な知識人や芸術家たち——彼らは、プロパガンダにより影響されやすく、またルルドのピノ警部の報告が強調した労働者階級と同じく、ユダヤ人の悲劇的な運命に対してより無関心だった——からも遠く離れて。たとえば、ランド県、バス＝ピレネー県とオート＝ピレネー県の正義の人のうち、二八％が農業従事者である[71]。

農村部以外では、特にカトリックの聖職者とプロテスタントの牧師が正義の人の称号に値する人々である。しばしば農村社会に溶け込んでいた彼らは、全体の一一%を占めている。一五〇人近いカトリックの聖職者が正義の人のメダルを授与されている。彼らは一斉検挙の前に情報を提供し、ユダヤ人の子供を匿い、偽造洗礼証明書を配布し、占領地域と非占領地域間の境界線通過を手助けし、脱走を容易にした[72]。司祭や牧師以外にも、カトリックとプロテスタントの信者たちがユダヤ人を救助し、正義の人の資格を認められた。プロテスタントであれカトリックであれ、俗人であれ聖職者であれ、修道会の会員であれ、宗教的組織の一員であれ、行動の理由として宗教的要因を挙げる人々は正義の人の一七%を占めると推定できる。一部の県におけるカトリックの割合は、三〇%に及ぶ[73]。バス＝ピレネー県とオート＝ピレネー県では、カトリックとプロテスタント教会の聖職者たちも、ユダヤ人の救援活動に積極的で、正義の人の一二%を占めている。これらの地方では、個人としてこうした活動に取り組むうえで、「宗教的要因が動機」となっている。何人もの司祭と牧師が、偽造身分証を提供し、あるいは脱走を容易にするために、ギュルスの収容所内においてさえも活動していた[74]。トゥールーズ地方では、サリエージュ猊下の周辺で、地域の修道院において救援活動のネットワークが形成された。ニースとその周辺地域でも、レモン猊下を中心に、カトリック団体がネットワークを組織した。モン＝ド＝マルサンの孤児院を運営する聖ヴァンサン＝ド＝ポール修道会のシスターたちは、ユダヤ人の子供たちを匿った。これらの県の修道院やカトリック系の学校といった組織も、同様の活動に従事した。愛徳修道会が運営するタルブの病院は、私の父を受け入れてくれたが、同時に数えきれないほどのユダヤ人避難家族を迎え入れた。農村部の遠隔地にある多くのカトリック系団体が、重要な役割を果たした。例を挙げれば、聖なる子供女子修道会、ラ・サール会、聖ヨゼフ女子修道会などである。これらは、都会と国家から遠く離れた場所で、ユダヤ人の救済が農村地帯で活発に行なわれたことを示している。

プロテスタントの信徒は、正義の人の一一%を占める。当時のプロテスタントは、総人口の二%でしかなかったから、きわめて大きな数字である[75]。プロテスタント系の団体であるシマド（Cimade）は、多数のユダヤ人家族を救出するうえで決定的な役割を果たした。収容所からの脱走と、スイスへの避難を助けたからである。フランス南西部で、あるいはセヴェンヌ地方、あるいはディウールフィでも、プロテスタントの牧師、小学校教師、そして特に農民が、大きなリスクを冒してユダヤ人を守った。村を挙げてこの種の活動を行なうケースもあった。アルプ・マリティム県のサン＝マルタン＝ヴェジュビ、イゼール県のル・プレランフレ＝デュ＝グア、アンドル県のシャティヨン＝シュル＝アンドル、カンタル県のジアット、ヴァンデ県のシャヴァーニュ＝アン＝パイエ、ロワール＝エ＝シェール県のプズー、ロゼール県のカトリック地域のル・マルジュー＝ヴィル、オート＝ガロンヌ県のモンレジョー、タルヌ県のラコーヌ、さらにはアルプ＝ド＝オート＝プロヴァンス県のブロー、ドゥー＝セーヴル県のプロテスタントが多い郡であるルゼーなどにおいてである[76]。ロゼール県の人口九〇〇人のル・マルジュー村は、一〇〇人ほどのユダヤ人を匿った。ドローム県のディウールフィ村は人口三五〇〇人でプロテスタントが多数を占めるが、ここでは一五〇〇人のユダヤ人避難民を保護した。

これらの村のうちの二つが、村として正義の人の称号を得た。ル・シャンボン＝シュル＝リニョンと、プロテスタント地域の中心にあるヴィヴァレ台地である。プロテスタントとユダヤ人の「親和力[77]」は、旧約聖書とダヴィデの詩篇、古代イスラエルの歴史の重要性の共有、さらには長期にわたり迫害を受けた少数派の宗教という立場から第三共和制時代に接近して、それぞれ反プロテスタンティズム、反ユダヤ主義と闘ってきた共通点によるものである。サン＝タグレーヴから近いラバティ＝ダンドール村の牧師アンドレ・シャパルは、こう語っている。

この山地の住民は、反ユダヤ主義とは無縁です。家にある唯一の本は聖書だというここの人々にとって、イスラエルは神の、イエス・キリストの民でした。ドレフュス事件は、遠く離れた出来事でした。ナチスが命じ、ヴィシー体制によって推進された反ユダヤ法は、人々を大変に驚かせ、また憤慨させたのです。憎しみは、一切ありませんでした。反対に、主の血肉を分けた親類に対する尊敬があったのです[78]。

聖バルテレミーの記憶と、それに続くいくつもの虐殺[79]によるトラウマは、この農民たち、山岳地帯の住民をいつまでも動揺させ、これらの迫害は生きた記憶になっていた。この記憶が、「ユグノーを、ヨーロッパにおいてユダヤ人と近しいキリスト教徒という稀有な例にした[80]」のである。プロテスタントで、カンタル県ミュラ村の女子中学で数学教師を務めていたアリス・フェリエールは、フランスで最初に正義の人の称号を授与された女性である。彼女は、早くも一九四一年五月に、クレルモン＝フエランのラビに以下の書簡を送った。

先生、お便りを差し上げるのは、占領地域におけるユダヤ人身分法についての私たちの怒り、幸いなことに多くの人々が共有する怒りについて、お知らせしたかったからです。（中略）私の祖先たちは、一六八五年のナントの勅令の廃止と、セヴェンヌ地方における竜騎兵によるひどい迫害を受け、この大変に恐ろしい事件を記憶にとどめました。王は、異端者を根絶したいと望んでいました。慰めは、王が目的を達成できなかったことです。祖先たちの犠牲と、死をも厭わない信仰への忠誠は、子孫たちが平和のうちに暮らすことを可能にしてくれました。ユダヤ教徒が、それほど長く待たずに、心の向くままに祈りを捧げる権利を得られるよう望みます。（中略）もしも、苦しい状況が終了するまでの期間、物質的、精神的に少しでも負担を軽減できるよう、私にできる範囲で援助すべき（相互扶助）団体もしくは家族をご紹介いただければ、幸甚に存じます。

さらに、マルセル・ロブ教授に宛てた手紙で、彼女はこう付け加えた。

私の家族は、セヴェンヌ地方の出身です。宗教戦争と、竜騎兵による弾圧の時代に、血を流してきました。ナントの勅令の廃止は、現在の身分法と類似性が認められます。これを制定した体制

および これを承認した人々にとって、恥辱であると考えます。私の祖先は、苦しみと、牢獄と、迫害と死にもかかわらず、信仰を守り通しました。これほど高貴な事例を否認することはできません。そうしたいとも思いません。それゆえに、私はこんにち、新たに迫害されている人々とともにあります(81)。

ヴィシー国家の対独協力を前に、高級官僚たちの重苦しい沈黙を前に、ブグネール牧師の言葉は強力に響いた。その言葉は、アンビヴァレンスと「二面的な発言」から遠く、また一九四二年七月と八月以前のものであっただけに、なおさら強く感じられた。

ル・シャンボン＝シュル＝リニョンと高原の村々は、それだけでユダヤ人の救出におけるプロテスタントの人々の決意と勇気を伴う関与を象徴している。このおかげで、三五〇〇人が救われたのである。勇気に満ちた言葉に促されて、数多くの信徒ばかりでなく、牧師たちも行動した。シャンボンと高原全体で、一つひとつの集落で、全員が正義の人の称号を認められてもよいほどだった。扉を叩いたユダヤ人に、保護を与えなかった農家は一軒としてなかった。この山がちで気候の厳しい陸の孤島で、つつましい人々は好意をもって、必死に避難所を求める人々を受け入れた。エドゥアール・テイスとアンドレ・トロクメという二人の牧師は、両大戦間期から平和運動と教育活動に熱心に取り組み、新セヴェンヌ学校〔一九三八年に、ル・シャンボン＝シュル＝リニョンに作られた中等教育の学校〕を設立していた。この二人が、大規模な救援活動の中心となった。二人はともに、ＯＳＥのようなユダヤ人団体、シマド、シャイエ神父のラミティエ・クレティエンヌ（キリスト教友好団）の支援で、あるいはマルセイユ、次いでニースから、ラビのザルマン・シュネールソンとレオン・ポリアコフ[82]とともに脱走ルートを組織したジョゼフ・バスのアンドレ組織の支援で高原に数多くやって来るユダヤ人の救出を念入りに計画した。ユダヤ人たちは、タンス、ファイ＝シュル＝リニョン、サン＝タグレーヴとサン＝タンドレ＝アン＝ヴィヴァレに囲まれた高原の集落にある、他の家屋から離れた農家に分散された[83]。マリアとファビアン同様、多数の農民が扉を開いて、保護し、匿った。彼らは全員、村長たちや役場の事務長、タンス駐在の二名の憲兵隊員、あるいは小学校教師でプロテスタントのロジェ・ダルシサック――彼は、受け持っていた生徒のうち、ユダヤ人生徒の身元を隠した――と同じく、正義の人と認められてよかった。ダルシサックは、エドゥアール・テイス、アンドレ・トロクメの両牧師と同じように逮捕されたが、間もなく釈放された。しかし、ダニエル・トロクメの場合は違った。牧師の従兄弟で、正義の人と認められた彼は、ロシェ学生寮のユダヤ人学生とともにマイダネクに送られ、抑留先で亡くなった。正義の人のメダル七一枚が授与されたが、そのうち四七枚がル・シャンボン村に関するもので、オート＝ロワール県のプロテスタント人口は全体の四％弱であるが、正義の人の八〇％を輩出した[84]。この高原の牧師二三名とその妻が正義の人とされ、その中にはローラン・レーナルト、アンドレ・トロクメと夫人のマグダ[85]、エドゥアール・テイスと夫人のミルレドが含まれた。

アンドレ・トロクメという人物は、彼一人だけでプロテスタントの牧師たちの大胆さと、積極的な活動と、勇気を表している。たとえば、一九四二年七月の大量検挙の直後、八月一〇日にヴィシー政権の青少年大臣ジョルジュ・ラミランが中学校を訪問した際には、生徒たちがトロクメの書いた文を手渡した。

大臣殿、

私たちは、三週間前にパリで起きた恐ろしい光景について知りました。占領当局の命令に従い、フランス警察がパリ中のユダヤ人家族を住居まで出向いて逮捕し、ヴェルディヴに収容したというのです（中略）私たちは、ユダヤ人の収容所移送の措置が近く南部地域でも適用されるのではないかと心配しています。私たちのうちに、何人かのユダヤ人がいることを、特にお知らせしたいと思います。しかし、私たちはユダヤ人と非ユダヤ人を区別することはしていません。区別は、福音の教えに反するものです。もし私たちの同級生が、他の宗教のもとに生まれたというだけの理由で収容所に送られなければならない、もしくは調査されなければならないとの命令を受けるのであれば、彼らはこの命令に従わないでしょう。そうなれば、私たちは彼らを匿うために、最大限の努力をするでしょう。

知事が発言して、県庁がル・シャンボンのユダヤ人の調査を行ない、逮捕する予定であることを確認すると、トロクメはこう答えた。「私たちは、ユダヤ人とは何か知りません。知っているのは、人間だけです」。二週間後に警察が来てユダヤ人の子供たちの名前を知らせるよう求めると、彼はこう反論した。

私はこの人たちの名前を知りませんし、仮に求められているリストを持っていたとしても、あなた方には提供しません。彼らは、この地方のプロテスタントのところに避難所を求めてやって来ました。私は彼らの牧師、つまり羊飼いです。守っている羊を告発するのは、羊飼いの仕事ではありません。(86)

教育の世界では、教員の大半はユダヤ人身分法に無関心だったが、カトリックであれ、プロテスタントであれ、宗教色のない者であれ、また社会主義、共産主義もしくはそれ以外の思想に賛同する者であれ、何人もの小学校教師もまた一部のユダヤ人を守ろうとした。ボージョレ地方の小学校教師で、共産主義者のアンドレ・ロマネは、ユダヤ人の子供たちを守った。モンフォール、ラヴァレとポン＝ド＝ジェンヌの男女の小学校教師たち、またヴィニューの小学校教師も、ユダヤ人の生徒たちを守った。ガティーヌ地方の村、サン＝ローラン＝ラ＝ガティーヌとアボンダンでは、あるいはオルヌ県では、小学校教師たちがユダヤ人を匿った。オート＝ヴィエンヌ県とクルーズ県では、何人もの師範学校の男女の学生がユダヤ人を隠した。オート＝ピレネー県では、四人の小学校教師が正義の人となり、アルプ＝マリティム県でも何人かの女性小学校教師がユダヤ人に救いの手を差し伸べた。それゆえに、「共和国の学校の群れが、フランスのユダヤ人を助け、保護し、社会化させるための大組織を確かに造り上げた」[87]と言うことができる。フランスの中心で、正義の人としてユダヤ人に救助の手を差し伸べた数少ない高級官僚と同じように、第三共和制の普遍主義的価値の影響を受けたこれらの小学校教師たちもまた、周縁部において勇気をもって行動した。無関心が支配する世界で、彼らは数こそ少なかったが、何人かの現場の警察官と同様に、公務員の名誉と普遍主義国家の裏切られた価値観を守ったのである。

Ⅳ

大統領、国家と国家の理論

二〇〇五年一月二七日アウシュヴィッツにて、ジャック・シラクは演説の中でピエール・マス[1]の悲劇的な運命に触れた。シラクはこの人物を通して、ヴィシーが無関心でいる中でナチスによって収容所に送られた「共和国狂」たちが「心に浮かんでくる」と語った[2]。このひとつのフレーズによってアウシュヴィッツで、国家元首が語ったのは、「我が」国家ユダヤ人たち、共和制国家の頂点のポジションから死に至るその追放までの歴史をたどった、あの共和国狂たちであった。我が「共和国狂」たちは、普遍主義の論理を回復した国家の最高指導者によって、共和制フランスと、さらには暗黒時代の悲劇的な歴史に刻み込まれたのである。国立行政学院卒業生で、会計検査院所属の高級官僚であったジャック・シラクは、公共に献身的に奉仕し、公益を重んじる公僕の代表者であり、世代的にも、また価値観からも、ヴィシーの悲劇とは無縁だった。ゴーリストでありながらも、彼はペタン元帥の体制をいかなる正統性も持たない一時期だったとしたドゴール将軍の見方に異を唱えることができた。フランス本土に共和国の法制度の復活を定める一九四四年八月九日のオルドナンス第七条にあるように、ヴィシー体制は「フランス国政府」を自称する「事実上の権力機構」でしかなかった。したがって、ドゴール将軍にとっては、共和制国家はこの事実上の権力機構の諸行為については、何ら責任を持つものではなかったのである。一九九五年五月一七日に大統領に就任してすぐにジャック・シラクは、ドゴールという人物を通してロンドンに移ったフランス、すなわちヴィシーの裏切りと無縁で罪のないフランスという、協調的な見方から距離を置いた(3)。首相として行なった一九八六年七月の発言(4)の延長線上で、国家元首となって二カ月後の一九九五年七月一六日、ヴェルディヴ一斉検挙事件五三周年の記念日に際し、シラクは根本的に重要な演説を行なった。アウシュヴィッツでの演説に先立つこと一〇年、彼はこのごく単純な事実を語ったのである。

そうです、占領軍の犯罪的な狂気は、フランス人によって、フランス国によって支えられていたのです。今から五三年前、一九四二年七月一六日、フランスの警察官と憲兵四五〇〇人が、上官の指揮のもと、ナチスの要求に応じたのです(5)。

最も重要な事実が言葉で表された。ユダヤ人の収容所移送の政策を決定したのはナチスである。これを実行に移したのは、フランスの警察官と憲兵であった。彼らはそれを「フランス人」の命令に従って、合法性がきわめて疑わしいながらも、その犯罪的な行為がいまだに私たちの歴史に重くのしかかる「フランス国」の命令に従って実行したのである。この国家は、もはや国家としての権限を持っていなかった。ドイツ占領当局に服従し、主権を持たず、自由地域で権限を行使しているとはいえ、それはナチスの意思により左右されるものだった。これらのニュアンスは、きわめて重要だ。というのは、堕落してフランス国となった国家の罪を晴らし、また私の国家の理論の維持を可能にするからである。両立不可能と思われたもの、すなわちヴィシーと私の国家モデルを両立させるのである。なぜなら、「フランス国」となった国家、「フランス人」がその頂点に立つ国家は、実際には何世紀も以前から強い国家モデルに近かったフランス型国家に背を向けたからである。私が生まれた一九四〇年七月以降、この国家の指導的立場に立った何人かのフランス人は、国家を変質させることを目的とした。私にはまったくの神秘としか言いようがないが、私の出生はまさに、メリトクラシーを基盤とする普遍主義国家の終焉と一致していた。早くも七月には、多くのフランス市民が公務員への道を閉ざされた。父親が出生時からのフランス人でない者、ユダヤ人、フリーメーソン会員、共産主義者、社会主義者、人民戦線の活動家たち、である。憲法上の混乱と、議会での怪しげな採決以上に、国家はその制度を失うと同時に、過激な極右が広めようとする政治的イデオロギーとの間の距離を失ったのである。その指導者は、「フランス人」であった。特にドレフュス事件と人民戦線に復讐しようとする人々、反動的右翼の継承者、国家と宗教の分離の取り消しを求める不寛容なカトリックの支持者である。ドリュモンが好んだ「フランス人のためのフランス」のイデオロギーが勝利を収め、彼の直接の後継者がヴィシーの成功に寄与した。

大統領の厳かな演説は、ヴェルディヴをヴィシーの反ユダヤ政策を象徴する場所として認める役割を果たした。もはやユダヤ人団体だけが、毎年記念する出来事ではなくなった。今では、国家もその責任を強力に果たすようになったのである。[6] ジャック・シラクにとって、ヴィシーの「フランス国」は、保護をもたらす普遍主義だとして彼が称揚する「強い」国家の、極端なまでのアンチテーゼである。「強い国家」の概念を自らのものとして、彼はプロテスタントの信仰を可能としたナントの勅令の四〇〇周年記念の機会に、こう述べた。

二つ目の教訓は、国家の権限に関する教訓です。強力で、公正で、国民を一致させる国家だけが和解を取り戻し、一人ひとりの安全を保証し、信頼を抱かせることができます。ナントの勅令の発布によって、国家はその役割を果たしました。その国家は中央集権的で、国内の諸州に代わって決定を行ない、国家主権の主要なミッションを果たしていました。（中略）この原則は、今なお現代性を持っているのです。[7]

「強い」国家のみが「公正」たりえ、「一人ひとりの安全を保証できる」。ヴィシーは間違いなく、宗教上の融和と全市民の和解を可能にする国家の終焉、つまりは国家そのものの終焉を意味していた。これは、国家の奉仕者であるべき公務員たちが内心はどうあれ、占領軍であるドイツの監督のもとで、過激で反ユダヤ的な価値観に捕獲されてしまった結果としての変質であった。しかし、再びヴィシー期について触れながら、ジャック・シラクは別の演説でこう述べた。「ヴィシーから半世紀が経ちましたが、私たちは闇の勢力が、不寛容と不公平が、国家の頂点にまで入り込むことがあると知っています」[8]。こう言うことで、彼はヴィシーをフランス社会に内在するフランス人同士の戦いの枠組みの中に位置づけた。反革命的右翼が国家を乗っ取り、自らの価値観を押し付けた出来事として。ジャック・シラクの言葉によると、ヴィシーは「復讐を求める、憎悪に満ちた一味」による国家の支配であった[9]。

一九九五年にジャック・シラクが行なった接続点となるこの演説は、以前にフランソワ・ミッテランが取った立場――このために、彼は大いに批判されたのだが――と根本的に異なっていただろうか。一九九二年六月一七日に、ヴェルディヴ42委員会が「ヴィシーのフランス国がユダヤ人を、ユダヤ人であるということだけを理由として迫害し、彼らに対して罪を犯したことを、共和国政府の最高責任者たちが依然として認めず、またそれについて正式に発言することもなかった」として、「国家元首たる大統領が、ヴィシーのフランス国がフランスのユダヤ人に対する迫害と犯罪の責任を持つと公に認め、その旨の発言を行なうよう」求め、さらに「フランス共和国の基盤を構成する観念そのものがかかっている」[10]と付け加えたとき、フランソワ・ミッテランはあるインタビュー――このインタビューでは、ほとんどの場合、ごく一部の発言のみが記憶に残ったが――でこう反論して、大半の人々の反感を買った。

これにはどんな意味があるのでしょうか。この人たちを私はほとんど全員知っていますし、何人かは個人的な友人です。彼らは、私の青年時代に、悲惨な戦争の時代に、そしてそれに引き続く悲惨な時代に、私がユダヤ人の受難に関していかなる意見を持っていたかを、一瞬たりとも疑いはしないでしょう。フランス国と言いますが、フランス国などというものは、こう言って差し支えなければ、存在しなかったのです。共和国は存在します。そして第一共和制は、その最初の決定の一つとして、いずれにしても革命的な決定として、ユダヤ人にフランスにおける一定の身分を認めたというのではなしに、フランスのユダヤ人をフランス人と認めたのです。つまり、これは革命的にして、きわめて共和主義的な措置だったのです。さらに共和国は、その歴史を通じて、第一共和制、第二共和制、第三共和制、第四共和制、第五共和制と、常に開かれた態度を取ってきました。市民の権利は、市民とされる人すべてに、とりわけフランスのユダヤ人に、適用されなければなりません。

ですから、共和国に弁明を求めないでください。共和国は、なすべき務めを果たしたのです。ほぼ二世紀の間いくつもの共和制が続いてきた共和国は、平等と市民権に関わるすべての措置を決定してきたのです。アルジェリアのユダヤ人が、「ピエ・ノワール」と呼ばれるアルジェリアのヨーロッパ人とアラブ人の中間に位置する下位の人種ではなくなるよう決定したのは共和国でした。共和国は差別、特に人種的な差別を避けるために、常に手を差し伸べてきたのです。ですから、共和国に弁明を求めるのはやめにしましょう。

しかし、一九四〇年には、フランス国ができました。「フランス」と「国」、この二つの単語を分けないでください。フランス国はヴィシーの体制であり、共和国ではありませんでした。このフランス国にこそ、弁明を求めるべきです。それは当然のことです。わたしがそれを当然と思わない理由があるでしょうか。私自身に問いかけてくる人々の持つ感覚を、私は全面的に共有します。レジスタンスも、それからドゴールの臨時政府も、第四共和制も、それ以後も、いずれもまさにこのフランス国の否定の上に成立してきました。その点は、明確にしておく必要があります。(11)

記憶しておくべきは、フランソワ・ミッテランにとって「フランス国は存在しなかった」というのは、事実としては存在したが、正統性のない権力機構であり、国家と共和国の双方に終止符を打った存在であった、という点である。納得のゆく言い方で、彼は「〝フランス〟と〝国〟、この二つの単語を分けないでください。フランス国はヴィシーの体制」であったと主張した。この意味において、ヴィシーは国家ではなく、なおさら共和国ではなかった。「弁明を求める」べきなのは、「フランス国」に対してであった。

その二年後、ミッテランの立場は揺るがなかった。

一九四〇年には、フランス国が成立しました。これはヴィシーの体制であり、共和国ではありませんでした。弁明を求めるべきは、このフランス国に対してです。共和国に弁明を求めないでください。共和国は、成すべきことを成し遂げたのです[12]。

後にジャック・シラクがそうしたように、フランソワ・ミッテランもヴィシーのフランス国を批判した。共和国の役割を明示的に語ることを避けたジャック・シラクと同様に、ミッテランは共和国に罪をかぶせることを拒否し、「ヴィシーのフランス国」と国家の連続性を認めようとはしなかった。フランス国と国家のつながりは、後に二〇〇二年の国家参事会のパポン決定により、なんとか概念化されることになる。この観点から奇妙に感じられるのは、世論と近年の歴史記述が、フランソワ・ミッテランとジャック・シラクという二人の大統領の発言に、一定の連続性を認めないことだ。特に、ミッテランはこう力説していた。「最初に非難すべきは、共和国に終止符を打ったことです」。彼にとっては、「事実上の存在」である新しいフランス国の内部に、「一部の人たちが侵入したのです。ある意味ではモーラスも、デア、それから他の多くの人たちも[13]」。それは、特にラディカルな極右出身で特別な感情なしに反ユダヤ政策を実行する「人たち」により今や支配されることとなった国家の終焉を強調することだ。ミッテランとシラクは正反対の人物だが、二人にとって極右の「人たち」の勝利、「国家の頂点」に侵入する「闇の勢力」が国家の論理を毀損し、国家の原理を否定する「フランス国」に変化させたのである。

「フランス国」となった国家は、この「人たち」にとって非常に都合のよい道具となった。「フランス国」は、ドリュモンが、「フランス国家内部にあるユダヤ国家」と戦うバレスが、シャルル・モーラスが、ルイ＝フェルディナン・セリーヌが、そしてアンリ・ベローのように文字どおりに政治的な反ユダヤ主義を広める数多くの影響力のある政治文書作者《パンフレテール》たちが、ナチスの勝利のはるか以前から訴えてきた政策綱領を適用したのである。たとえば、ドレフュス事件のさなかで、ピエール・ヴィアルは以下のような時代の到来を待ち望んでいた。

行政機関には、もうユダヤ人がいない！　官庁には、もうユダヤ人がいない！　裁判所には、もうユダヤ人がいない！　学校にも、軍にも、国立美術学校《ボザール》にも、国立土木学校《ポンゼショセ》にも、ユダヤ人がいない！　理工科学校《ポリテクニック》にも、陸軍士官学校《サン＝シール》にもユダヤ人がいない！　国家参事会にもユダヤ人がいない！　この国のいかなる議会からも、ユダヤ人がいなくなる！　小さな村の小さな議会から、ブルボン宮〔下院〕とリュクサンブール宮〔上院〕に至るまで[14]！

ヴィシーは、「ユダヤ共和国[15]」を打倒するとの燃えるような夢を現実のものとした。そればかりか、それをさらに推し進めて、国家の最末端の職務からさえも、ユダヤ人を追放したのである。ジャック・シラクにとって、ヴェルディヴ一斉検挙とユダヤ人の収容所移送の責任を負っているのはナチスに仕えた「フランス国」であった。これはフランス国民が造り上げた強力な国家ではなく、スローガン自体が否認された共和国でもない。この意味において、多くの人が考えたように、ジャック・シラクの演説が、騒動と怒りを引き起こしたフランソワ・ミッテランの見解から基本的に決別していると主張することは正当なのだろうか。

「弁明を求めるべき」は、基本的に正統性を持たないヴィシー体制、強力で普遍主義的な国家の論理を放棄して「フランス国」となった国家に対してであり、共和国にではなかった。ジャック・シラクは演説において共和国には触れず、何ら「弁明を求め」ようとしていないが、ミッテランと同様に、「フランス国」という名称のみを用いている。他の大統領以上に演説でこのテーマに触れることが多かったジャック・シラクは、一九九七年一二月五日に、強い調子でこう語った。「ヴィシー国家は共和国の理想を裏切り、また我々の伝統を断ち切って、占領軍の要求に応じてユダヤ人を国民の共同体から追放したのです。（中略）そうです、占領下のフランスは、確かに存在しました。そうです、逮捕と、一斉検挙と、移送のための列車は、フランスの行政機関の協力によって組織されたのです[16]」。

これ以上明確には言えないだろう。共和国には、まったく責任がない。責任を負うのは「ヴィシー国家」である。モラルを放棄し、国家の論理と断絶し、そうしておきながら国家機構の背骨である行政機関の協力を得てユダヤ人を追い詰めたこの国家である。これがパラドックス、アポリア、ほとんど解決不可能な矛盾である。ジャック・シラクは、ミッテランと同様に共和国を無罪とし、「フランス国」を告発した。高級官僚出身のシラクは、いくつもの演説で、同業者たちがユダヤ人の追放と抑留に手を貸したことを暗に非難した。それでも、一九四三年初めまで自身がヴィシーのために働き、この国家に仕えた公僕たちの責任について口を閉ざして「これらの高級官僚たちは（中略）愛国心の面では完璧[17]」だったとするミッテランとは異なり、「フランス国」となった国家を助けた行政機関の職員たちが果たした決定的な役割について遺憾の意を述べた。公益のために働く公務員として、彼らは本来この仕事を拒否すべきであった、と。彼の一九九七年の発言によれば、一斉検挙は「フランスの行政機関の協力を得て」実施された。「ユダヤ人ははるか昔からこの土地」に暮らし、「革命が彼らに市民権を付与した」[18]にもかかわらず行政機関から追放されたという事実に、彼は憤ったのである。これこそが、不名誉であった。二〇〇三年には、彼は躊躇なくこう述べた。「フランスの公務員が、占領当局とその殺戮の企てのために［ユダヤ人たちを］引き渡したのです」[19]。

疑問の余地はない。ミッテランと異なり、ジャック・シラクを怒らせたのは国家機構が、行政機関が自らの行動原理に背き、「フランス国」となってユダヤ人公務員を追放した国家に従ったことである。この点において、二人の大統領の態度は正反対だった。フランソワ・ミッテランは、長い間勤務したヴィシーの行政機関には罪はないとしたが、その一方でユダヤ人問題庁（ＣＧＱＪ）で働かないかと誘いを受けたときには、これを拒否していた。はるか後年、とんでもなく間違った発言をしたのもミッテランである。彼は、ユダヤ人身分法は外国籍のユダヤ人にしか適用されないと述べたが――彼としては、そのほうが受け入れやすいと考えたのだろう――、当然ながら対象となったのはフランス国籍のユダヤ人のみであった[20]。一方のジャック・シラクは、ヴィシーおよび官僚たちの態度、またユダヤ人身分法適用における彼らの役割を明確に非難した。根本的な違いはここにある。社会党出身の大統領は、数年の間ヴィシーと近い関係にあり、この体制に仕え、その奉仕者に与えられる名誉であるフランシスク勲章を授与された。彼はまた遅い時期まで、ヴィシーの警察長官を務めたルネ・ブスケとの交友関係を続け、一九八六年まで昼食をともにし、ラッチュの別荘に招き、毎年イユー島のペタンの墓に花束を贈り続けた。これらが、ジャック・シラク大統領と決定的に異なる特徴である。シラクはヴィシー体制下での国家機構の態度全般を拒絶し、高級官僚たちと、外部から来たほとんどの場合反ユダヤ的極右に出自を持つ「人たち」の共犯関係――両者は概ね正常な関係を持ってともに働いた――に関する現代の研究成果を支持した。ミッテランとは異なり、ジャック・シラクは一九九五年の重要な演説の一二年後、二〇〇七年にも、ヴィシーが一九四〇年一〇月三日のユダヤ人身分法を制定したのは「自らのイニシアティブによる」ものであり、こうして国家は「復讐を求める、憎悪に満ちた一味に席を譲った[21]」のだと述べたのである。

この意味において、ヴィシーは確かにドレフュス事件の延長である。一九九八年に、ジャック・シラクがアルフレッド・ドレフュスとエミール・ゾラの記憶を称賛したとき、彼はこの「闇の勢力」があるひとつの時代から別の時代へと存在し続けており、フランス史のこの二つの時期には関連があるのだと、正しくも指摘した。ヴィシーとはドレフュス事件の否認であり、シャルル・モーラスの復讐であり、国家の頂点に潜入し、この国家の本質を否定し、国家を反革命的な理想のために利用することに成功した反ドレフュス派の勝利であった。ヴィシーのフランス国は、また、反ユダヤ的な反ドレフュス派の動員、フランス各地で「ユダヤ人に死を！[22]」と叫ぶ何万人もの群衆と闘う国家の否認だったと付け加えることもできる。しかし、今回の暗黒時代に、たけり狂ったような反ユダヤ主義者たちと自らの全責任においてドレフュス事件の際のように勇敢に現場で闘うことなく、フランス国の公務員たちはユダヤ人狩りの業務に従事し、それを通じて国家機構に潜り込んだ「闇の勢力」に服従したのである。

ジャック・シラクは、その論理をさらに推し進めて、二〇〇七年一月一八日に、正義の人たちをパンテオン入りさせた[23]。この象徴的な決定は、そのことだけで、逆にヴィシー時代のフランスの行政機構の過ちに対する非難の意味を持った。一九九五年の演説から、二〇〇七年のそれに至るまで、彼は誰よりも正義の人の運命を称賛した。彼は、クルーズ県の県都ゲレにあった児童救援慈善センター（ＯＳＥ）に滞在したかつての子供たちに宛ててメッセージを送り、その中でクルーズ県の正義の人たちが「良心」の名において、「大変な危険をも顧みず」に、勇気を持って行動したと書いた[24]。彼はまた、一九九七年一一月二日のメッセージで、「フランスの最良の部分を体現する」正義の人たちを称えた[25]。彼は、一九九七年四月五日にも、彼らの勇気を強調した[26]。二〇〇四年七月八日、ジャック・シラクはル・シャンボン＝シュル＝リニョンを訪れ、「勇気と、心の広さと、誇りを選択した」正義の人たちを称えた[27]。二〇〇五年一月二五日、パリのショアー記念館の開館式典に臨んだ彼は、正義の人たちと「このとき、否《ノン》と言うことのできた[28]」その他のすべての人々について語った。彼はアウシュヴィッツで、正義の人たちがあえて「行動を起こした[29]」と述べ、二〇〇七年一月一八日には、最後の演説において、彼の考えの核心を語った。自らのイニシアティブにより「ユダヤ人身分法」を制定することで「ヴィシー政権が自ら不名誉にまみれている」ときに、「希望の光が生まれていました。その光は弱く、揺らめいていました。しかし、その火は確かに燃えていたのです」。それは、「物事をよく見て、理解する勇気を持った」正義の人たちの光、「無関心を拒絶」し、「人間の本性そのものを表す光でした。それは、自由意志です。善と悪の間で、良心に基づき選択をする自由です[30]」。大切なのは自由意志であり、「良心に基づく」選択であり、無関心の拒否であり、正統性のない秩序への私的な異議申し立てであった。こうした判断は個人的なもので、ヴィシーのフランス国に奉仕する公務員たちとはまったく異なるごくわずかな少数派が共有していた。この機会にジャック・シラクが述べたように、もしも「私たちが、フランス人として誇りを感じることができ」るのだとすれば、この「希望の光」のお陰で「フランスをその目で、まっすぐに見ることができる」からなのだろうか[31]。

すでに見たように、CGQJはよい例である。主要な国家機関（知事団、軍行政部門、公教育、司法等）は、このまったく新たに設立された組織と通常の業務上の関係を維持していた[32]。ドイツでヒトラーが「二元的国家」を樹立したように、CGQJは国家参事会を含む各官庁出身の高級官僚も任命されていたが、公的業務の価値観とは無縁の「本格的な役所」となった。彼らは、グザヴィエ・ヴァラやルイ・ダルキエ・ド・ペルポワのような、メリトクラシーに基づく共和制国家の強烈な批判者ドリュモンの後継者たちの監督のもとで、職務を遂行していた。不名誉中の不名誉であるCGQJは、ジャック・シラクが正しく指摘したように、「体制の反ユダヤ政策の代表機関、実行機関としての位置を、フランスの行政機構の内部にすぐに確保[33]」した。こうして、極右の活動家とナチスに奉仕する国家はもはや国家ではなくなり、国家の価値観とは無縁な「フランス国」となったのである。この意味において「ヴィシー政府はその政治上の計画を公務員と共有し、また実行させることに成功した。計画とは、共和主義国家に止めを刺し、終焉へと導くことである[34]」。

ニコラ・サルコジ大統領の任期は、いわば幕間であった。彼はヴィシーの反ユダヤ政策については、ほとんど語らなかった。ドゴール的、もしくはミッテラン的な観点から、「本当のフランスはヴィシーにあったのではありません。対独協力にあったのでもありません[35]」と述べるにとどまった。フランソワ・オランド大統領は、演説でヴィシーに触れた。二〇一二年七月二二日のヴェルディヴでの演説で、彼は共和国には一切責任がないとしたうえで、一斉検挙の実施における「ヴィシーの行政機関」と、フランス警察と憲兵隊の役割を批判し、「この計画遂行にあたり、ドイツ軍兵士はただ一人として動員されなかった[36]」と指摘した。この指摘は、歴史的には正しい。ただし、ドイツ当局からの圧力、すなわちユダヤ人を収容所送りにする計画を実行するために、フランスにおいても欧州全体においても服従を強いたドイツ側の力をあまりに過小評価している。特に、フランソワ・オランドは演説の中で、すでにジャック・シラクが演説で触れていた点と、現代の歴史研究の成果について沈黙している。オランドは、フランソワ・ミッテランのように、フランス国となった国家が、「侵入した人たち」が流布させていたフランスのモーラス派極右のイデオロギーに服従していたとは見ていない。また、ジャック・シラクとは異なり、「国家の頂点にまで入り込んだ」「闇の勢力」の存在を見ることがなく、国家機構の論理を変質させた「復讐を求める、憎悪に満ちた一味」が果たした大きな役割を見ることもなかった。その二カ月後の二〇一二年九月、ドランシー収容所の記念碑除幕式典で、フランソワ・

オランドは再び、「ドランシーはフランス憲兵隊が警備を担当し、フランスの公務員によって運営されていた」と指摘した。「説明し難いこと」を説明するために、彼は「服従の精神」を批判し、こう付け加えた。「命令は命令でした。国家理性《レゾン・デタ》は理性《レゾン》を失いましたが、国家ではあり続けました。正常な判断は、服従に席を譲ったのです(37)」。そして、ハンナ・アーレントの悪の陳腐さに関する説に言及した。ジャック・シラクとは大きく異なり、彼はフランス社会の深奥部から湧き出てきた反ユダヤ的イデオロギーの位置を過小評価した。このイデオロギーの支持者たちが、普遍主義的な希望を否認して、国家を乗っ取ったというのに。彼は、国家のフランス国への堕落、その変質、急進右翼を出自とする「闇の勢力」への国家の服従を、思考の中心に置こうとはしなかった(38)。

フランソワ・ミッテランが口火を切り、ジャック・シラクが明言したこの考察を、エマニュエル・マクロン大統領はさらに推し進めた。二〇一七年七月一七日、ヴェルディヴ一斉検挙の記念日に、ロバート・パクストンのそれに似た分析、またドレフュス事件以降の「ヴィシー以前のヴィシー(39)」の存在と、さらに急進右翼に由来する「ユダヤ共和国(40)」への憎悪の存在を明らかにした諸研究に近い分析により、彼は以下のように語った。

> ヴィシーは確かに存在しました。フランス国は、確かに存在しました。というのは、フランス国のフランスは、一晩のうちに第三共和制のフランスと入れ替わったのではないからです。大臣、公務員、警察官、経済界の指導者、管理職、教師、第三共和制はペタン元帥の体制に、人材の大

半を供給したのです。（中略）ペタンとラヴァルのフランス国は、例外的な状況下で生まれた予想外の異常事態ではなかったのです。（中略）ヴィシーは、第三共和制を汚した悪徳がついに解き放たれた時代となりました。レイシズムと、反ユダヤ主義です。（中略）レイシズムも、反ユダヤ主義も、ヴィシー体制のもとで生まれたわけではありません。すでに、第三共和制のもとでも、根強く存在していたのです。ドレフュス事件の際に、その毒性の強さを見ることができました。一九三〇年代には新たな勢いを得て、この主張を掲げる知識人、政党、新聞雑誌が登場しました。ジュ・シュイ・パルトゥ紙〔一九三〇年創刊の週刊新聞。ドイツ占領下での対独協力的論調で知られる〕や、『虫けらどもをひねりつぶせ』〔作家ルイ＝フェルディナン・セリーヌの反ユダヤ書。一九三七年出版〕のフランスです。

これは、急進的右翼に出自を持ち、特に動揺も覚えずに反ユダヤ的政策を適用する「人たち」によってついに支配されるに至った国家の終焉を強調するものだった。「これは、ダルキエ・ド・ペルポワのフランスです。（中略）このフランスでは、反ユダヤ主義がエリート層と社会に広がり、秘かに社会の空気を最も危険な事態に導いていたのです[41]」。語るべきことすべてが語られた。「フランス国」は、間違いなく、ドレフュス事件から人民戦線に至るまで第三共和制の全期間を通じて吹き荒れた過激な反ユダヤ主義から生まれた、普遍主義的な公共空間を拒絶する体制だったのである。「ペタン元帥の国家」は、「エリート層と社会に広がった反ユダヤ主義」の延長線上に生まれた。そして不可解なことに、この分析においてもオランド大統領のそれでもほとんど触れられていないが、ナチスによる占領を利用して、国家の解体、ジュ・シュイ・パルトゥ紙の狂信者たちによる権力の奪取が起き、「ダルキエ・ド・ペルポワのフランス」に国家機構と、必ずしも自身は反ユダヤ的だったわけではないにもかかわらず、エドゥアール・ドリュモンのユダヤ人に敵対的な綱領を実行に移した共和国の公務員たちが賛同したのである。

ジャック・シラクの系譜を引き継ぎ、マクロン大統領が非難したのは、国家を中傷し、ドイツの監視下で復讐を望む極右に奉仕するフランス国が国家に取って代わったことであった。極右は、国家の頂点におけるユダヤ人の存在を決して認めようとしなかった。かろうじて、プロテスタントの存在を受け入れるようになった程度である。ドイツの勝利によってようやく、極右は少数派を保護する普遍主義国家を打倒できたのである。

この重要な事実は、歴代の大統領が多かれ少なかれ複雑な形で語ってきた「フランス」の責任の否認、あるいは逆に「フランス」に対する非難のいずれをも解体するものだ。ミッテラン以後も――彼は「これらの犯罪に責任を持つのは（中略）活動的な少数派であり、共和国でも、フランスでもありません」としたうえで、「ですから、私はフランスの名において謝罪するものではありません」[42]と結論づけた――、何人もの大統領がフランスの責任について自問した。フランス国の責任を指摘するのではなく、あたかもフランスが判断を下すことのできる一つの実体であったかのように。

ミッテランの発言は、衝撃を与えた。しかし、忘れられていたが、それより以前の一九八六年に、当時首相だったジャック・シラクは、フランス国民に関する本質主義的見解を弱める決定的な区分に初めて言及した。彼は、「古くからある悪しき誘惑の覚醒」を促す「卑劣で（中略）脆弱な」フランスと、「強く（中略）人々を迎え入れ、友愛に満ちた[43]」フランスを区分して、ヴィシー時代の解釈にフランス人同士の内戦という観点を持ち込んだのである。一九九五年の重要な演説で、ジャック・シラクはミッテランよりも複雑な立場を取って、強い調子で語った。ヴェルディヴ一斉検挙によって、「啓蒙思想と人権の祖国であるフランス、人々を受け入れる避難の地であるフランスは、この日、取り返しのつかないことをしてしまったのです」。しかし、さらに続けて、彼は根本的な点について付け加えた。「しかし、別のフランス、あるフランスの観念があります。公正で、心が広く、その伝統と本質に忠実なフランスです。このフランスは、決してヴィシーにはありませんでした。ずっと以前から、パリにもありませんでした。そのフランスはリビアの砂漠に、ロンドンに、正義の人の心の中にあったのです[44]」。この演説において初めて、国家の最高の職責を担う人物から、フランスの「正義の人」に対して公にオマージュが捧げられた。それは、ヴィシーのフランスに対する厳しい評価に「肯定的に対置される」ものであり、慈愛に満ちたフランスと迫害者たる国家を対立させ、ユダヤ人の救出におけるフランスの行動を承認するものでもあった[45]。

この対立は、ジャック・シラクを援用する形で、フランソワ・オランドの演説に文字どおり引き継がれた。しかし、ニュース解説者たちは、次の批判だけに注目した。「真実は、この犯罪がフランスにおいて、フランスによって行なわれたことです」。これはジャック・シラクの言葉とほぼ同じである。「フランスは、この日、取り返しのつかないことをしてしまったのです」。だがフランソワ・オランドは、すぐに、ジャック・シラクの二つ目のフレーズをさらに強めて、こう述べている。「しかし真実は、ヴェルディヴの犯罪がフランスに対する、その価値と、原理原則と、理想に対する犯罪でもあったことです」[46]。そして、シラクと同様に、ドゴール将軍、レジスタンス、そして正義の人の役割について触れた。この演説では、確かに、ヴィシーのフランス国は「フランスに敵対する」行動を取ったのである。この意味で共和国の嫌疑が晴れたところで、抽象的な存在としてのフランスは、一九四二年に始まる一連の大量検挙の責任を問われうるだろうか。

ここでもまた、エマニュエル・マクロン大統領の演説が、この議論の論点を明確化した。彼はヴィシー期について、最も複雑な分析を提示した。

そうです、ここでまた申し上げますが、一斉検挙と収容所移送を計画し、実行したのはフランスでした。したがって、七月一六日と一七日に自宅から連行されたユダヤ教徒一万三一五二人のほとんど全員の死に関与しています。そのうちの八〇〇〇人は一旦ヴェルディヴに集められ、それからアウシュヴィッツに送られました。（中略）こんにち、ヴィシーはフランスではなかったと言う人々のご都合主義と巧妙な発言を、私は正当なものとは考えません。確かに、ヴィシーはフランス人全員の集合体ではありませんでした。それでも、フランスの政府であり、行政だったのです。（中略）フランスは過ちを認めて、補償への道を開きました。これが、フランスの偉大さです[47]。

このように、ヴィシーは「フランスの政府であり、行政」だった。そして、「ジュ・シュイ・パルトゥ紙と『虫けらどもをひねりつぶせ』」の名において、「反ユダヤ主義がエリート層と社会に広がる（中略）ダルキエ・ド・ペルポワのフランス」はこれらの大量検挙についての責任を負っていた。「確かに、ヴィシーはフランス人全員の集合体ではありませんでした」。「フランス」を非難するのではなく、純粋に想像上の本質化された二つのエンティティ――罪を犯したフランスとレジスタンスおよび正義の人のフランス――を構築して対立させるのではなく、彼にとって重要だったのはフランスの「政府および行政」の責任、すなわち国家の論理から逸脱してしまったフランス国の責任を認めることであった。

そうなると、マクロン大統領の演説の最後の一文の意味が問題となる。「フランスは過ちを認めて、補償への道を開きました。これが、フランスの偉大さです」。この指摘は、一九九五年のジャック・シラクの演説をほぼそのまま踏襲している。シラクにとっては、「過去の過ちと、国家が犯した過ちを認め」、「決して時効となることのない負債」、フランス国の「過ち」の責任を受け入れることが重要だった。ヴィシーのフランス国は正統でなく、合法的かどうか疑わしく、外国から承認を受けて対外的に活動できたものの、その原理原則はフランス型国家の普遍主義を否認した国家である。しかし、ヴィシー国家が国家の原理そのものを否定し、ヴィシー時代が強い国家の連続性を断絶させたのだとしたら、こんにちどのようにして、道を誤った行政機構のために損害を蒙ったユダヤ人に対する補償を正当化できるのだろうか。このアポリアが未解決のまま、ジャック・シラクのもとで首相を務めたアラン・ジュペは、一九九七年二月五日に、ジャン・マテオリを座長としてフランス・ユダヤ人略奪調査ミッションを発足させた。このミッションの目的は、ヴィシーがユダヤ人から没収した動産および不動産に関する補償と賠償を行なうことであった。少し後に、司法大臣エリザベート・ギグー〔下院の解散に伴い一九九七年五月―六月に行なわれた繰り上げ総選挙では、社会党を中心とする左派連合が勝利を収め、その結果成立したジョスパン内閣でE・ギグーが司法大臣に就任した〕は、このように述べた。「皆さんの仕事は、きわめて象徴的なものです。それは、フランス国政府が保護できず、保護しようとしなかった人々に対する、時効のない負債に対する補償です(48)」。

その数カ月後、パポン裁判はこうした文脈の中で、一九九七年一〇月八日に開廷した。初めてヴィシーの公務員が、その職位はそう高くなかったとはいえ、ジロンド県事務総長としての、一斉検挙の計画と実行への関与のために裁かれたのである。ドイツ人で責任ある立場にあったクラウス・バルビーの裁判と、ポール・トゥーヴィエのような民兵団団員の裁判の間にあって、モーリス・パポンの裁判では、「フランス国」の公僕たちの、職務遂行上の個人としての責任が問われたのである。ヴィシー体制下において、パポンはボルドーの県庁で最重要ポストを占めていたわけではないが、彼は直接に一部のユダヤ人の逮捕と、収容所への移送に立ち会った。彼は暗黒時代を無事に乗り切って、一九四六年には知事職に昇進し、一九五六年にはアルジェリアの地域圏知事に任命された。そして、一九五八年にはパリ警視総監に就任する。彼はこのポストで頑なな態度を示し、一九六一年にはアルジェリア独立派の活動家を徹底的に取り締まった。一九六八年に下院議員に当選した彼は、一九七八年にはレイモン・バール内閣に予算相として入閣した。ヴィシーに仕えた後で、彼は今や国家の正統的権力を体現する立場となったのである。パポン裁判は、ジャック・シラクの重要な演説からあまり時間が経っていない一九九七年一〇月八日に始まった。この裁判は、法に基づく決定とはいえ、正統性のない権力による、人権を侵害する決定の実行における高級官僚の役割がようやく問われるターニングポイントになった。正義の人は抗議し、辞職し、占領当局から直接命じられたわけでもない命令に対して、個人的な関与と服従を正当化するあらゆる「理屈」を退けて、「官僚機構を、人間を前にして消滅[49]」せしめたが、命令の実行を拒否した公務員は少数だった。

モーリス・パポンは、ジロンド県重罪裁判所にて、ユダヤ人数十人の逮捕および収容所移送に関わったかどで、人道に対する罪の共犯として有罪とされ、禁固一〇年を宣告された。彼はまた、民事訴訟の原告に損害賠償を支払わねばならなかった[50]。パポンは、賠償額の全体を支払わなくても済むように、行政裁判所での手続きも開始した。彼の主張によれば、公務員の身分に鑑み、彼個人ではなく国家が負担すべきであった。このとき彼は、「業務上の過失」であったことをその理由とした。二〇〇二年四月一二日、国家参事会は次の決定を下した。それによると、モーリス・パポンは、

第一に、当該人はジロンド県庁のユダヤ人問題担当部署が自らの指揮下に置かれることを了承し

たが、通常の県庁事務総長の職掌に鑑み、右部署が事務総長のもとに置かれる必然性は認められない。第二に、当該人は自己のイニシアティブにより、上司からの指示を待つことなく、対象となる者の追跡、逮捕、収容等の業務が最も効率的かつ迅速に実施できるよう図った。第三に、当該人はジロンド県重罪裁判所にて認定された、一九四二年七月から一九四四年六月までの間にジロンド県を出発した収容所行き列車一一本のうち四本に関し、極力多くの人々を乗り込ませるべく自ら努め、特に両親の移送後に受け入れ家庭に預けられた子供たちがこれらの列車から排除されないよう図った。かかる態度はドイツ占領当局による当該人に対する圧力のみによっては説明がつかず、これらの事実とその結果の重大性および弁明の余地が認められない性質に鑑み、本件は職務の遂行を超えた個人的な過失であると判断される(51)。

国家参事会は、「フランスの行政機関の活動のすべてが、占領当局の強制に基づくものではない」限りにおいて、これらの活動に対して「国家が責任を負うべき(52)」だとした。したがって、民事訴訟の原告が支払いを求められた額の半分を、国家が負担すべきだとした。なぜならば、公権力は「一九四〇年六月一六日から、大陸本土における合法的共和国の復活までの間、フランスの行政機関が法的措置の適用として実施した諸行為(53)」につき責任を持つためである。このきわめて重要な決定により、国家参事会はドゴールが唱えた断絶というフィクションに終止符を打ち、現代の国家とヴィシーのフランス国との間の連続的な関連性を認めた。フランス国は、国家としての特性をもはや有していないにもかかわらず。この込み入った法的立論が、補償を可能とした。この「パポン決定」の結論で、ボワサール政府委員は以下の意見を述べた。

政治的、また制度的な面で、第三共和制さらには第四共和制における共和制国家と、我が国の近年の歴史において存在した強権的な一時期であるヴィシー体制との間に根本的な差異が存在するとしても（中略）法的な面からは、我が国の歴史におけるこの二つの異なる時期の間には一定の連続性も認められる。（中略）この連続性ゆえに、我々は国家の諸機関が現在および過去において行なった活動の結果について、共和制国家が責任を負うべきものと思料する。(54)

二〇〇九年二月一六日、国家参事会は「オフマン＝グレマヌ」答申において、「フランス国政府と自称する事実上の権力機構の法制がユダヤ人と見なした人々が、収容所移送によって蒙った例外的な損害に関する国家の責任(55)」を強調した。国家参事会は、パポン決定の論理の延長線上で「ヴィシー政権と称される事実上の権力機構」と共和制国家の間に連続性があると認めた報告者フレデリック・レニカの結論に従ったのである。ジャック・シラクの一九九五年の演説を明示的に援用して、報告者は「ユダヤ人の身分に基づく差別」においてヴィシーの「国家が演じた役割(56)」を強調し、何回にもわたり、この体制を、発生した損害に対して「責任を有する国家」とした。この立論は、ヴィシーと国家の間に、名目上の法的連続性を確立し、それのみで、ヴィシーがユダヤ人に与えた損害に対する補償を可能とするものだが、これはジャック・シラクとエマニュエル・マクロンの分析、すなわちヴィシーの「フランス国」が「闇の勢力」の所産、国家を変質させ、その論理を毀損し、歴史的継続性を断ち切ったジュ・シュイ・パルトゥの支持者たちの所産であるとの見方を考慮していない。この意味において、国家参事会は法律的想像力を大いに働かせて、「過失」の補償をプラグマティックな形で正当化したが、その立論は、事実としてヴィシーには引き継がれなかった普遍主義的な論理を重視する強い国家の概念に打撃を与えるものではなかった。その証拠となるのが、ミシェル・ドブレの分析である。国家の崇拝者である彼は、ラビのシモン・ドブレの孫であり、国立行政学院の規約の作成者、また国家の力を重視するドゴール派公務員たちの代表格であった。一九四一年、哲学者ミシェル・アレクサンドルと会ったとき、彼はこう言われた。「もはや国家は存在しません」。ミシェル・ドブレはこの見解に同意したうえで、付け加える。「それは事実でした。専制政治は恣意的であるところから、私たちの共和制国家とは逆のもの、反対物です。私たちが、唯一経験したいと望んでいた国家の反対物です。フランス解放に引き続く時期には、共和制国家の再興こそが最大の仕事でした。指導の有効性と共和主義教育の必要不可欠な復活には、安定した行政機関、国家に奉仕するために教育訓練を受けた人員が欠かせませんでした[57]」。

最後の法的な急展開は、二〇一八年四月一三日に起こった。国家参事会は、この日、ドゴール将軍がロンドンから打った一九四〇年一二月一一日および一九四二年一二月一一日の電報の下書きを、公文書として認めたのである。「書簡・原稿博物館協会、アリストフィル社等」決定において、国家参事会は再びドゴールのフィクションを取り上げ、一九四四年八月九日のオルドナンスを根拠として、ドゴール将軍がロンドンに設立した諸機関が国家主権を託されていたと見なした。「これらの諸機関、その責任者および代理者が作成した文書は、国家の活動の一環と考えられ、したがって公文書と認められる」[58]。この決定により、国家参事会は、少なくとも暗に、ヴィシーではなく自由フランスが国家を構成したと結論づけた。こうして国家参事会は、少なくとも補償問題との関連による技術的理由からヴィシーを国家と見なすべきとする「パポン」決定および「オフマン＝グレマヌ」決定とは異なる判断を下したのである[59]。政治社会学者にとって、また厳格な法律家にとって、自由フランスは国家としての属性を一つとして持っていない。反対に、ヴィシーは外形上国家としての制度を維持していたが、普遍主義と、諸制度と、全市民を保護する権能を否定することで、この種の権力形態から遠ざかった。それゆえに、ヴィシー体制の大きな矛盾をはらむ性質をめぐって、現在の混乱、不確実性、多くの疑問が生じているのである。

V

王との同盟の終わりか？

ヴィシーという一時期は再び閉じられるのだろうか。「フランス国」は、正常な状態、すなわち普遍主義国家への復帰に先立つ、病的な一時期だと見なすことが可能なのだろうか。全市民に対して保護を与える、強い国家の社会学に適合する国家を信頼し、安心して再び国家を称える言葉を口にすることができるものだろうか。共和制国家に絶対的な信頼を寄せ、かつては王たちがしたように彼らの保護を保証する国家元首を崇拝するユダヤ人たちには、自らのミッションと普遍主義的論理を否認した国家の裏切りを理解することができなかった。

一九四二年四月、困難な時期のさなかに、ある一四歳の少女はフランス語作文に次のように書いた。

エステル、エステル、私に想像力を与えてください。またしても危険にさらされているユダヤ人を助けるために、何をすればよいのでしょうか。妃を探すクセルクセスがいるわけではありませんが、それでもユダヤ人であることが犯罪であるのならば、フランスが救われることを強く望む私は、こう言うでしょう。私には、罪があります。でも、エステル、あなたを真似る必要があるでしょうか。最も高貴で、最も美しく最も心が広く、そして特に最も公正な思想が生まれたフランスで、しかも輝かしい歴史が一七八九年の大革命によりさらに高められたフランスで、（中略）フランスは、自身の子供たちを見捨てることはないでしょう。

プーリーム(1)の祭〔ユダヤ教の祭の一つ。エステル書の故事にちなむ〕が近い時期に書かれたこの作文は、常に変わらぬフランス、クセルクセス王の保護者としての役割を果たすべき国家のフランスに宛てた感動的なものだが、この呼びかけを迎えたのは沈黙であり、フランスのユダヤ人たちが愛着を抱いてきた王との同盟に終止符が打たれたかのようである。この沈黙が後に、フランス解放が訪れたとき、ユダヤ人たちを国家に奉仕する職業から遠ざからせたのかもしれない。

この原稿を書き終えようとしているときに、私は家に残された資料類から、一枚の意外な写真を発見した。それはまさに、王妃エステルと従兄のモルデカイ――この人物は、ペルシャ王クセルクセスの宮廷で、我が国家ユダヤ人の先駆者となった――に捧げられたプーリームの祭の記念写真である(2)。王妃エステルは、大臣ハマンがユダヤ人全員を殺害しようとしているのに対して、ユダヤ人が身を守ることを許可するよう王を説得した。一四歳の少女の切望に反して、ユダヤ人狩りを封じようとするいかなる王も現れなかった暗黒時代が終わった直後に、このような祭事が行なわれたのは、見放され

1945年3月または4月、タルブ近辺でのプーリームの祭で。著者の姉イヴォンヌは、2列目の右から2人目。1列目の右端に立っているのが著者

たのにもかかわらず、ようやく希望が戻ってきたことを物語るものだろう。この写真は、恐らく一九四五年三月か四月、ドイツ軍が退却しヴィシーが崩壊した後に、私たちがまだ隠れていた地方のユダヤ人の子供たちを集めて撮影されたものである。王妃エステルと、いつも陽気で生命力にあふれる姉だけが微笑を浮かべている。写真の右下で、やや離れたところにいる私は、拳を握って、遠くを見つめているようだ。

我が友人のヨセフ・イェルシャルミがそれには詳しいが、ユダヤ人たちは王との同盟を信頼することで、常に誤りを犯してきたのだろうか。絶対王政のスペインから帝政ロシアに至るまで、むなしくも追い求められた幻影にすぎなかったこ

とが明らかになっている王との同盟。太古の闇とバビロン捕囚以来のユダヤ人の歴史に一貫して存在した政治理論を、再検討せずに済ますことはできない。[3] 今もなお、ユダヤ人たちが称賛してきた王との同盟を賛美し、預言者エレミヤが促すように（しかし王のもとではなく国家の慈しみ深い支配のもとで）、「町の平安を求める」ことを期待できるものだろうか。フランス型の強い国家でさえも、あの悲劇に満ちた時代に普遍主義の論理を放棄したということ、これは、ディアスポラ《民族離散》のユダヤ人の生活に内在するモデルを打ち倒し、同盟を空虚な妄想に変えることなのである。国家の公僕たちがこの同盟を悪夢に変貌させたのだから。あなた方を裏切り、放棄し、敵に引き渡す国家のために祈ることは無益である。[4]「フランス国」となったこの国家は、自らの論理を否認して、市民の一部を排除し行政機構を収容所移送のために用いることで、その任務を放棄したのである。

この大規模な否認を前にしての衝撃は激しく、幻滅はすさまじかった。一瞬のうちに、ユダヤ人たちは「フランスでの神のように幸福」ではなくなり、拒絶され、密告され、ナチスの殺意に満ちたイデオロギーのために働くようになった国家の警察から追われるようになったのである。ここに、大きな問題がある。いかにも、フランス国は「闇の勢力」の玩具、「ユダヤ共和国」の到来を決して受け入れなかった過激で非妥協的な右翼の玩具となった。それでも、共和制国家の高級官僚と行政組織が、なぜ共和制国家を否定するフランス国に賛同したのか、その理由を誰か説明できるだろうか。出世欲、臆病、失職を恐れる気持ち、占領当局に対する怖れ、無関心からだろうか。すでに国家の鎧の内側に入り込んでいた「フランス人のためのフランス」を主張する人々が広めようとしていた憎悪、他者の拒絶を示す価値観をいくらかでも共有せずに、無感情なままで過激な反ユダヤ政策を実行に移すことができるものだろうか。公務員たちは、どうして自らの論理と原則を否定する国家に奉仕できたのだろうか。ユダヤ人を裏切ったのは国家ではなく、正統性はないとしても合法的な、事実上の権力機構であり、高級官僚たちはこの権力機構に服従し、卑屈にも忠誠を誓い、容認し難いものに対する拒絶と同義の自由意志を放棄したのである。ヴィシーという出来事が消滅したとき、どのようにしてこの時期を拭い去り、何ごともなかったかのように職務を継続し、欺瞞の後遺症が残るリスクを冒してもあえて見て見ぬ振りをした共和制国家からあらゆる名誉を授けられることができたのだろうか。

次の点ははっきりしている。国家とは、フランス国ではない。私はヴィシー期について沈黙し、そのために重大な危機にさらされたが、この沈黙は否認を意味するものではない。というのは、国家に関するすべての比較歴史社会学の基礎となる強い国家の理論がヴィシー期によって否定されたわけではないからだ。理論も、長年にわたり続けてきた経験的研究も損なわれていない。

それでも、ヴィシーに引き続いた国家は、この病的な時期から無傷で立ち直ることはできなかった。以前の共和制国家に出自を持ち、フランス国のために働いた多数の高級官僚をなおも抱え、ユダヤ人の大量検挙の実施に関与した者を復帰させ、彼らに名誉を与えることで、国家は自ら潔白と奉仕の精神を喪失した。国家は、フランスが長年にわたりそれに近い形を保っていた国家の理想形から離れていった。その証拠は、一九六一年一〇月一七日に起きた、ＦＬＮ〔アルジェリア民族解放戦線。アルジェリア独立を求める運動体〕が組織した平和的なデモの際の死者を伴う過激な暴力的行為である。あるいは、ＯＡＳ〔秘密軍事組織。アルジェリア独立に反対し、テロ活動などを行なった団体〕の活動に反対する一九六二年二月八日のシャロンヌでのデモでは、死者九人と重傷者が出た。いずれの場合も、ここでもまたモーリス・パポンが、パリ警視総監としてデモ隊に対して「断固たる対応」を命令したのだった。一九四四年と同様に、彼の傍らには補佐役として官房長ピエール・ソンヴェイユがいた。その後、一九七六年には、ソンヴェイユ自身が警視総監に就任する。(5)

フランス市民の総体にとっても、フランス国籍のユダヤ人および熱意を持ってフランス国民となった移民ユダヤ人にとっても、国家に対する信頼は以前ほど深いものではなくなった。それが理由の一つとなって、共和国狂であった国家ユダヤ人たちは、こんにちでは高級官僚の道をかつてほど歩まなくなったのだろうか。他の市民たちと同様に、彼らは以前よりも市民社会のほうを向いている――ときとして、彼らに手を差し伸べた市民社会のほうに。それでも、彼らはしばしば「隣人」の目を恐れ、またかつては救済となったが、現在ではより不確実になった水平な同盟関係の実態に疑いの眼差しを向けるのである。

ヴィシーの記憶は、常にすべての可能性があることを思い出させる。予想だにしない事態が起き、国家が自らの論理を否認して彼らを保護しなくなる可能性も含めて。国家ユダヤ人も含めてあらゆるユダヤ人を排除したヴィシー時代の影は広がり、こんにち、国家が、ヴィシーの教訓の帰結を学ばなかっただけに一層大きな混乱と、疑念と、不安を引き起こしている。ユダヤ人と共和制国家の長きにわたる婚礼は、これからも苦しみに満ちたものとなろう。それは、予測のつかない未来への道を開いている。

謝辞

オート＝ピレネー県公文書館のフランソワ・ジュスティニアニ館長および司書のセドリック・ブロエ氏にお礼を申し上げたい。二人には、タルブでの調査の際に大いに助けていただいた。パリ公文書館司書のヴァンサン・テュシェ氏、パリ警視庁公文書館のシャルリー・ビロトー氏、国立公文書館のアニー・ポワンソ氏と司書の皆さんにお礼を申し上げる。ショアー記念館のカレン・タイエブ資料室長と資料室の皆さんには、所蔵資料について助言をいただいた。タール・ブリュットマン氏は、各種の資料に関し、所蔵先の公文書館について貴重な情報を提供してくれた。オリヴィエ・ボー、ジュディト・ランベルジェ＝ビルンボーム、さらにルネ・ポズナンスキとクレール・ザルクはこの時代について知り尽くしており、本書の当初原稿の一部もしくは全部を、丹念に読んでくれた。ジャン・ボームガルテン、ジャック・ボネ、ロバート・パクストン、スーザン・スレイマン、ミシェル・トロペールは、さまざまなタイミングで、この困難な仕事が実現できるよう励ましてくれた。セヴリーヌ・ニケルは原稿を読み、驚くべき厳しさをもって本書を編集してくれた。注意深いアントワーヌ・ブームは、常に細心かつ好意的に、本書の校正作業を担当してくれた。最後になるが、マリアの愛すべき姪であるアニー・ボルデールとその子供たちに、そしてヴィヴィ、優しさにあふれるオメックス村長のエヴリーヌ・ラボルドにも愛情を捧げたい。

訳者あとがき

一九四〇年七月一九日、ピレネー山脈の麓の町ルルドで、本書の著者ピエール・ビルンボームは生まれた。この事実が、きわめて重要である。

なぜならば、同じ年の七月一〇日には、フランス中部の温泉保養地ヴィシーに集まった上下両院の議員たちが、第一次大戦の英雄で、当時八四歳のペタン元帥に圧倒的多数で全権を委任していたからだ。賛成五六九票に対し、反対はわずかに八〇票（棄権二〇）だった。これによって、ペタン元帥を国家元首とする「フランス国《エタ・フランセ》」、いわゆるヴィシー政権が成立した。

その九日後にルルドで生まれたピエール・ビルンボームの両親はユダヤ人で、父はポーランド出身、母はルーマニア国籍の両親からドイツで生まれた。結婚後二人はドイツで暮らしていたが、ヒトラーが政権を得た一九三三年の秋に、パリに移り住んだ。しかし、第二次大戦が始まりドイツ軍がパリに迫ると、多くの市民と同様に、夫妻はまだ幼い長女を連れてパリを離れ、フランス南西部に逃れた。妻は妊娠していた。そして、避難先のルルドで、長男ピエールを出産した。

ピレネー山脈の麓、スペイン国境に近いルルドは、カトリックの巡礼地である。一八五八年に少女ベルナデット・スビルーの前に聖母マリアが姿を現し、彼女が発見した泉の水により不治の病に侵された人の病気が治る奇跡が起きて以来、世界的に有名な巡礼地となった。ベルナデットは一九三三年に、カトリック教会の聖人の一人となった。そのルルドで、ユダヤ人を両親として、ピエール・ビルンボームが生まれた。彼が生まれた病院の修道女の一人は、大部屋の入院患者たちに生まれたばかりの赤ん坊を見せながら、こう言ったという。「何て立派な赤ちゃんでしょう。ユダヤ人で残念だわ！」[1]

ヴィシー政権は一九四〇年一〇月三日に、いわゆる第一ユダヤ人身分法を制定した。この法律は、祖父母四人のうち三人がユダヤ人である者をユダヤ人と認定するとともに、ユダヤ人を公務員、司法官、教員、陸海空軍将校などの職業から追放し、さらに広い意味で公共空間から排除した。こうしてフランス革命時にユダヤ人がフランス国民として認められて以降初めて、国民内部に出自に由来する分断が法的に制定されたのである。しかもこの法律は、ドイツ当局の圧力の下で制定されたのではなく、ヴィシー独自のイニシアティヴによっていた[2]。

ピエール・ビルンボームが誕生したのは、ヴィシーの「フランス国」が成立した直後であり、しかもヴィシー体制を強く支えたカトリックの拠点の一つ、ルルドにおいてであった。それから三カ月もたたないうちにユダヤ人身分法が制定され、それまでのフランス型の普遍主義国家は消滅し、フランス市民のうちに出自による区別が設けられた。一九四〇年当時、著者の両親はフランス国籍ではなかったが、父親の届け出により、著者は姉と同様にフランス国籍を得ていた。フランス人でありながら、そして平等を何より重んじるフランスにおいて、著者はユダヤ人身分法により公式に差別を受ける立場に置かれたのである。

それぱかりか、ユダヤ人は間もなく一斉検挙に脅かされるようになる。フランスにおけるユダヤ人一斉検挙は一九四一年に、ドイツ占領地域で始まった。(3) しかし、一九四二年には一斉検挙は非占領地域にも広がり、ビルンボーム一家も脅かされるようになる。一家はルルドのあるオート゠ピレネー県内を転々とし、当局の追及から逃れようとするが、幼い子供を連れての逃避行は困難をきわめる。このため、両親はついにイヴォンヌとピエールを人に預けることにした。いくつかの試みが不首尾に終わった後、二人は一九四二年から約二年間、ピレネーの麓のオメックス村の農家に預けられた。いわゆる、匿われた子供《アンファン・カシェ》となったのである。彼と姉のイヴォンヌは、幸運だった。この農民の一家――マリアとファビアン夫妻、そしてマリアの母親フェリシー――は心優しく、二人のユダヤ人の子供たちに実の子供のように接した。夫妻には子がなかったため、戦争が終わってもピエールを手元にとどめ、いずれ農家を継いでほしいとまで考えたようだ。しかし両親は逮捕を免れ、自由の身でフランス解放を迎えた。もし当局に拘束されていたなら、間違いなく虐殺収容所行きとなっていただろう。

戦争が終わると、ピエール・ビルンボームは、普通のフランス人の少年として、家族とともにパリで暮らすようになる。公立小学校で、「黒い軽騎兵」の流れにつながる教師、マルティネ先生に教わ

(1)本書一五頁。
(2)ロバート・O・パクストン『ヴィシー時代のフランス――対独協力と国民革命 一九四〇－一九四四』渡辺和行・剣持久木訳、柏書房、二〇〇四年、一七七頁。
(3) André Kaspi, *Les Juifs pendant l'Occupation*, coll. « Points Histoire », Seuil, 1997, p. 212.

るピエール少年の日常には、ユダヤ的な要素はほとんどなかった。両親は、親戚の一部がアウシュヴィッツで虐殺されていたにもかかわらず、ショアーについて語ることはなかった。

彼はパリ大学とパリ政治学院で学び、やがて社会学者、歴史家としてフランス国家の特性を研究するようになる。フランス革命以降、一九世紀を通じてさまざまな体制を経験したフランスは、一八七〇年に第二帝政が崩壊すると第三共和制を発足させ、普遍主義に基づく「強い国家」を構築していく。その国家を支える強固な行政組織は、不遍不党の精神に基づき、特定の階層や集団等を利することのないよう形成された。行政組織の構成員、その中でも重い責任を負う高級官僚についての研究が、ビルンボームにとって中心課題となった。その間、彼は自らも経験した戦争中のユダヤ人迫害には、あえて目を閉ざしていた。そして、著作や論文において、ヴィシー期には触れようとしなかった。自身が、戦争中に匿われた子供であったと語ることもなかった。当然、ヴィシー期にユダヤ人迫害に関与した高級官僚に関心を示すこともなかった。

一九九〇年代に入ると、それでも彼はピエール・ノラの求めに応じて、『記憶の場』に「ユダヤ人——グレゴワール、ドレフュス、ドランシー、コペルニック街」[4]と題する論文を寄せ、また一九九四年には著書『ドレフュス事件のフランス』を刊行した。そして、同じ年の一〇月二一日付ル・モンド紙に、第二次大戦中にはヴィシーのユダヤ人身分法については知らなかったなどとするミッテラン大統領の発言を批判する論考を発表した。この時期以降、著者はフランスの「強い国家」を支えてきた公務員たちの多くが、一九四〇年七月からフランス解放までの四年にわたり「フランス国」を支えた事実に着目し、共和国とヴィシーとの関わりを問うようになる。以後、彼は『反ユダヤ主義のとき――一八九八年のフランス巡歴』（一九九八年）、『鷲とシナゴーグ――ナポレオン、ユダヤ人と国家』（二〇〇七年）、『二つの家系――ユダヤ人の市民権をめぐって（フランスと合衆国）』（二〇一二年）、『共和国と豚』（二〇一三年）など、国家とユダヤ人の関係を問う多くの著作を発表している。

こうした経験を経た著者による本書は、さまざまに読むことができよう。まず、著者の回想としてである。著者の出生から、第二次大戦中の匿われた子供としてのオメックスでの暮らし、戦後の学校生活、その後の研究者としての活動などが語られる。

それは、もちろん平凡な回想ではない。なぜなら、冒頭に記したように、ピエール・ビルンボームは外国籍のユダヤ人を両親として、一九四〇年という特別な年に生まれ、しかもフランス国籍を得ていた。この年の一〇月三日、ヴィシー政権は第一ユダヤ人身分法を公布し、ユダヤ人は社会の一部から追放される。非占領地域を含む各地で実施されるユダヤ人一斉検挙により追われる立場となった両親は、ピエールと姉イヴォンヌをオメックス村のマリアとファビアンの家に預ける。著者の幼年時代は、ヴィシー政権の性質および同政権が実行するユダヤ人の収容所移送と分かち難く結びついていたのである。

（4）ピエール・ノラ編『記憶の場』谷川稔監訳、岩波書店、二〇〇二年、第一巻所収。

本書では、著者の研究についても触れられる。長いことヴィシー期に触れることを著者が忌避してきたとはいえ、実際にはその研究はヴィシー時代のフランスと深く関わるものであった。著者の研究は、普遍主義的な「強い国家」である共和制フランスの特質を明らかにすることにあった。それは、中央集権的で、強力かつ中立的な行政機構を備え、メリトクラシーに基づく公務員の採用を行なう国家である。だいぶ遅くなってから、ピエール・ビルンボームはフランス国家におけるユダヤ人の歴史の研究に軸足を移し、共和制国家に積極的に参画した、彼の用語で言う「国家ユダヤ人」(Juifs d'État)についていくつもの著書を執筆すると同時に、それに対する反動の側面を持つ反ユダヤ主義にも注目している。

本書はまた、ヴィシー政権下におけるユダヤ人迫害の歴史という視点から読むこともできる。著者個人のケースを中心に置きながらも、当時のユダヤ人身分法や、ヴィシーの取り組みについて知ることが可能である。それは、高級官僚を含む多くの国家の公僕が、「強い国家」の論理を否定し、フランス国民を区別したヴィシー政権に従った結果でもある。しかも、彼らの多くは、戦後になって咎《とが》を受けることさえなかった。処分を受けた者も、比較的軽度なものにとどまった。そればかりか、戦後も輝かしいキャリアを国家の枢要な機関において続け、勲章など最高の栄誉を受けた者も少なくなかった。ヴィシー時代の官僚の犯罪行為が訴追の対象となるには、一九七九年のジャン・ルゲに対する捜査の開始を待たねばならなかった。しかし、ルゲは裁判開始以前の一九八九年に死亡し、公判は開かれなかった。彼の上司だった警察長官ルネ・ブスケの裁判も、ブスケが一九九三年に殺害されたために行なわれなかった。ヴィシーによるユダヤ人迫害に関する裁判は、一九九七年のパポン裁判が最初である。ビルンボームは、この裁判を傍聴するために、かつて大学で教鞭を執ったボルドーまで赴いた。

しかし、迫害を受けるユダヤ人を助ける人々もいた。著者の個人的な体験を超えて、多くの場合辺鄙な農村地帯に暮らす多数の農民、プロテスタント、カトリックら、国家機構とは縁遠い人々が、危険を冒してまでユダヤ人を救援した。さらには、少数ながら知事らの高級官僚から現場の警察官に至る公務員たちが、危険を顧みずにユダヤ人を救った事実が語られる。これらの人々の一部は、イスラエルのヤド・ヴァシェムから、「正義の人」に認定されている。

さらに、本書の第Ⅳ章からは、ヴィシー政権下のユダヤ人迫害の記憶が第五共和制の公権力によってどのように扱われたかを知ることができる。ドゴールは、ヴィシー政権は「フランス国と称する事実上の権力機構」としては存在したが、法的には認められない[5]とし、ヴィシー政権の行為は共和国の責任に帰すべきものではないとした。ミッテランはヴィシーを批判したが、ヴィシーの行為について共和国は責任を負わないとした。

これとは異なる見解を述べたのがジャック・シラクである。本書にあるように、シラクは大統領就任直後、一九九五年七月のヴェルディヴ一斉検挙の記念日の演説で、フランスの警察と憲兵隊が一斉

(5) 一九四四年八月九日のオルドナンス第七条。

検挙を実行したことを認めた。この立場は、以後の大統領、ニコラ・サルコジ、フランソワ・オランドとエマニュエル・マクロンに引き継がれた。シラクはまた、ヴィシーの「フランス国」が「闇の勢力」、すなわち共和制国家の終焉を望む極右勢力、ドリュモンの系譜につながる反ユダヤ的な勢力が国家を乗っ取った結果であると述べた。その視点はマクロンにも継承されている。

フランスにとっても、過去と向き合うことは困難な事業である。ヴィシー時代をどうとらえるかが大きな問題であったことは、ロバート・パクストンの『ヴィシー時代のフランス』に関する本書の記述からも窺うことができる。エリック・コナンとアンリ・ルソーの共著『ヴィシー——過去にならない過去』によれば、「繰り返し問われるのは、先の戦争における、総体としてのフランス人の態度である[6]」。

しかし、最後に、本書はまた著者にとっての失望、あるいは幻影の消失の物語でもある。著者は長い年月「強い国家」モデルを研究してきたが、ミッテランのヴィシー時代、あるいはヴィシーの政策とその遂行の実態が明らかになることで、フランスが長い年月をかけて築いてきたはずの「強い国家」に、理想とは異なる現実もあったことが明らかになった。共和国の価値は実は脆いものであり、意識的に守らなければ容易に崩れることが一九四〇年七月に証明されていたのである。ビルンボームが、以下のように記す由縁である。

「私にはまったくの神秘としか言いようがないが、私の出生はまさに、メリトクラシーを基盤とする普遍主義国家の終焉と一致していた[7]」。

＊＊＊

著者ピエール・ビルンボームは、パリ第一大学（パンテオン＝ソルボンヌ）とパリ政治学院で教鞭を執り、現在はパリ第一大学名誉教授である。彼の研究については上で若干触れたが、業績については、ベルトラン・バディとの共著『国家の歴史社会学（再訂訳版）』（小山勉／中野裕二訳、吉田書店、二〇一五年）の中野裕二氏による訳者あとがきに詳しい。また、ピエール・ビルンボームの出自や経歴、研究については、『共和国と豚』（村上祐二訳、吉田書店、二〇二〇年）の村上祐二氏による「訳者解題——食卓のざわめき」に詳細な記述がある。参照していただければ幸いである。

本書の翻訳にあたっては、吉田書店の吉田真也氏に大変お世話になった。吉田書店からの訳書の刊行はこれが五冊目となるが、毎回丁寧に翻訳原稿をチェックのうえ、適切な助言や指摘を頂戴した。ここに感謝申し上げる。用語については、村上祐二氏訳の『共和国と豚』および小山勉／中野裕二氏訳の『国家の歴史社会学（再訂訳版）』を参考にさせていただいた。また、村上祐二氏は、著者ピエール・ビルンボーム氏との仲介の労を取ってくださった。感謝申し上げたい。著者のビルンボーム氏

(6) Éric Conan et Henry Rousso, *Vichy, un passé qui ne passe pas*, « Folio » Gallimard, 1996, p. 15.
(7) 本書一七五頁。

にも、訳者の質問に的確に答えていただいた。ここに感謝と敬意を記す次第である。

二〇二一年三月

大嶋　厚

た。彼らが、パポンを解任することはなかった。ミシェル・ドブレは、次のように述べた。「この任務の遂行において（中略）モーリス・パポン警視総監に助けられている。彼の国家への献身は、私からの最大の賛辞に値します」(Alain Dewerpe, *Charonne, 8 février 1962, op. cit.*, p. 214 et 248)。このように、国家のトップレベルの指導者たちはヴィシーを非国家として糾弾したが、それでもいくつかの側面において、彼らが支持するとする国家の理想とは異なる、植民地戦争の遂行に由来する価値観を正当化した。ここでもまた、「殺害した犯人は一人として特定されず、起訴も、裁かれもしなかった。（中略）行政上の過失も、まったく認められなかった。（中略）無処罰が勝利したのである」(*Idem*, p. 468)。

するなら、それは法に基づくものではなく、純然たる政治的判断なのである」(Olivier Cayla, « De quel droit le fonctionnaire français peut-il [ou doit-il] désobéir pour éviter de se rendre complice d'un État criminel? », in *Grief, Revue sur les mondes du droit,* 2018, n° 5, p. 77)。

(55) Recueil Lebon, n° 315499.

(56) *Idem.*

(57) Michel Debré, préface à l'ouvrage de Marie-Christine Kessler, *La Politique de la haute fonction publique,* Paris, Presses de la Fondation nationale des sciences politiques, 1978, p. XXXIV. この典拠につき情報提供してくれたオリヴィエ・ボーに感謝の意を表したい。

(58) Recueil Lebon n° 410939.

(59) Fabrice Melleray, « Où était l'État français entre 1940 et 1944 ? », *Revue française du droit administratif,* juillet-août 2018 ; Olivier Beaud, « Retour sur la question des télégrammes du général de Gaulle », *Recueil Dalloz,* 13 décembre 2018 ; Christophe Jasmin, « Londres ou Vichy ? », *Recueil Dalloz,* n° 26, 2018. 参照。

V　王との同盟の終わりか？

(1) Renée Poznanski, *Être juif en France pendant la Seconde Guerre mondiale, op. cit.*, p. 254.

(2) 個人資料。

(3) Yosef Yerushalmi, « Serviteur des rois et non serviteur des serviteurs. Sur quelques aspects de l'histoire politique des Juifs », *Raisons politiques,* 2002, vol. 3 ; Maurice Kriegel, « L'alliance royale, le mythe et le mythe du mythe », *Critique,* janvier-février 2000 ; Danny Trom, *Persévérance du fait juif. Une théorie politique de la survie,* EHESS-Gallimard-Le Seuil, « Hautes Études », 2018.

(4) Pierre Birnbaum, *Prier pour l'État. Les Juifs, l'alliance royale et la démocratie,* Paris, Calmann-Lévy, 2005.

(5) Jean-Paul Brunet, *Police contre FLN. Le drame d'octobre 1961,* Paris, Flammarion, 1999 ; Jim House et Neil MacMaster, *Paris 1961. Les Algériens et la terreur d'État,* Paris, Tallandier, 2008; Alain Dewerpe, *Charonne, 8 février 1962, op. cit.* 矛盾に満ち、かつ理解し難いことだが、先述したように国家に深い愛着を覚え、ヴィシーを非国家だとして厳しく指弾したミシェル・ドブレは、この当時首相としてパポン警視総監に、国家およびその指導者に対する務めを果たしたとして、賛辞を呈した。指導者のうちには、恐らく第一に国家元首であったドゴール将軍、さらにはミシェル・ドブレ本人も含まれてい

(42)　ジャン＝ピエール・エルカバッシュによるフランソワ・ミッテラン大統領のインタビュー（前出）。

(43)　ジャック・シラク首相の、ヴェルディヴ跡地における演説（*Discours publics*, 18 juillet 1986）。

(44)　1942年7月16日と17日のヴェルディヴ一斉検挙の記念式典におけるジャック・シラクの演説（前出）。

(45)　Sarah Gensburger, *Les Justes de France, op. cit.*, p. 79-80.

(46)　2012年7月22日の、ヴェルディヴに関するフランソワ・オランドの演説（前出）。

(47)　ヴェルディヴ一斉検挙の記念式典におけるエマニュエル・マクロンの演説（前出）。

(48)　Anne Grynberg, « La politique française de "réparation" des biens juifs spoliés : mémoire et responsabilité », YOD, 2018, vol. 21, p. 9より引用。以下も参照。Jean Laloum, « La restitution des biens spoliés », *Les Cahiers du judaïsme*, 2002, vol. 1.

(49)　Yan Thomas, « La verité, le temps, le juge et l'historien », *Le Débat*, 1998, vol. 5, p. 32 ; Pierre Birnbaum, « Sur les "bonnes raisons" des hauts foncationnaires : l'exemple de la politique antisémite de Vichy », in *L'Acteur et ses raisons. Mélanges en l'honneur de Raymond Boudon*, Paris, Presses universitaires de France, 2000 ; Olivier Beaud, « Libres considérations sur le dilemme du fonctionnaire confronté à la dictature » in Marc-Olivier Baruch, *Faire des choix ? op. cit.*

(50)　以下の訴訟記録を参照。*Le Procès de Maurice Papon*, Paris, Albin Michel, 1998, en deux volumes.

(51)　Recueil Lebon, n° 238689, *Revue française de droit adminisitratif*, 2002.

(52)　*Idem*.

(53)　*Idem*.

(54)　Recueil Lebon, n° 238689, *Revue française de droit adminisitratif*, 2002, p. 582, concl. Sophie Boissard. Michel Verpeaux, « L'affaire Papon, la République et l'État », *Revue française de droit constitutionnel*, 2003, vol. 3, n° 55 ; Danièle Lochak, « Le droit, la mémoire, l'histoire. La réparation différée des crimes antisémites de Vichy devant le juge administratif », *Revue des droits de l'homme*, 2012, n° 2. オリヴィエ・ケイラによれば、「国家参事会によれば、今後はヴィシーによる"業務上の過失"は、第五共和制によって補償されるべきものとされたようだ。それは、ヴィシーが国家であるという理由によるものではまったくなく、むしろヴィシーは国家ではないにもかかわらず、である。換言すれば、それは本来正当化できるものではない。あるいは、正当化できると

(33)　Laurent Joly, *Vichy dans la « Solution finale », op. cit.*, p. 527.

(34)　Marc-Olivier Baruch, « Vichy, les fonctionnaires et la République », *op. cit.*, p. 529.

(35)　63回目の第二次大戦戦勝記念日の機会に、ニコラ・サルコジ大統領がウイストルアム〔ノルマンディー上陸作戦の上陸地点の一つ〕の海岸にて行なった演説（*Discours publics*, 8 mai 2008）。コルマールでの第65回戦勝記念日の演説も参照願いたい（*Discours publics*, 8 mai 2010）。この際、サルコジは「ヴィシーはフランスを裏切り、名誉を傷つけた」と語った。

(36)　フランソワ・オランド大統領のヴェルディヴに関する演説（*Discours publics*, 22 juillet 2012）。

(37)　ドランシー収容所の記念碑除幕式典での、フランソワ・オランド大統領の演説（*Discours publics*, 21 septembre 2012）。

(38)　2015年1月27日、フランソワ・オランドはショアー記念館で演説した。彼はジャック・シラクに触れつつ、それでもユダヤ人は「フランス人が積極的に共犯となって、フランスから追放された」と述べた。同様に、2015年10月8日には、収容所移送は「フランス人によって、フランス国の行政機関の監督のもとで行なわれた」と発言した（ミル収容所跡の記念碑における、フランソワ・オランドの演説、*Discours publics*, 8 octobre 2015）。同じ観点から、マニュエル・ヴァルス首相は、ヴェルディヴ一斉検挙72周年の記念日に、やはりジャック・シラクの演説に触れつつ、ドイツ側の要求を忘れてこう述べた。「そうです、1942年7月16日と17日、フランスは名誉を汚してしまいました。フランスが、フランスだけが、この場所で、取り返しのつかないことをしてしまったのです（中略）そうです、そのとき、フランスはヴィシーにありました。そして、パリにもありました。ここで、攻撃的で、とんでもない偏見を持ち、ある人間たちのほうが他の人間たちよりも優れていると考える人たちが、ユダヤ人への憎悪をかきたてたのです」。マニュエル・ヴァルスは、フランソワ・ミッテランが用いた「人たち」という語を、国家を乗っ取った極右の人物らを指して使用した（マニュエル・ヴァルス首相の、ヴェルディヴ一斉検挙72周年記念式典での演説。*Discours publics*, 20 juillet 2014）。

(39)　Michael Marrus, "Vichy before Vichy : Antisemitic Currents in France during the 1930's", *op. cit.*

(40)　Pierre Birnbaum, *Un mythe politique : la « République juive », op. cit.*

(41)　ヴェルディヴ一斉検挙の記念式典における、エマニュエル・マクロン大統領の演説（*Discours publics*, 17 juillet 2017）。2018年7月1日のシモーヌ・ヴェイユのパンテオン入りの式典での演説では、エマニュエル・マクロンは彼女が「占領国であるドイツと手を結んだフランス国に裏切られた」と強調した（*Discours publics*, 1er juillet 2018）。

(15) Pierre Birnbaum, *Un mythe politique : la « République juive », op. cit.* 参照。

(16) 無名ユダヤ人記念碑における、ジャック・シラク大統領の演説（*Discours publics*, 5 décembre 1997）。

(17) ジャン＝ピエール・エルカバッシュによるフランソワ・ミッテランのインタビュー（前出）。

(18) 無名ユダヤ人記念碑におけるジャック・シラクの演説（前出）。

(19) ユダヤ人団体代表評議会（CRIF）60周年記念式典における、ジャック・シラク大統領の演説（*Discours publics*, 2003）。

(20) ジャン＝ピエール・エルカバッシュによるフランソワ・ミッテランのインタビュー（前出）。

(21) ジャック・シラク大統領が、フランスの正義の人を記念する式典で、第二次大戦中にフランス人が行なったユダヤ人を抑留から救う活動に関する演説（前出）。

(22) Pierre Birnbaum, *Le Moment antisémite, op. cit.*

(23) *Le Monde*, 18 janvier 2007. Sarah Gensburger, *Les Justes de France. Politiques publiques de la mémoire*, Paris, Les Presses de Sciences Po, 2010, Épilogue 参照。

(24) 1996年5月29日、クルーズ県OSEの会合に参加した旧会員に宛てたジャック・シラクのメッセージ（*Discours publics*, 29 mai 1996）。

(25) 1997年11月2日、トノン＝レ＝バンの「正義の人の林間の空き地」（Clairière des Justes）の命名式典におけるジャック・シラクのメッセージ（*Discours publics*, 2 novembre 1997）。

(26) 無名ユダヤ人記念碑におけるジャック・シラクの演説（前出）。

(27) 2004年7月8日の、ル・シャンボン＝シュル＝リニョンにおけるジャック・シラクの演説（*Discours publics*, 8 juillet 2004）。

(28) 2005年1月25日（火）の、ショアー記念館開館記念式典におけるジャック・シラクの演説（*Discours publics*, 25 janvier 2005）。

(29) 2005年1月27日（木）、アウシュヴィッツでのジャック・シラクの演説（*Discours publics*, 27 janvier 2005）。

(30) 2007年1月18日、フランスの正義の人を記念するパリでの国民式典におけるジャック・シラクの発言（*Discours publics*, 18 janvier 2007）。

(31) Patrick Garcia, « Il y avait une fois la France ». Le président et l'histoire en France（1858-2007）, *in* Christian Delacroix *et alii*（dir.）, *Historicités*, La Découverte, 2009, p. 200 参照。Claire Andrieu, Marie-Claire Lavabre et Danielle Tartakowsky（dir.）, *Politiques du passé*, op. cit., 2006 も参照。

(32) Joseph Billig, *Le Commissariat général aux questions juives. 1941-1944, op. cit.*, t. 3, p. 17 et 22.

領の演説、*Discours publics*, 18 juin 1975）。

（4） 1986年7月18日、ジャック・シラクはヴェルディヴの記念式典に出席した。彼は当時すでに、「ナチスのイデオロギーの本質と、“次々と守るべきものを放棄して”過激な勢力やナチスの共犯の行動に対抗できなかったヴィシー政府の無力」を非難していた。彼は、初めて「目を覚ました古い魔物に敗れた卑劣なフランス」と「人々を迎え入れる、友愛にあふれた強いフランス」を対置させた（*Discours publics*, 18 juillet 1986）。

（5） 1942年7月16日と17日の大規模一斉検挙の記念式典におけるジャック・シラク大統領の演説（*Discours publics*, 16 juillet 1995）。

（6） Peter Careur, *Holocaust Monuments and National Memory Cultures in France and Germany since 1989. The Origins and Political Function of Vél' d'Hiv' in Paris and the Holocaust Monument in Berlin*, New York-Oxford, Berghahn, 2005 ; Simon Perego, « *Pleurons-les, bénissons leurs noms* », *op. cit.*

（7） ジャック・シラク大統領の、ユネスコ本部におけるナントの勅令400周年記念の演説（*Discours publics*, 18 février 1998）。Jean-François Tanguy, « Le discours “chiraquien” sur l'histoire », *in* Claire Andrieu, Marie-Claire Lavabre et Danielle Tartakowsky (dir.), *Politiques du passé. Usages politiques du passé dans la France contemporaine*, Aix-en-Provence, Presses universitaires de Provence, 2006 参照。

（8） ジャック・シラク大統領が、アルフレッド・ドレフュス大尉とエミール・ゾラの一族に宛てた書簡（*Discours publics*, 8 janvier 1998）。

（9） ジャック・シラク大統領がフランスの正義の人を記念する式典で述べた、第二次大戦中にフランス人が行なったユダヤ人を収容所移送から救う活動に関する演説（*Discours publics*, 18 janvier 2007）。

（10） Anna Senik, *L'Histoire mouvementée de la reconnaissance officielle des crimes de Vichy contre les Juifs. Autour de la cérémonie de commémoration de la rafle du Vél' d'Hiv'*, Paris, L'Harmattan, 2013, p. 32. Henry Rousso, *Vichy, un passé qui ne passe pas, op. cit.*, p. 35 et suivantes 参照。

（11） 1992年7月14日のフランソワ・ミッテラン大統領インタビュー。聞き手はポール・アマール（*Discours publics*, 14 juillet 1992）。

（12） 「フランス2」における、ジャン＝ピエール・エルカバッシュによるフランソワ・ミッテラン大統領のインタビュー（*Discours publics*, 12 septembre 1994）。

（13） *Idem.*

（14） Pierre Birnbaum, *« La France aux Français ». Histoire des haines nationalistes, op. cit.*, p. 61 より引用。

逮捕されて間もなく、1942年にアウシュヴィッツで殺害された。彼の経歴は、2005年に開館したアウシュヴィッツのフランス博物館のパヴィリオンに、他の人々の経歴と並んで展示されている。

（2） アウシュヴィッツ・ビルケナウにおける、ジャック・シラクの2005年1月27日の演説（*Discours publics*, 27 janvier 2005）。その後、今度は内務大臣ジェラール・コロンが、私の仕事に直接触れながら、共和国の普遍主義に忠実な国家のユダヤ人としてのルネ・カサンについて語った。2018年1月25日、フランス・ユダヤ人団体代表評議会の夕食会でのスピーチ。

（3） ジャック・シラクのこれらの立場の表明は、それ以前の歴代大統領の公式な発言の大半における沈黙とは実に対照的である。比較の見地から、ヴァンサン・オーリオル大統領が1947年から1954年までつけていた日記を参照願いたい。ヴィシー時代におけるユダヤ人の運命については暗示されることもなく、日々の関心事項でヴィシーに関わるものはほとんどない（Vincent Auriol, *Journal du septennat,* Armand Colin, Tallandier etc. ; *Mon septennat, 1947–1954,* notes présentées par Pierre Nora et Jacques Ozouf, Paris, Gallimard, 1970も参照）。第五共和制では、恐らくヴァレリー・ジスカール・デスタンが、ヴェルディヴ一斉検挙に関して、1975年6月18日のアウシュヴィッツでの演説で、不正確な部分があったとはいえ、最初に「恥辱」について語った大統領だと思われる。それでも、彼はフランス史におけるヴィシーの位置づけについては長くは触れなかった。「アウシュヴィッツには、11万人のフランス人が抑留され、そのうち4万8000人がユダヤ人でした。私たちは、彼らの出発を目にしました。私は、彼らの出発を目にしたのです。1942年7月16日の朝、私たちは異例にも夜明け前からパリ市内の大通りを走るバスのエンジン音で起こされました。バスの中には、コートを着用し、鞄を手にした暗いシルエットが見えていました。数時間後、それが夜明け前に逮捕されたユダヤ人で、冬季競輪場（ヴェルディヴ）に集められているのだとわかりました。私は、その中に自分と同じくらいの年齢の子供たちがいることに気がつきました。彼らはバスの中にぎゅうぎゅう詰めにされて、本来であれば安眠しているべき時刻に、凍ったような街を横断する間、窓のほうを見ていました。私は、彼らの黒い、クマのできた目を思い出します。その目は、夜の闇の中で何千もの星になりました。そして、アウシュヴィッツは、生き残った人々だけに属する、呪われているとともに聖なる恐怖の場となったのです。それから30年、人間の半生に値する時間を経て、記憶はいまだに引き裂かれて、思い出すだけの勇気は彼らにはありません。責苦を受けた死者の追憶は、私たちを恥と沈黙へと招きます。そしてまた、このベルトルト・ブレヒトの警告を思い出させるのです。“まだ多産な腹から、あの汚らわしい代物が生まれてきた”」（ビルケナウ収容所でのアウシュヴィッツのセレモニーにおける、ヴァレリー・ジスカール・デスタン大統

(76) Jeannine (Levanna) Frenk, *Righteous Among the Nations in France and Belgium, op. cit.*, p. 64 ; Patrick Cabanel, *Histoire des Justes en France, op. cit.*, p. 205 et suivantes.

(77) Patrick Cabanel, *Juifs et Protestants en France. Les affinités électives, XVIe-XXIe siècle*, Paris, Fayard, 2004.

(78) Patrick Cabanel, *Histoire des Justes en France, op. cit.*, p. 179 より引用。

(79) 非常に素晴らしい以下の書籍を参照。Philippe Joutard, *La Révocation de l'Édit de Nantes ou les faiblesses de l'État*, Paris, Gallimard, « Folio », 2018.

(80) Patrick Cabanel, *Histoire des Justes en France, op. cit.*, p. 183.

(81) Patrick Cabanel, « *Chère Mademoiselle* », *Alice Ferrières et les enfants de Murat, 1941-1944*, Paris, Calmann-Lévy, 2010, p. 59-60 et 147. Philippe Joutard, « Les affinités mémorielles », *in* Patrick Cabanel *et alii*, *La Montagne refuge, op. cit.*, p. 196-197 も参照。

(82) 彼らの出会いについては、以下を参照。Harriet Jackson, "The Rescue, Relief and Resistance Activities of Rabbi Zalman Schneerson : Does it Count as Rescue When a Jew Saves a Fellow Jew?", in *French Politics, Culture and Society*, n° 2, Summer 2012.

(83) Sylvain Bissonnier, « Les réfugiés sur le plateau, essai de typologie », *in* Patrick Cabanel *et alii*, *La Montagne refuge, op. cit.*, p. 78 et suivantes. 高原における生活とアクターたちに関する詳細な分析については、以下を参照。Caroline Moorehead, *Village of Secrets. Defying the Nazis in Vichy France*, London, Chatto & Windus, 2014.

(84) Patrick Cabanel, *Histoire des Justes en France, op. cit.*, p. 174 et 178.

(85) Pierre Boismorand, *Magda et André Trocmé, figures de la résistance*, Paris, Le Cerf, 2008.

(86) Georges Menut, « André Trocmé, un violent vaincu par Dieu », in *Le-Plateau Vivarais-Lignon. Accueil et Résistance, 1939-1944. Actes du colloque du Chambon-sur-Lignon*, Le Chambon-sur-Lignon, Société d'histoire de la Montagne, 1992.

(87) Patrick Cabanel, « Des résistances de l'esprit », in Patrick Cabanel *et alii*, *La Montagne refuge, op. cit.*, p. 171, 248, 299, 303 et 308. Claude Singer, *Vichy, l'Université et les Juifs, op. cit.*, p. 344 ; Estelle Pirès, *Les Justes parmi les Nations dans le Sud-Ouest, op. cit.* も参照。

Ⅳ 大統領、国家と国家の理論

(1) 国家ユダヤ人の代表的存在であるピエール・マスは、軍事功労章を受章し、第三共和制下で上下両院の議員を務めた。ヴィシーに反対し、1941 年 8 月に次の書籍に基づいている。*Dictionnaire des Justes de France*, sous la direction d'Israël Gutman, Paris, Fayard, 2003. ジョン・スウィーツは、ユダヤ人に対する救援活動について書く中で、オーヴェルニュ地方の農村的性格を強調している。John Sweets, *Clermont-Ferrand à l'heure allemande, op. cit.*, p. 140.

(66) Jeannine (Levanna) Frenk, *Righteous Among the Nations in France and Belgium : A Silent Resistance*, Jérusalem, Yad Vashem, 2008, p. 8 et 39.

(67) Sarah Gensburger (dir.), *C'étaient des enfants, op. cit.*, p. 68 et suivantes. Patrick Cabanel, *Histoire des Justes en France, op. cit.* パリで正義の人の称号を与えられたのは、主として工場労働者や事務職員であった。

(68) Estelle Pirès, *Les Justes parmi les Nations dans le Sud-Ouest : départements des Landes, Basses-Pyrénées et Hautes-Pyrénées*, mémoire de master de première année, université de Pau et du Pays de l'Adour, année 2005-2006, CDJC. p. 96 ; Hubert Hanoun, *L'Épopée des Justes de France, op. cit.*, p. 32.

(69) Jeannine (Levanna) Frenk, *Righteous Among the Nations in France and Belgium, op. cit.*, p. 32.

(70) たとえば、すでに記したエドモン・ドーファン、カミーユ・エルンストとポール・コラッジは正義の人とされた。財務省の高級官僚ガブリエル・カヴァニアクは、夫人とともにあるユダヤ人家族を助け、正義の人となった。Pierre Birnbaum. « Être Juste et fonctionnaire? Oui, c'était possible », *L'Arche*, mars 1998 参照。

(71) Estelle Pirès, *Les Justes parmi les Nations dans le Sud-Ouest , op. cit.*, p. 83 et 92.

(72) Patrick Cabanel, *Histoire des Justes en France, op. cit.*, p. 260.

(73) Jeannine (Levanna) Frenk, *Righteous Among the Nations in France and Belgium, op. cit.*, p. 55-56. 以下の書籍に、正義の人となった多数のカトリックおよびプロテスタントの宗教者と信徒の肖像が描かれている。Lucien Lazare (dir.), *Les Justes en France*, Paris, Mémorial de la Shoah, 2006.

(74) Estelle Pirès, *Les Justes parmi les Nations dans le Sud-Ouest , op. cit.*, p. 84, 92, 128 et 174. 近隣のタルヌ県については、以下を参照。Jacques Fijalkow (dir.), *Vichy, les Juifs et les Justes. L'exemple du Tarn*, Toulouse, Privat, 2003.

(75) Jeannine (Levanna) Frenk, *Righteous Among the Nations in France and Belgium, op. cit.*, p. 53; Pascale Bénichou, *Les Protestants « Justes des Nations »*, mémoire de maîtrise, université de Montpellier III, 2002. たとえば、バス＝ピレネー県の正義の人の38%が、プロテスタントである（Estelle Pirès, *Les Justes parmi les Nations dans le Sud-Ouest , op. cit.*, p. 102）。

マラスとロバート・パクストンによると、「発足当初より、ヴィシー政権が反ユダヤ的方針を実行に移したときに、多くのフランス人はユダヤ人について無関心であったと思われる。注意は、他の問題に向いていた。フランスの将来、不在の夫または息子、次の食事をどうするか、などである」(*Vichy et les Juifs, op. cit.*, p. 303)。

(52) Jacques Poujol, « Le refuge cévenol : un non-évènement », *in* Philippe Joutard, Jacques Poujol et Patrick Cabanel (dir.), *Cévennes. Terre de refuge, 1940–1944*. Montpellier, Presses du Languedoc, 1988.

(53) Jacques Poujol, *Protestants dans la France en guerre (1939–1945)*, Paris, Les Éditions de Paris, Max Chaleil, 2000, p. 154–157 より引用。

(54) Léon Poliakov, *L'Étoile jaune*, Paris, Grancher, 1999, p. 102. Georges Wellers, *Un Juif sous Vichy*, Paris, Tirésias, 1991, p. 217 (1re édition 1973) も参照。

(55) Jacques Semelin, *Persécutions et Entraides dans la France occupée*, Paris, Les Arènes-Le Seuil, 2013, p. 586 et suivantes. この著者は、同情を示し、あるいは助けの手を差し伸べる「小さな行ない」について記している。

(56) Henry Rousso, *Face au passé. Essai sur la mémoire contemporaine*, Paris, Belin, 2016, p. 163.〔邦訳:アンリ・ルソー『過去と向き合う——現代の記憶についての試論』剣持久木/末次圭介/南祐三訳、吉田書店、2020年、144ページ〕

(57) Renée Poznanski, *Propagande et Persécutions. La Résistance et le « problème juif », op. cit.*. chap. 12 et 13, p. 369, 423, 433, 455 et 509.

(58) Sylvaine Guinle-Lorinet, « Des chrétiens au secours des Juifs », in *Les Juifs à Toulouse et en Midi toulousain au temps de Vichy, op. cit.*, p. 156.

(59) AD HP 14, art. 8.

(60) AD HP 14, art. 8.

(61) Sylvaine Guinle-Lorinet, « Des chrétiens au secours des Juifs », *op. cit.*, p. 160 et suivantes. Asher Cohen, *Persécutions et Sauvetages, op. cit.*, chap. 10 ; Susan Zucotti, *The Holocaust, the French and the Jews*, New York, Basic Books, 1993, chap.13 も参照。

(62) Léon Poliakov, *L'Auberge des musiciens, Mémoires,* Paris, Mazarine, 1981. 参照。Pierre Birnbaum, « Poliakov et Vichy », *Cité,* 2019/2, n°78 (テル・アヴィヴ大学で開催されたル・シャンボン=シュル=リニョンに関するシンポジウム) なども参照願いたい。

(63) Bob Moore, *Survivors. Jewish Self-Help and Rescue in Nazi-Occupied Western Europe*, Oxford, Oxford University Press, 2010, p. 165.

(64) Patrick Cabanel, *Histoire des Justes en France, op. cit.*, p. 80.

(65) Hubert Hanoun, *L'Épopée des Justes de France, op. cit.*, p. 28. この数字は、

(35) Hubert Hanoun, *L'Épopée des Justes de France, op. cit.*, p. 45-46.

(36) John Sweets, *Clermont-Ferrand à l'heure allemande*, Paris, Plon, 1996, p.135.

(37) Virginie Sansico, « Mon seul défaut est d'être de race juive », *in* Claire Zalc, Tal Bruttmann, Ivan Ermakoff et Nicloas Mariot, « Pour une microhistoire de la Shoah », *op. cit.*, p. 274.

(38) Claude Singer, *Vichy, l'Université et les Juifs, op. cit.*, p. 176.

(39) Jean-Marie Muller, *Désobéir à Vichy. La résistance civile des fonctionnaires de police, op. cit.*, p. 77. これらの警察官の、自らの意志に基づく行動についての分析は、以下を参照。Ivan Ermakoff, « La microhistoire au prisme de l'exception », *Vingtième Siècle*, 2018, vol. 3, n° 139.

(40) Patrick Cabanel, *Histoire des Justes en France*, Paris, Armand Colin, 2012, p. 102 より引用。

(41) Claude Singer, *Vichy, l'Université et les Juifs, op. cit.*, p. 191 より引用。

(42) Michaël Iancu, *Vichy et les Juifs, L'exemple de l'Hérault, op. cit.*, p. 227 などを参照。

(43) Claude Singer, *Vichy, l'Université et les Juifs, op. cit.*, p. 172-175.

(44) たとえばパリのロラン高校では、一部の教員は嘆願書に署名した。Rémy Handourtzel, *Vichy et l'école*, Paris, Noêsis, 1997, p. 85 参照。

(45) Laurent Joly, *Dénoncer les juifs sous l'Occupation, op. cit.* Patrick Fournier, *La Délation des Juifs pendant l'Occupation, 1940-1944*, thèse de doctorat en histoire, université de Paris-Ouest Nanterre-La Défense, 2016 参照。

(46) ロバート・パクストンが書いたように、「多くのフランス市民がユダヤ教徒に保護を与えたが、政府はそれとは無関係であった」(*La France de Vichy, op. cit.*, p. 345)。

(47) Pierre Laborie, « Le statut des Juifs de Vichy et l'opinion », in *Les Français des années troubles, op. cit.*, p. 118 et suivantes.

(48) Renée Poznanski, *Propagande et Persécutions. La Résistance et le « problème juif »*, Paris, Fayard, 2008, p. 96-97.

(49) ピエール・ピエラールは、「反ユダヤ法制を前にして、カトリック上層部はほぼ完全に沈黙した」と指摘している(Pierre Pierrard, *Juifs et Catholiques français, de Drumont à Jules Isaac, 1886-1945*, Paris, Fayard, 1997, p. 297)。

(50) Renée Poznanski, *Propagande et Persécutions. La Résistance et le « problème juif »*, *op. cit.*, p. 140 et suivantes, p. 197 et suivantes, et 237 et suivantes.

(51) Henry Rousso, « L'historien, lieu de mémoire. Hommage à Robert Paxton », in *La France sous Vichy. Autour de Robert Paxton*, p. 308. マイケル・

juive de Vichy », *op. cit.*, p. 761.

(21) *Idem*, p. 761.

(22) *Idem*, p. 765 et 770.

(23) Laurent Joly, *Vichy dans la « Solution finale »*, *op. cit.*, p. 788, 812 et 830. この著者にとっては、「ユダヤ人の抑留に関わった知事部局や市警察の管理職は、多くの場合退職を余儀なくされたが、エピュラシオンの裁判では無罪を勝ち取った」という（*L'État contre les Juifs, op. cit.*, p. 209）。

(24) Jean-Marc Berlière et Laurent Chabrun, *Les Policiers français sous l'Occupation, op, cit.*, p. 229 et suivantes.

(25) Laurent Joly, *Antisémitisme de bureau, op. cit.*, p. 283, 299 et 303. ローラン・ジョリーは、「1942 年 7 月に在任していた（パリの）各区の委員は、結局、一人としてフランス解放時に有罪とならなかった」と強調している。さらに、「反ユダヤ政策担当の官僚は、多くの告訴があったにもかかわらず、実質的に一人も裁判にかけられなかった。行政的粛清においても、処分を受けた者は少数であった」（*L'État contre les Juifs, op. cit.*, p. 203 et 207）。

(26) 次章、「大統領、国家と国家の理論」を参照願いたい。

(27) Pierre-Jérôme Biscarat, *Izieu, des enfants dans la Shoah*, Paris, Fayard, 2014.

(28) Hubert Hanoun, *L'Épopée des Justes de France, (1939-1945)*, Paris, Connaissances et Savoirs, 2004, p. 43.

(29) Arnaud Benedetti, *Un préfet dans la Résistance. Portrait documenté de Jean Benedetti*, CNRS éditions, 2013 参照。

(30) Michaël Iancu, *Vichy et les Juifs. L'exemple de l'Hérault, op. cit.*, p. 284 ; Katy Hazan, « Les organisations juives de sauvetage en zone sud », *in* Philippe Joutard, Jacques Sémelin et Annette Wieviorka (dir.), *La Montagne refuge. Accueil et sauvetage des Juifs autour du Chambon-sur-Lignon*, Paris, Albin Michel, 2013, p. 105 参照。

(31) François Boulet, « Le préfet Robert Bach et les gendarmes français face à la Montagne refuge (1942-1943), *in* Patrick Cabanel *et alii*, *La Montagne refuge. Accueil et sauvetage des Juifs autour du Chambon-sur-Lignon, op. cit.*

(32) Michael Marrus et Robert Paxton, *Vichy et les Juifs, op. cit.*, p. 215, 372 et 435.

(33) Daniel Cordier, « La Résistance française et les Juifs », *Annales*, 1993, n° 3.

(34) Claude Lévy et Paul Tillard, *La Grande rafle du Vél' d'Hiv'*, Paris, Robert Laffont, 1967, p. 29 ; Sarah Gensburger (dir.), *C'étaient des enfants. Déportation et sauvetage des enfants juifs à Paris*, Paris, Skira-Flammarion, 2012, p. 45 et Laurent Joly, *L'État contre les Juifs, op. cit.*, p. 96-97.

Marc-Olivier Baruch (dir.), *Une poignée de misérables, op. cit.*, p. 196. CCEMは、1944年9月7日に設置された。「司法はユダヤ人をフランス社会の外部に位置づけ、フランス国が彼らに対して取った排除の措置が尊重されるよう注意していた」(Virginie Sansico, *La Justice déshonorée, 1940-1944*, Tallandier, 2015, p. 244)。

(13) Claude Cazals, *La Gendarmerie et la « Libération ». Résistance, combats libérateurs, réorganization, épuration*, Paris, La Muse, 1994 ; Jean-Marc Berlière, « L'épuration dans la police », *in* Fondation Charles de Gaulle (éd.), *Le Rétablissement de la légalité républicaine*, Bruxelles, Complexe, 1996.

(14) Laurent Joly, *Dénoncer les Juifs sous l'Occupation*, Paris, CNRS éditions, 2017, p. 170. ジャン=マルク・ベルリエールとローラン・シャブランは、フランス解放時における、「ユダヤ人を喰らう」人々に対する司法の「寛容」と「厚意」について分析している (Jean-Marc Berlière et Laurent Chabrun, *Policiers français sous l'Occupation. D'après les archives de l'épuration*, Paris, Perrin, 2009, chap. 9)。「寛容」は、知事団の公務員および警察官によるユダヤ人狩りに関するエピュラシオンにおいて、広く認められた (Bénédicte Vergez-Chaignon, *Histoire de l'épuration*, Paris, Larousse, 2010, p. 411 et suivantes)。

(15) Laurent Joly, « Que savait-on du sort des Juifs déportés au sein de la police française ? », *Vingtième Siècle*, 2018, vol. 3, p. 148.

(16) François Rouquet et Fabrice Virgili, *Les Françaises, les Français et l'Épuration. De 1940 à nos jours, op. cit.*, p. 225-227. « Épurer l'appareil d'État » と題する章では、ユダヤ人狩りは公務員の粛清の理由としては決して挙げられないことを指摘しておこう。重要な著作である Peter Novik, *L'Épuration française, 1944-1949* (Paris, Balland, 1985, chap. 5) も、公務員の粛清において、ユダヤ人迫害をその理由として挙げていない。この問題が取り上げられることさえなかったようである。François Rouquet, *Une épuration ordinaire (1944-1949). Petits et grands collaborateurs de l'administration française*, Paris, CNRS éditions, 2011 も重要な著作だが、反ユダヤ主義あるいはユダヤ人狩りは「行為による犯罪」あるいは「思想犯罪」もしくは「その他の犯罪」として挙げられていない。

(17) Claude Singer, *Vichy, l'Université et les Juifs, op. cit.*, p. 327-331.

(18) Claude Singer, *L'Université libérée, l'Université épurée, 1943-1947*, Paris, Les Belles Lettres, 1997, p. 259-264. 同様に、François Rouquet, *« Mon cher Collègue et Ami ». L'épuration des universitaires (1940-1953)*, Rennes, Presses universitaires de Rennes, 2010, p.54 も参照。

(19) Claude Singer, *Vichy, l'Université et les Juifs, op. cit.*, p. 165.

(20) Henry Rousso, « Une justice impossible. L'épuration et la politique anti-

secret (XVIe-XXe), Rennes, Presses universitaires de Rennes, 2015, p. 6.

(105) Claire Zalc, *Dénaturalisés, op. cit.*, p. 75.

(106) Joseph Billig, *Le Commissariat général aux questions juives, op. cit.*, p. 310.

(107) Laurent Joly, *L'Antisémitisme de bureau, op. cit.*, p. 353.

Ⅲ 私は「正義の人」に救われた

(1) François Rouquet et Fabrice Virgili, *Les Françaises, les Français et l'Épuration. De 1940 à nos jours*, Paris, Gallimard, « Folio », 2018, p. 178 et 186-187.

(2) Anne Simonin, « L'indignité nationale : un châtiment républicain », *in* Marc-Olivier Baruch (dir.), *Une poignée de misérables. L'épuration de la société française après la Seconde Guerre mondiale*, Paris, Fayard, 2003.

(3) Ordonnance du 26 août 1944, *Journal officiel* du 28 août 1944.

(4) Henry Rousso, « Une justice impossible. L'épuration et la politique antijuive de Vichy », *Annales*, ESC, mai-juin 1993, p. 748.

(5) Général de Gaulle, *Discours et messages de guerre. 1940-1946*, Paris, Plon, 1970, t. 1, p. 432.

(6) Robert Paxton, *La France de Vichy, op. cit.*, p. 383.

(7) François Rouquet, *Une épuration ordinaire (1944-1949). Petits et grands collaborateurs de l'administration française*, Paris, CNRS éditions, p. 30. この著者は、「1944 年秋に脅かされたか、停職処分となった高級官僚は、多くの場合」、行政における他の分野と同等の「寛容な扱いを、一般的に受けていた」(p. 317) と付け加えている。ロバート・パクストンは、「国家の枢要機関の年度別職員録を見ると、1939 年と 1946 年の間に、大嵐を越えて、驚くべき継続性が保たれていることがわかる。(中略) 国家参事会では、1942 年に在職していた部長の 80%、評定官の 76% と審査官の 70% が、1946 年の職員録に氏名が掲載され」ており、「4 年間にわたりヴィシーの法を適用していた人物たちが、第四共和制のもとでも判決を下し続けていた」と書いた (*La France de Vichy, op. cit.*, p. 316)。

(8) Marc-Olivier Baruch, *Servir l'État français, op.cit.*, p. 582.

(9) Marc-Olivier Baruch, « L'épuration du corps préfectoral », in *Une poignée de misérables, op. cit.*, p. 150-151 et 161.

(10) Jean-Marie Muller, *Désobéir à Vichy. La résistance civile de fonctionnaires de police*, Paris, Presses universitaires de Nancy, 1994, p. 118.

(11) Tal Brutmann, *Au bureau des affaires juives, op. cit.*, p. 188-189.

(12) Alain Bancaud, « L'épuration des épurateurs : la magistrature », *in*

Éditions du Centre, 1955, t. 1, p. 45.

(90) Laurent Joly, *Vichy dans la « Solution finale ». Histoire du Commissariat aux questions juives, 1941–1944*, Paris, Grasset, 2006, p. 130, 136 et 149.

(91) Pierre Birnbaum, *Léon Blum, un portrait*, Paris, Points, 2017.

(92) David Caroll, « What it meant to be a "Jew" in Vichy France : Xavier Vallat , State Antisemitism and the Question of Assimilation », *SubStance*, n° 3, 1998 ; Laurent Joly, *Xavier Vallat (1891–1972). Du nationalisme chrétien à l'antisémitisme d'État*, Paris, Grasset, 2001.

(93) Laurent Joly, *Vichy dans la « Solution finale », op. cit.*, p. 150.

(94) *Idem.*, p. 178.

(95) Ernst Frankel, *The Dual State*, Oxford, Oxford University Press, 1941 ; Martin Broszat, *L'État hitlérien. L'origine et l'évolution des structures du IIIe Reich*, Paris, Fayard, 1986 ; Pierre Birnbaum, *Dimensions du pouvoir, op. cit.*, chap. IX. 参照。

(96) Laurent Joly, *Vichy dans la « Solution finale », op. cit.*, p. 397 et 524. この著者にとって、CGQJ は本格的な「国家の政治機構」としての位置を占めていた（*L'Antisémitisme de bureau. Enquête au cœur de la prefecture de police de Paris et du Commissariat général aux questions juives* [*1940–1944*], Paris, Grasset, 2011, p. 224）。

(97) Joseph Billig, *Le Commissariat général aux questions juives, op. cit.*, t. 2, p. 138 et suivantes.

(98) Laurent Joly, *Vichy dans la « Solution finale », op. cit.*, p. 525 et 593.

(99) Olivier Carton, « Alfred Porché, vice-président du Conseil d'État durant le régime de Vichy. De la rigueur à l'oubli... », *in* Marc-Olivier Baruch (dir.), *Faire des choix ? Les fonctionnaires dans l'Europe des dictatures. 1933–1948*, Paris, La Documentation française, 2014, p. 258–259.

(100) Joseph Billig, *Le Commissariat général aux questions juives, op. cit.*, t. 3, p. 17 et 22.

(101) Sonia Mazey et Vincent Wright, « Les préfets » (in Jean-Pierre Azéma et François Bédarida [dir.], *Vichy et les Français*, Paris, Fayard, 1992) では、ユダヤ人迫害における各県知事の役割には言及していない。

(102) Tal Brutmann, *Au bureau des affaires juives, op. cit.*, p. 104.

(103) Renée Poznanski, *Être juif en France pendant la Seconde Guerre mondiale, op. cit.*, p. 189.

(104) Simon Ostermann, « La clandestinité des Juifs dans les villes de province : l'exemple de Châteauroux, 1940–1944 », in Sylvie Aprile et Emmanuelle Retaillaud-Bajac (dir.), *Clandestinités urbaines. Les citadins et les territoires du*

Jean-Michel Dumay, Paris, Fayard, 1998, p. 16.

(70) Annette Wieviorka, « La justice et l'histoire », *Socio*, n° 3, 2014, p. 194.

(71) Pierre Birnbaum, *Le Moment antisémite, op. cit.*, chap. IX.

(72) デイヴィッド・エンゲルは、論文中でショアーに触れないユダヤ（人）史の専門家の一人として、私の名を挙げている。あたかも、その例外的な性格から、ショアーが学術研究に当たらないかのように。それでも、私としては、いくつもの著作がヴィシーの反ユダヤ政策に言及しており、したがってショアーにも触れているつもりである。以下を参照。David Engel, *Historians of the Jews and the Holocaust*, Stanford, Stanford University Press, 2010, p. 41.

(73) Pierre Birnbaum, « La déchirure du lien étatique », in Noelle Burgi, *Fractures de l'État-nation*, Paris, Kimé, 1995.

(74) AD HP 12 W 70.

(75) AD HP 14 W art. 8.

(76) *Idem*.

(77) *Idem*.

(78) José Cubéro, *Les Hautes-Pyrénées dans la guerre, op. cit.*, p. 127.

(79) Philippe Burrin, *La France à l'heure allemande*, Paris, Le Seuil, 1995.

(80) Pierre Laborie et François Marcot (dir.), *Les Comportements collectifs en France et dans l'Europe allemande. Historiographies, normes, prismes (1940–1945)*, Rennes, Presses universitaires de Rennes, 2015.

(81) Gérard Sébastien, *La Police de Vichy dans les Hautes-Pyrénées, op. cit.*, p. 69–70.

(82) Tal Bruttmann, *Au bureau des affaires juives. L'administration française et l'application de la législation antisémite (1940–1944)*, Paris, La Découverte, 2006, p. 104, 109, 127 et suivantes.

(83) Pierre Laborie, *Les Français des années troubles*, Paris, Desclée de Brouwer, 2001, p. 36.

(84) Pierre Laborie, *L'Opinion française sous Vichy*, Paris, Le Seuil, 1990, p. 273, 328, 329 et 331.

(85) Renée Poznanski, *Les Juifs en France pendant la Seconde Guerre mondiale. Vingt ans plus tard*, Paris, Presses du CNRS, 2017, « Postface ».

(86) Philippe Burrin, *La France à l'heure allemande, 1940–1944*, Paris, Le Seuil, 1995, p. 182 et suivantes, et p. 469.

(87) Gaël Eisman, *Hôtel Majestic. Ordre et sécurité en France occupée (1940–1944)*, Paris, Tallandier, 2010, p. 155.

(88) Claire Zalc, *Dénaturalisés, op. cit.*, p. 52, 53 et 56.

(89) Joseph Billig, *Le Commissariat général aux questions juives*, Vichy, Les

対する「偏見」が存在するとして、これを非難したことを意外に思った。ローラン・ジョリーは、テュラールの父であるアンドレ・テュラールがパリ警視庁で「ユダヤ人課」の責任者であったことを指摘している（*L'État contre les Juifs, op. cit.*, p. 321）。

(66) Claude Singer, *Vichy, l'Université et les Juifs*, Paris, Les Belles Lettres, 1992; Christophe Poukalo, *Fonctionnaires juifs et Dérogations sous Vichy*, mémoire de DEA, université de Paris I, 2005, CDJC 3 28511 ; Laurent Joly, « Louis Canet, le Conseil et la législation antisémite de Vichy (1940-1944) », *Les Cahiers du Judaïsme*, n° 23, 2008.

(67) Claire Zalc, *Dénaturalisés, op. cit.*, p. 58-60.

(68) Jean Marcou, *Le Conseil d'État sous le régime de Vichy*, thèse de doctorat d'État, université de Grenoble II, 1984, p. 155. ジャン・マルクーによれば、「当初の数カ月間から、国家参事会とヴィシーの間に良好な関係が築かれたことには強い印象を受ける。（中略）上院議員の少なからぬ部分も、反ユダヤ法の適用を妨害するどころか、その内容の大半に同意していた」（« Le Conseil d'État : juge administratif sous Vichy », in *Le Genre humain*, novembre 1994. « Juger sous Vichy », p. 85 et 92 : Jean Massot, « Le Conseil d'État et le régime de Vichy », *La Revue administrative*, cinquante et unième année, 1998, p. 31 も参照）。ジャン・マソは、「国家参事会幹部の大半、たとえばこんにちマルク＝オリヴィエ・バリュッシュの著作に名前が登場する人物らは、私の世代の者にとっては尊敬すべき同僚であり、責任ある重要ポストに就いていると同時に、過去がまったく語られることがなかった人々である」と書いている（« Le Conseil d'État et le régime de Vichy », art. cité p. 32）。1942 年以降の時期に下された決定を分析し、ジャン・マソは、一部の決定はユダヤ人に対してより中立的であるかよりリベラルであり、他の決定はより厳しいものであったと書く。1941 年 6 月 30 日、国家参事会副議長のポルシェは、司法大臣ジョゼフ・バルテレミーに次のように返信した。「我々としては、国家元首が着手した重要な計画において、ようやく正当な役割を果たすよう要請がなされるものと確信しています」。同年 8 月 19 日には、ペタン元帥臨席のもとで行なわれた国家参事会幹部の宣誓式において、ポルシェは次のように述べた。「元帥殿、今あなたが居られるこの場所は、あなたの参事会です。（中略）このように信頼を寄せていただいて、口先ではなく、心の底から忠誠を誓う以外に、どのような応え方がありうるでしょうか」(Danièle Lochak, « Le Conseil d'État sous Vichy et le Consiglio di Stato sous le fascisme. Éléments pour une comparaison », in *Le Droit administratif en mutation*, Paris, Presses universitaires de France, 1993, p. 15 et 16 より引用)。

(69) Jean-Michel Dumay, *Le Procès de Maurice Papon. La chronique de*

de 1940 à 1944, Paris, Fayard, 1997, p. 150 et 168.

(60) この文は、1997年刊行の著作には掲載されていない。*Le Banquet*, deuxième semestre 1996に見ることができる。ここでは、この雑誌により記述した。

(61) *Idem*, p. 309 et suivantes. Marc-Olivier Baruch, *Servir l'État français, op. cit.*, p. 164–185. この意味において「ヴィシー体制の近視眼的な屁理屈は（中略）グロテスクなデカルト的論理の名において、人々を恐怖に陥れただけであった」（Richard Weisberg, *Vichy, la justice et les Juifs*, Paris, Éditions des Archives contemporaines, 1998, p. 155）。

(62) Marc-Olivier Baruch, *Servir l'État français, op. cit.*, p. 182. 国家参事会に関して、バリュッシュはこう書いている。「国家参事会は、暗黙のうちに、イデオロギー上の前提事項を共有していた」« Le Conseil d' État sous Vichy. Le point de vue », *La Revue administrative*, cinquante et unième année, 1998, p. 61.

(63) Claire Zalc, *Dénaturalisés, op. cit.*, p. 58–59. フランス解放後、レイモン・バカールは追放処分を受けることなく、司法官としてのキャリアを継続し、1955年にレジオン・ドヌール勲章グラン・トフィシエ章を受けた。1940年から44年までこの委員会の副委員長職にあったアンドレ・モルネは、ラヴァル裁判とペタン裁判の折に、首席検事を務めた（前掲書p. 308および318）。クレール・ザルクは、次のように強調している。「帰化取り消しは、フランス領内における最終解決法の実施に寄与した」。彼女によれば、ドイツ側とヴィシーのライバル関係を超えて、「何人かの歴史家が主張したような、ユダヤ人の収容所送りに対する目に見えない抵抗」があったとの証拠はない（前掲書p. 316–317）。

(64) Paul Baudouin, *Neuf mois au gouvernement. Avril-Décembre 1940*, Paris, La Table ronde, 1948, p. 366.

(65) 2010年12月4日土曜日、アサス通りのパリ第二大学で、格の高い会合が持たれた。パリ政治学院でのかつての学友で、行政法の権威となったピエール・デルヴォルヴェ教授の学士院会員選出を祝う会である。この会合で、元国家参事会副議長〔議長職には大統領が就くため、実質的な国家参事会のトップ〕マルソー・ロンは、ジャン・デルヴォルヴェに対する感動的なオマージュの言葉を述べた（Newsletter de Paris II, décembre 2010）。学生時代に、Long, Weil et Braibant, *Les Grands Arrêts de la jurisprudence administrative*（ロン、ヴェイユ、ブレバン『行政法の主要判例』〔行政法の古典的著作〕）で国家の意義を学んだ身としては、動揺しないわけにはいかなかった。Guy Thuilier et Jean Tulard, *Histoire de l'administration française*（ギィ・テュイリエ、ジャン・テュラール『フランス行政機関の歴史』）を読み、感嘆を禁じえなかった者として、私はジャン・テュラールがヴィシーの公務員、たとえば中央官庁の幹部職員に

(48) Olivier Wieviorka, *Nous entrerons dans la carrière*, Paris, Le Seuil, 1994, p. 350.

(49) René Rémond, « La complexité de Vichy », *Le Monde*, 5 octobre 1994.

(50) Jean-Pierre Azéma et François Bédarida (dir.), *La France des années noires*, t. 1, *De la défaite à Vichy*, Paris, Le Seuil, 1993.

(51) Robert Paxton, *La France de Vichy, op. cit.*, p. 314-316.

(52) *Le Monde*, 21 septembre 1994.

(53) François Fourquet, *L'Épuration dans l'administration française*, Paris, CNRS éditions, 1993, p. 235-236.

(54) *Le Monde*, 21 octobre 1994.

(55) アンリ・ルソーにとって、「ヴィシーは妄想に変わってしまった。ヴィシーは幻影となった。それはしばしば、老いてゆく極左主義者にとっての商売道具なのである」(« Vichy et le "cas" Mitterranad », *L'Histoire*, octobre 1994. Éric Conan et Henry Rousso, *Vichy. Un passé qui ne passe pas, op. cit.*, p. 37 et p. 272 et suivantes も参照)。

(56) *Idem*, p. 278, 280 et 285.

(57) Jérôme Cotillon (dir.), *Raphaël Alibert : juriste engagé et homme d'influence. Actes d'un colloque organisé le 10 juin 2004*, Paris, Economica, 2009 参照。

(58) アンリ・ルソーと他の多くの歴史家にとって、ヴィシーの政策の反ユダヤ的側面は、国民革命にとって「中心的ではなかった」(*Le Syndrome de Vichy*, Paris, Le Seuil, p. 185)。逆に、ドミニク・グロは、反ユダヤ政策の優先度の高さを強調し、「国家の政治的、行政的活動において、"ユダヤ人"に対する批判が高まっていた」としている(« Peut-on parler d'un droit antisémite? », in *Le Genre humain*, été-automne 1996, « Le droit antisémite de Vichy », p. 34)。ディジョンでのシンポジウムに基づくこの著作はしっかりした根拠を提示しており、最初にこれらの法学者の文書に実証的な論理と中立性を認めず、また倫理上の関心がなくその悲劇的な結果にも注意を払っていないとしたダニエル・ロシャクの論証に一貫性を与えている(« La doctrine sous Vichy ou les mésaventures du positivisme », *Les Usages sociaux du droit*, Paris, Presses universitaires de France, 1989)。ロシャクによれば「ユダヤ人の排除は、問題のいくつかの文書においては、人種的憎悪もしくは政治的制裁という観点によるものではなく、当然で、自明なものとして提示される。(中略)解説の中立性は、内容を中立化させる。(中略)信じられないことを、信じられるようにするのである」(« Écrire, se taire... Réflexions sur l'attitude de la doctrine française », in « Le Droit antisémite de Vichy », *op. cit.*, p. 437)。

(59) Marc-Olivier Baruch, *Servir l'État français. L'administration en France*

イミングを意図的に見過ごして、さまざまな権力の形態を分析していた。私はまた、この当時の激しい方法論的個人主義をめぐる全体論と個人主義に関する論争についても書いた。Pierre Birnbaum, *Dimensions du pouvoir*, Paris, Presses universitaires de France ; avec Jean Leca (dir.), *Sur l'individualisme*, Paris, Presses de la Fodation nationale des sciences politiques, 1986.

(34) Berthe Burko-Falcman, *Un prénom républicain, op. cit.*, p. 232.

(35) Pierre Birnbaum, *Un mythe politique : la « République juive ». De Léon Blum à Pierre Mendès France*, Paris, Fayard, 1988.

(36) Pierre Birnbaum (dir.), *Histoire politique des Juifs de France*, Paris, Presses de la Fondation nationale des sciences politiques, 1989.

(37) 学術委員会のメンバーには、ピエール・ノラ、フィリップ・ジュタール、アンヌ・グランベール、アンリ・ルソーといった歴史家がいた。Anne Grynberg, « La Maison des enfants d'Izieu ou les aléas de la construction d'un lieu de mémoire(s) », *in* Françoise Ouzan et Dan Michman (dir.), *De la mémoire de la Shoah dans le monde juif*, CNRS éditions, 2008, p. 37.

(38) Pierre Birnbaum, *Les Fous de la République. Histoire des Juifs d'État de Gambetta à Vichy*, Paris, Fayard, 1992.

(39) Michael Marrus, "Vichy before Vichy : Antisemitic Currents in France during the 1930's", *Wiener Library Bulletin*, n° 22, 1980.

(40) Pierre Birnbaum, « Grégoire, Dreyfus, Drancy et Copernic », *in* Pierre Nora (dir.), *Les Lieux de mémoires*, Paris, Gallimard, « Bibliothèque des histoires », série illustrée, t. 3, « Les France », 1992. Pierre Birnbaum, *La France de l'Affaire Dreyfus*, Paris, Gallimard, « Bibliothèque des histoires », 1994 ; *L'Affaire Dreyfus. La République en péril*, Paris, Gallimard, « Découvertes Gallimard », 1994.

(41) Pierre Birnbaum, *« La France aux Français ». Histoire des haines nationalistes*, Paris, Le Seuil, 1993 (réédité en 2006).

(42) Éric Conan et Henry Rousso, *Vichy. Un passé qui ne passe pas, op. cit.*, p. 65.

(43) Pierre Péan, *Une jeunesse française. François Mitterrand, 1934-1947*, Fayard, 1994, p. 210.

(44) *Tribune juive*, 29 septembre 1994.

(45) Pierre Péan, *Une jeunesse française. op. cit.*, p. 203.

(46) Yves Déloye, *École et Citoyenneté. L'individualisme républicain de Jules Ferry à Vichy : controverses*, Paris, Presses de la Fondation nationale des sciences politiques, 1994.

(47) *La Croix*, 14 septembre 1994.

France, 1967.

(23)　Michel Bergès, *Démystifier Maurice Duverger, alias « Philippe Orgène ». Le devoir des historiens du politique*, Bordeaux, université de Bordeaux, avril 2015.

(24)　著者の知的な歩みについては、以下を参照。Pierre Birnbaum, *Les Désarrois d'un fou de l'État*, entretiens avec Jean Baumgarten et Yves Déloye, Paris, Albin Michel, « Itinéraires du savoir », 2015.

(25)　Pierre Birnbaum, *Le Peuple et les Gros. Histoire d'un mythe*, Paris, Grasset, 1979（nouvelle édition : Paris, Pluriel, 2016）.

(26)　ジャニーヌ・ブルダン（Janine Bourdin）による書評。*Revue française de science politique*, n° 3, 1973, p. 630 et suivantes. これに対し、後にニコル・ラシーヌ＝フュルロ（Nicole Racine-Furlaud）は、マイケル・マラスとロバート・パクストンの共著を高く評価する書評を書いている。Michael Marrus et Robert Paxton, *Vichy et les Juifs*. ラシーヌ＝フュルロにとって、「きわめて高い歴史的価値を持つ著作であり、いまだにフランス国民の良心に課題を投げかけ続けているこの時代を知る上で必読の書である」（*Revue française de science politique*, 1983. n° 4, p. 742）。

(27)　Moshik Temkin, « "Avec un certain malaise" : The Paxtonian Trauma in France, 1973-1974 », *Journal of Contemporary History*, April 2003 ; John Sweets, « Chaque livre est un évènement: Robert Paxton et la France, du briseur de glace à l'iconoclaste tranquille » *in* Sarah Fishman, Laura Lee Downs, Ioannis Sinanoglou ; Leonard Smith et Robert Zaretsky（dir.）, *La France sous Vichy. Autour de Robert Paxton*, Complexe, 2004, p. 34-35.

(28)　Robert Paxton, *La France de Vichy, 1940-1944*, Paris, Le Seuil, 1973, p. 252.

(29)　Pierre Birnbaum, *Les Sommets de l'État*, Paris, Le Seuil, 1977 ; Bertrand Badie et Pierre Birnbaum, *Sociologie de l' État*, Paris, Grasset, 1979（邦訳：『国家の歴史社会学［再訂訳版］』小山勉／中野裕二訳、吉田書店、2015 年）; Pierre Birnbaum, *La Logique de l' État*, Paris, Fayard, 1982.

(30)　Pierre Birnbaum（dir.）, *Les Élites socialistes au pouvoir*, Paris, Presses universitaires de France, 1983.

(31)　Michael Marrus et Robert Paxton, *Vichy et les Juifs*, *op. cit.* Robert Paxton, « Comment Vichy aggrava le sort des Juifs en France », *Le Débat*, 2015, vol. 1, n° 183 も参照。

(32)　Serge Klarsfeld, *Vichy-Auschwitz. « La solution finale » de la question juive en France*, Paris, Fayard, 1983.

(33)　ヴィシーに関心を持つそぶりを見せずに、私はこのヴィシー回帰というタ

これを評価している *(Composition française, op. cit.)*。

(8) Abbé Grégoire, *Est-il des moyens de rendre les Juifs plus utiles et plus heureux ? Le Concours de l'Académie de Metz (1787)*, édité et commenté par Pierre Birnbaum, Le Seuil, « L'Univers historique », 2017.

(9) フランス解放後の数年間を思い起こして、レイモン・アロンはこの時代には「同化が非常に速く進んだ」と強調している(Conférence prononcée au B'nai B'rith de France, le 21 février 1951, *in* Raymond Aron, *Essais sur la condition juive contemporaine*, textes réunis et annotés par Perrine Simon-Nahum, Paris, éditions de Fallois, 1989, p. 31)。

(10) François Azouvi, *Le Mythe du grand silence. Auschwitz, les Français, la mémoire*, Paris, Gallimard, « Folio Histoire », 2015.

(11) François Azouvi, *Le Mythe du grand silence, op. cit.*, p. 564.

(12) Simon Perego, « *Pleurons-les, bénissons leurs noms* », *Les commémorations de la Shoah et de la Seconde Guerre mondiale dans le milieu juif parisien entre 1944 et 1967. Rituels, mémoires, identités*, thèse de doctorat en histoire, soutenue le 7 décembre 2016 à l'Institut d'études politiques de Paris, p. 175 et suivantes, et p. 280 et suivantes 参照。

(13) Tom Segev, *Le Septième Million*, Liana Levi, 1993, p. 225.

(14) アニー・クリエジェルは、この記憶喪失について自問し、「ユダヤ人の歴史の悲劇的な時期において、あるいはむしろその直後において、記憶喪失は共同体の防衛が再組織されるまでの間、人々が生き延びることを可能とした療法ではなかった」のではないかと述べている(« Les intermittences de la mémoire », *Pardès*, 1989, n° 9-10, p. 251)。

(15) Nicole Lapierre, « Le sauve-qui-peut de la politique et du savoir », *in* Danielle Bailly (dir.), *Enfants cachés. Analyses et débats, op. cit.*, p. 96.

(16) Pierre Pachet, *Autobiographie de mon père, op. cit.*, p. 85.

(17) Jacques et Mona Ozouf, avec la collaboration de Véronique Aubert, *La République des instituteurs*, Paris, Gallimard-Le Seuil, 1992.

(18) この地区については、以下を参照願いたい。Anne Grynberg, « Être juif près de la République », in Bertrand Badie et Yves Déloye (dir.), *Le Temps de l'État. Mélanges en l'honneur de Pierre Birnbaum*, Paris, Fayard, 2007.

(19) Nathalie Zajde, *Les Enfants cachés en France, op. cit.*, p. 205.

(20) Boris Cyrulnik, *Sauve-toi, la vie t'appelle, op. cit.*, p. 218.〔訳書 240 頁〕

(21) Danielle Bailly (dir.), *Traqués, cachés, vivants, op. cit.*, p. 49-51 の Charles Zelwer の証言を参照。彼は私と同じ 1940 年生まれで、CNRS 研究員となった。

(22) Edmond Goblot, *La Barrière et le Niveau*, Paris, Presses universitaires de

(131) Archives de Paris, AP 1994 W 5. 建物工事詳細図は、物件内部の詳細の他、1960年代までの家賃の支払い額についても記録している（AP D1P4 2032）。1960年代末には、ロー家の人々はこの建物の一階を回復したうえで、貸し出した（AP 3966 W 287）。物件の回復の過程については、以下を参照願いたい。Shannon Fogg, *Stealing Home. Looting, Restitution and Reconstructing Jewish Lives in France, 1942-1947*, Oxford, Oxford University Press, 2017. Leora Auslander, "Coming Home ? Jews in Postwar Paris", *Journal of Contemporary History*, vol. 40, n°2, April 2005 も参照。

(132) 1947年9月11日、ルルド警察署長は特別居住者の資格の付与に同意するとの見解を述べている（AD HP 1214 W 1209, dossier n°19251）。両親の帰化に関する文書は、ともにAN 10587 X 48 に保存されている。帰化承認の政令には、アンリ・クイユ首相が署名した。

(133) AN 10587 X 48.

(134) *Idem.*

(135) AD HP 1214 W 1116. 1938年には、父に関する資料が、Jakob Birnbaum の名で作成されていた（AN 30812 Direction générale de la sûreté nationale [fonds de Moscou], carton 19940508/263）。この資料には、父の出生地と生年月日以外にはほとんど情報がない。1930年代に作成された外国人警察の両親に関する資料（APP 328w）には、「帰化」との記載がある。

(136) AN 10587 X 48.

(137) *Idem.* 1949年3月20日付官報に掲載された。

(138) Archives de Paris, calepin de propriété bâtie, D1P4 2037.

Ⅱ 「フランス国《エタ・フランセ》」が私を殺した

(1) Mona Ozouf, *L'École de la France. Essais sur la Révolution, l'utopie et l'enseignement*, Paris, Gallimard, « Bibliothèque des histoires », 1984, p. 10.

(2) Eugen Weber, *La Fin des terroirs*, Paris, Le Seuil, 1983.

(3) François Chanet, *L'École républicaine et les Petites Patries*, Paris, Aubier, 1996.

(4) Mona Ozouf, *Composition française*, Paris, Gallimard, 2009, p. 6. Pierre Birnbaum, « La fiction du même », *Critique*, août-septembre 2016 を参照。

(5) Mona Ozouf, *Composition française, op. cit.*, p. 148.

(6) ベルト・ビュルコ＝ファルクマンは、自分の共和国的な名前のために、「亡命先にいるかのように感じる。名前が、私自身と一致することを妨げているのである」と書いている（Berthe Burko-Falcman, *Un prénom républicain*, Paris, Le Seuil, 2007, p. 13）。

(7) モナ・オズーフは、「多くの人々が強権的改変に執拗に抵抗した」として、

(112) Régine Waintrater, *Sortir du génocide. Témoigner pour réapprendre à vivre*, Paris, Payot, 2003.

(113) Danielle Bailly (dir.), *Traqués, cachés, vivants. Des enfants juifs en France (1940-1945)*, Paris, L'Harmattan, 2004 に掲載された証言（37 頁以降）を参照願いたい。

(114) Nathalie Zajde, *Les Enfants cachés en France, op. cit.*, p. 24.

(115) Jean-Pierre Guéno (dir.), *Paroles d'étoiles. Mémoires d'enfants cachés, 1939-1945*, Paris, Librio, avec Radio France, « Documents », 2002. P. 81 et 96.

(116) Boris Cyrulnik, *Sauve-toi, la vie t'appelle*, Paris, Odile Jacob, 2014, p. 150 et 174.〔邦訳：ボリス・シリュルニク『憎むのでもなく、許すのでもなく——ユダヤ人一斉検挙の夜』林昌宏訳、吉田書店、2014 年、164 頁および 191 頁。本文中の引用は、邦訳書による〕

(117) Nathalie Zajde, *Les Enfants cachés en France, op. cit.*, p. 12.

(118) François Roustang, *La Fin de la plainte*, Paris, Odile Jacob, 2001.

(119) Régine Waintrater, « Témoignage et reconstruction identitaire » *in* Danielle Bailly (dir.). *Enfants cachés. Analyses et débats, op. cit.*, p. 144.

(120) Éric Conan et Henry Rousso, *Vichy. Un passé qui ne passe pas*, Paris, Fayard, 1994.

(121) Pierre Laborie, *Les Français des années troubles*, Paris, Desclée de Brouwer, 2001, p. 27 et 93.

(122) Laurent Joly, *L'État contre les Juifs, op. cit.*, p. 140.

(123) AD HP, 32 W, art. 8. ここにもまた間違いがある。私はリモージュではなく、ルルドで生まれた。姉のイヴォンヌは 11 月 1 日ではなく、2 日生まれである。

(124) 個人資料による。

(125) José Cubéro, *Les Hautes-Pyrénées dans la guerre, op. cit.*, p. 251 et suivantes.

(126) Georges Perec, *W ou le souvenir d'enfance*, Denoël, 1975, p. 21.

(127) AD HP 1214 W 1116, dossier n° 17500.

(128) ルルド警察署長の報告のうち、母に関する部分を参照。AD HP 1214 W 1209, dossier n° 19251.

(129) Anne Grynberg, « Des signes de résurgence de l'antisémitisme dans la France de l'après-guerre (1945-1953) ? », *Les Cahiers de la Shoah*, n° 5, 2001.

(130) Florent Le Bot, « La solitude des Juifs spoliés confrontés au problème de la récupération de leurs biens après l'Occupation », *Archives juives*, 2016, vol. 2, p. 29.

イヴァン・ジャブロンカ『私にはいなかった祖父母の歴史――ある調査』田所光男訳、名古屋大学出版会、2017年〕。ピエール・パシェは、むしろ作家として自分の父親の肖像を描いたが、それはその出自、性格、控えめな態度、孤独から、私にとても近いように思われた。Pierre Pachet, *Autobiographie de mon père*, Paris, Biblio, 2006 (première edition, 1987).

(101) Ruth Klüger, *Refus de témoigner. Une jeunesse*, Paris, Viviane Hamy, 1997.

(102) Pierre Nora, « L'historien, le pouvoir et le passé », in *Esquisse d'ego-histoire*, Paris, Desclée de Brouwer, 2013, p. 80 参照。

(103) Tal Bruttmann, Ivan Ermakoff, Nicolas Mariot et Claire Zalc, « Changer d'échelle pour renouveler l'histoire de la Shoah » in *Le Genre humain*, septembre 2012, « Pour une microhistoire de la Shoah », sous la direction de Claire Zalc, Tal Bruttmann et Nicolas Mariot, p. 11-13.

(104) Ivan Jablonka, « Écrire l'histoire de ses proches », *in* Tal Bruttmann *et alii*, « Pour une microhistoire de la Shoah », *op. cit.*, p. 40.

(105) Michael Stanislawski, *Autobiographical Jews. Essays in Jewish Self-Fashioning*, Seattle, University of Washington Press, 2004, p. 9.

(106) Alain Dewerpe, *Charonne, 8 février 1962. Anthropologie d'un massacre d'État*, Gallimard, « Folio », 2006, p. 19.

(107) Ruth Chemla-Perez, *Enfants et adolescents juifs en France pendant la Seconde Guerre mondiale. Vie quotidienne et mémoire (le cas de la zone sud)*, mémoire de maîtrise, université de Toulouse-Le Mirail, CDJC, p. 98.

(108) Marion Feldman, *Entre trauma et protection : quel devenir pour les enfants juifs cachés en France (1940-1942)*, Toulouse, Érès, 2009, p. 287.

(109) マリオン・フェルドマンは、以下のように指摘している。「匿われた子供は、すべてについてありがとうと言わなくてはならない。そして、公の場で怒りを表現する勇気がない。この人々は自分の境遇について決して語らず、外部に対して非常にうまく順応する」(Marion Feldman, *Entre trauma et protection, op. cit.*, p. 102)。

(110) Nathalie Zajde, *Les Enfants cachés en France*, Paris, Odile Jacob, 2012, p. 71.

(111) Susan Suleiman, "The 1.5 Generation. Thinking about Child Survivors and the Holocaust", *American Imago*, Johns Hopkins University Press, vol. 59, n°3, autumn 2002. 彼女自身の体験については、以下を参照。*Risking Who One Is. Encounters with Contemporary Art and Literature*, Cambridge, Harvard University Press, 1994, chap. 11; *Retours, Journal de Budapest*, Saint-Pourçain-sur-Sioule, Bleu autour, « D'un lieu l'autre », 1999.

enfants cachés de Massip, mémoire de master première année en histoire, université Paris-Ouest Nanterre, 2016, CDJC 3 40190. マイケル・マラスとロバート・パクストンによれば、全般的には「ユダヤ人に対して最も冷たかった地域は農業地帯の村や小都市である。そうした場所では、物資の供給をめぐって摩擦や緊張が存在し、同時に“外国人（部外者）”に慣れていないという事情も重なった」としている。二人は「民衆的な反ユダヤ主義は、ローヌ河渓谷、ピレネーおよびプロテスタントが強い地域ではより弱かった」と強調している（Michael Marrus et Robert Paxton, *Vichy et les Juifs*, Paris, Calmann-Lévy, 2015, p. 271-272）。

(86) Alain Corbin, *Les Cloches de la terre*, Paris, Albin Michel, 1994.〔邦訳：アラン・コルバン『音の風景』小倉孝誠訳、藤原書店、1997 年〕

(87) この記録簿は、現在ではタルブの県公文書館に保存されている。

(88) オメックス村役場の婚姻登録簿による。

(89) 2014 年 1 月 27 日のオデット・エスカレの証言。個人資料。

(90) 2014 年 1 月 30 日のイヴォンヌ・レルベイの証言。個人資料。

(91) 2014 年 1 月 17 日のモニック・ボルデールの証言。個人資料。

(92) José Cubéro, *Les Hautes-Pyrénées dans la guerre, op. cit.*, p. 164 および同じ著者の « La vallée de Batsurguère（1940-1944）», *Arkheia*, n° 23-24, 2011, p. 90 参照。

(93) M. Bénézech, *Résistance en Bigorre*, Comité départemental de la Résistance en Hautes-Pyrénées, 1989.

(94) José Cubéro, « La vallée de Batsurguère（1940-1944）», *op. cit.*, p. 90.

(95) モニック・ボルデールへの聞き取り（2013 年 5 月）による。個人資料。

(96) セギュス村のモニック・ボルデール、オメックス村のベルト・ボルドとマドレーヌ・ストリックの証言を参照のこと。アニック・バローとマドレーヌ・ストリックが聞き取ったもので、オート＝ピレネー県公文書館で記録を保存予定である。この記録を提供してくれたアニック・バローに謝意を表したい。

(97) Deborah Dwork, *Children with a Star. Jewish Youth in Nazi Europe*, New Haven, Yale University Press, 1993.〔邦訳：デボラ・ドワーク『星をつけた子供たち――ナチ支配下のユダヤの子供たち』芝健介監修、甲斐明子訳、創元社、1999 年〕

(98) Yosef Hayim Yerushalmi, *Zakhor. Histoire juive et mémoire juive*, Paris, Gallimard, « Tel », 1991, p. 11.

(99) Annette Wieviorka, *L'Ère du témoin*, Paris, Plon, 1998, p. 150.

(100) 数多くの、そして多種多様な資料を用いて、歴史家の立場から自らの祖父母の生涯を語ったのは、イヴァン・ジャブロンカである。Ivan Jablonka, *Hisoire des grands-parents que je n'ai pas eus. Une enquête*, Le Seuil, 2012.〔邦訳：

(69) AD HP 14 W art. 8.

(70) Gérard Sébastien, *La Police de Vichy dans les Hautes-Pyrénées, op. cit.*, p. 119.

(71) AD HP 21 W 123-125, CDJC.

(72) 個人資料。

(73) *Un récit de « meurtre rituel » au Grand Siècle. L'affaire Raphaël Lévy, Metz, 1669*, Fayard, 2008. *Est-il des moyens de rendre les Juifs plus utile et plus heureux ? Le consours de l'Académie de Metz (1787)*, Le Seuil, 2017.

(74) AD HP 1214 W 1116, dossier n° 17500.

(75) AD HP 2 MI 20 33 W 9, CDJC.

(76) Émilienne Eychenne, *Pyrénées de la liberté*, Toulouse, Privat, 1998 ; Bartolomé Bennassar, « Le passage des Pyrénées », *Les Cahiers de la Shoah*, 2001/1, n° 5.

(77) Léon Poliakov, *La Condition des Juifs en France sous l'occupation italienne*, Éditions du Centre, 1946, p. 25. David Rodogno, « La politique des occupants italiens à l'égard des Juifs en France métropolitaine », *Vingtième Siècle*, 2007, n° 93 も参照のこと。

(78) AD HP 2 MI 20 33 W 9, CDJC.

(79) AD HP 2 MI 20 12 W 67, CDJC.

(80) AD HP 2 M 21 12 W 70, CDJC. ノエ収容所については、以下を参照。Éric Malo, « Le camp-hôpital de Noé, antichambre d'Auschwitz (août-septembre 1942) » in Monique-Lise Cohen et Éric Malo (dir.), *Les Camps du sud-ouest de la France, 1933-1944. op. cit.*, また同じ筆者による « Les camps de la région toulousaine, 1940-1944 », in *Les Juifs à Toulouse et en Midi toulousain au temps de Vichy, op. cit.*, さらに « Le camp de Noé (Haute-Garonne) de 1941 à 1944 », *Annales du Midi*, 1988, n° 183 を参照。この著者は、「ノエ－アウシュヴィッツ・ライン」が形成されたことを強調している。*Le Camp de Noé, des origines à novembre 1942*, mémoire de maîtrise d'histoire, université de Toulouse, 1985, CDJC 3, 17768.

(81) AJ 38/2353, dossier n° 17047.

(82) Renée Poznanski, *Être juif en France pendant la Seconde Guerre mondiale, op. cit.*, p. 573 et suivantes.

(83) *La Vallée de Batsurguère*, Lourdes, Atlantica, 2011 中の Loïc Berranger, Jean-François Labourie および Robert Vié の非常に優れた論文を参照願いたい。

(84) Henri Lefebvre, *Pyrénées*, éditions Cairn, 2000, p. 85 et 189-190. ルフェーヴルは、ピレネーの近年の歴史に関して、この側面には触れていない。

(85) Florence Delzons, *Aveyron, 1940-1944. Un couvent entre en guerre, les*

(51) AD HP W art. 8.

(52) *Idem.*

(53) これらの大量検挙に関しては、以下を参照願いたい。Renée Poznanski, *Les Juifs en France pendant la Seconde Guerre mondiale*, Paris, Hachette, 1997, p. 371 et suivantes.

(54) AD HP 2 MI 20 12 57, CDJC. ギュルス（中継収容所）については、以下を参照願いたい。Claude Laharie, *Le Camp de Gurs, 1939-1945. Un aspect méconnu de l'histoire du Béarn*, Infocampo, 1985. 収容所全般、特にフランス南西部に多数存在した収容所については、次を参照。Anne Grynberg, *Les Camps de la honte*, Paris, La Découverte, 1999 (deuxième édition), chap. 10.

(55) AD HP 2 M 21 12 W 70, CDJC.

(56) *Idem.* 彼はその後ギュルスを経て、収容所に移送された。

(57) *Idem.*

(58) Pierre Laborie, *L'Opinion française sous Vichy*, Le Seuil, 1990.

(59) AD HP 2 M 21 12 W 70, CDJC.

(60) Nathalie Vallez, *La Vie quotidienne des Juifs en Béarn sous l'Occupation, 1940-1944*, mémoire de maîtrise d'histoire, université Toulouse-Le Mirail, 1994-1995, CDJC 3 20564, p. 70.

(61) AD HP 14 W 28, CDJC. 多数の警察の報告書が、1942 年 7 ～ 8 月の一斉検挙に対する世論の否定的反応について記述している。Asher Cohen, *Persécutions et Sauvetages. Juifs et Français sous l'Occupation et sous Vichy*, Paris, Cerf, 1993, p. 300 et suivantes 参照。

(62) リヨン大司教のジェルリエ猊下と、マルセイユ司教のドゥレー猊下も、一切容赦をしない逮捕に対して抗議した。

(63) Nathalie Vallez, *La Vie quotidienne des Juifs en Béarn sous l'Occupation, 1940-1944*, *op. cit.*, p. 76 より引用。この報告書は、以下にも引用されている。Serge Klarsfeld, *Le Calendrier de la persécution des Juifs de France*, Paris, Fayard, 2001, t. 2, p. 1204. 隣接するバス＝ピレネー県については、以下を参照。Laurent Jalabert (dir.), *Les Basses-Pyrénées pendant la Seconde Guerre mondiale (1939-1945). Bilans et perspectives de recherches*, Pau, Presses de l'université de Pau et des Pays de l'Adour, 2013.

(64) Isabelle Raymondis, *Le Commissariat général aux questions juives à Toulouse*, *op. cit.*, p. 133.

(65) *Idem*, p. 135.

(66) AD HP 2 M 21 12 W 70, CDJC.

(67) AD HP 2 MI 25 32 W 7, CDJC.

(68) AD HP 21 W 123-125.

(36) *Idem*, p. 40.

(37) AD HP 2 M 21 12 W 70, CDJC.

(38) *Idem*. この一連の文書には、ルルドの警察署のファイル（日付なし）が含まれており、事実関係における間違いが散見される別のリストが含まれる。

ビルンボーム・ジャコブ、ボール紙・皮革製品職人、フランス入国日 33 年 11 月 3 日、P-H-P

ビルンボーム（出生時の姓キュプフェルマン）・リュート、18 年 12 月 24 日、ポーランド人、無職、33 年 11 月 3 日

ビルンボーム・イヴォンヌ、47 年（ママ）11 月 2 日パリ生まれ、ポーランド人、無職、P-H-P

ビルンボーム、40 年 7 月 19 日ルルド生まれ、ポーランド人、P-H-P

母は 1918 年ではなく、1912 年生まれ。姉は 1947 年ではなく 1937 年生まれ。姉も私も、届け出を行なうことでフランス国籍を持っており、ポーランド人ではない。この年齢で、職業があるはずもない。私は 1941 年 6 月に、名を失ったことになる。

(39) Laurent Joly, *Vichy dans la « Solution finale », op.cit.*, p. 573.

(40) Céline Marrot-Fellag Ariouet, *Les Enfants cachés juifs pendant la Seconde Guerre mondiale*, mémoire de maîtrise de l'université de Versailles-Saint-Quentin, octobre 1998, p. 82.

(41) Renée Poznanski, *Être juif en France pendant la Seconde Guerre mondiale*, Paris, Hachette, 1994, p. 119 et suivantes. 他のユダヤ人（多くの場合ポーランド人）の逃走、届け出、あるいは逮捕については、Nicolas Mariot et Claire Zalc, *Face à la persécution. 991 Juifs dans la guerre*, Paris, Odile Jacob, 2010 を参照。

(42) CDJC XVII-23 (89).

(43) Gérard Sébastien, *La Police de Vichy dans les Hautes-Pyrénées*, Nouvelles Éditions Louis Rabier, 2017, p. 82 を参照のこと。

(44) AD HP 2 MI 20 12 57, CDJC.

(45) この赤字による記載は、偽造防止のために穴を開ける新型の機器を用いたものではなかった。Pierre Piazza, *Histoire de la carte d'identité*, Odile Jacob, 2004, p. 242. この本の 11 章と 12 章は、ヴィシー期における身分証の利用価値を高めるための加工についての非常に詳しい分析を提示している。

(46) AD HP 1214 W 1116, dossier n° 17500.

(47) AD HP 1214 W 1209, dossier n° 19251.

(48) Sandrine Malou, *Les Juifs des Hautes-Pyrénées, op. cit.*, p. 42-43.

(49) AD HP 14 W 28.

(50) AD HP 14 W art. 8.

1995-1996, CDJC 3, 20573, p. 27.

(24) Archives de Paris, AD D1P4 2881. 1933 年 11 月にパリに到着した両親は、1934 年 9 月までガリアルディニ小路 3 番地に、次いで 1936 年 3 月までアルシーヴ通り 78 番地に、1936 年 4 月 1 日から 1954 年までヴォルタ通り 39 番地で暮らした。この年に 18 区のコーランクール通り 58 番地に転居し、1980 年代になってヌイー＝シュル＝セーヌに引っ越した。この時期のプレッツルについては、以下を参照願いたい。Nancy Green, *Les Travailleurs immigrés juifs à la Belle Époque. Le Pletzl de Paris*, Paris, Fayard, 1985.

(25) APP ID 16-4.

(26) CGQJ 資料 30 点を含む全資料を参照願いたい（AJ 38/2353, dossier 17047, *op. cit.*）。経済上の接収のプロセス全般に関しては、Antoine Prost (dir.), *Aryanisation économique et Restitution*, Paris, La Documentation française, 2000 がある。革製品製造業については、Florent Le Bot, *La Fabrique réactionnaire. Antisémitisme, spoliations et corporatisme dans le cuir (1930-1950)*, Paris, Presses de Sciences Po, 2007 を参照。

(27) コントワール・エ・アトリエ・ピレネヤンというこの工場はルネ・ブロックが経営しており、CGQJ の厳しい監視の対象となっていた（CDJC XVII-23 [89]）。

(28) *Journal Officiel*, 19 juillet 1940 を参照。CDJC XVII-23 (89) も参照。

(29) AD HP 2 MI 23 W 89 参照。また、AD HP 12 W 69 も参照。それでもオート＝ピレネー県のユダヤ人の大半は、ユダヤ人であることを認めていた。

(30) CGQJ の設置は、1941 年 3 月 8 日の閣議後のコミュニケで発表された。Laurent Joly, *Vichy dans la « Solution finale ». Histoire du Commissariat général aux questions juives, 1941-1944*, Paris, Grasset, 2006, p. 128.

(31) José Cubéro, *Les Hautes-Pyrénées dans la guerre. 1938-1948, op. cit.*, p. 100 より引用。

(32) Jean Estèbe, « L'antisémitisme d'État », in *Les Juifs à Toulouse et en Midi toulousain au temps de Vichy*, Toulouse, Presses universitaires du Mirail, 1996, p. 40 et suivantes.

(33) Tal Bruttmann, *La Logique des bourreaux (1943-1944)*, Paris, Hachette, 2003, p. 84 より引用。

(34) Laurent Joly, *Vichy dans la « Solution finale », op. cit.*, p. 433 より引用。

(35) Isabelle Raymondis, *Le Commissariat général aux questions juives à Toulouse (1941-1944)*, mémoire de maîtrise, octobre 1990, CDJC p. 38. Jean Estèbe, « La vie des Juifs dans le Midi toulousain », *in* Monique-Lise Cohen et Eric Malo (dir.), *Les Camps du sud-ouest de la France. 1933-1944*, Toulouse, Éditions Privat, 1994.

(11)　Lieux.loucrup65.fr/hopitaldelourdes.htm
(12)　Franz Werfel, *Le Chant de Bernadette*, Paris, Albin Michel, 2014.
(13)　Lisa Fittko, *Le Chemin des Pyrénées. Souvenirs (1940-1941)*, Paris, Maren Sell, 1987.
(14)　Éric Alary, « Les Juifs et la ligne de démarcation (1940-1943) », *Les Cahiers de la Shoah*, 2001, n° 5.
(15)　1889年の国籍法は、フランスで出生した子供は父親がフランス国籍を子供のために請求しさえすればフランス人となると定めていた。Patrick Weil, *Qu'est-ce qu'un Français ?*, Paris, Gallimard, « Folio », 2005, p. 98 et suivants.〔邦訳：パトリック・ヴェイユ『フランス人とは何か――国籍をめぐる包摂と排除のポリティクス』宮島喬／大嶋厚／中力えり／村上一基訳、明石書店、2019、100ページ以降〕
(16)　Laurent Joly, *L'État contre les Juifs*, Paris, Grasset, 2018, p. 39.
(17)　Dominique Rémy, *Les Lois de Vichy*, Paris, éditions Romillat, 1992 ; Claire Andrieu (dir.), *La Persécution des Juifs de France (1940-1944) et le rétablissement de la légalité républicaine. Recueil des textes officiels, 1940-1999*, mission d'études sur la spoliation des Juifs de France, Paris, La Documentation Française, 2000を参照のこと。
(18)　Claire Zalc, *Dénaturalisés. Les retraits de nationalité sous Vichy*, Paris, Le Seuil, 2016. 国籍を剥奪された者の中には、「1927年以降にフランスで出生し、両親が“フランス人”として届け出た未成年者」が含まれた(p. 47)。クレール・ザルクによれば、この措置は「共和制との間の断絶を示しており（中略）共和国の法の特性である非遡及性の原則を否定している」（同書 p. 51)。
(19)　AN, dossier n° 10587 X 48.
(20)　Laurent Joly, « Raphaël Alibert et la législation de la "révolution nationale". Vichy juillet 1940-janvier 1941 » *in* Jerôme Cotillon (dir.), *Raphaël Alibert. Juriste engagé et homme d'influence à Vichy*, Paris, Economica, 2009. アリベールは1947年5月7日に欠席裁判で死刑を宣告され、国外に亡命した。1959年にドゴール将軍とミシェル・ドブレにより恩赦されて帰国。1963年没。
(21)　Michaël Iancu, *Vichy et les Juifs. L'exemple de l'Hérault (1940-1944)*, Montpellier, Presses universitaires de la Méditerranée, 2007, p.28, 40 et 109より引用。
(22)　1941年のユダヤ人人口調査によれば、バス＝ピレネー県には2525人、オート＝ピレネー県には1443人のユダヤ人がいた。AN AJ 38 295。多数のユダヤ人が調査に応じなかったため、その人数はさらに多かったものと思われる。
(23)　Sandrine Malou, *Les Juifs des Hautes-Pyrénées*, maîtrise d'histoire soutenue à l'université de Pau et des pays de l'Adour pour l'année universitaire

原注

序　オメックスへの帰還

（1）　Pierre Assouline, « Pierre Birnbaum se met à table », *L'Histoire*, mai 2013.

Ⅰ　最初の情景

（1）　ユダヤ人問題庁の報告書 AJ38/2353, dossier 17047. この日付は、両親に関する資料 AD HP 1214 W 1209, n° 19251 および 1214 W 1116, n° 17500 にて確認。

（2）　Chantal Touvet et Henry Branthomme, *Histoire des sanctuaires de Lourdes*, Notre-Dame de Lourdes, éditions des Sanctuaires de Notre-Dame de Lourdes, 2005.

（3）　José Cubéro, *Les Hautes-Pyrénées dans la guerre. 1938-1948*, Paris, éditions Cairn, 2013, p. 72-73 より引用。

（4）　Claude Langlois, « Le régime de Vichy et le clergé, d'après les Semaines religieuses des diocèses de la zone libre », *Revue française de science politique*, 1972, n° 4 ; Sylvie Bernay, *L'Église de France face à la persécution des Juifs (1940-1944)*, Paris, CNRS éditions, 2012 ; Frédéric Le Moigne, *Les Évêques français de Verdun à Vatican II. Une génération en mal d'héroïsme*, Rennes, Presses universitaires de Rennes, 2017, chap. 5.

（5）　José Cubéro, *op. cit.*, p. 88 より引用。Stéphane Baumont, *Histoire de Lourdes*, Toulouse, Privat, 1993 も参照のこと。

（6）　Les-esprits-libres.les-forums.com/topic/1280/20-avril-1941-petain-a-lourdes/.

（7）　AD HP 14 W, art. 8.

（8）　Ruth Harris, *Lourdes, Body and Spirit in the Secular Age*, London, Penguin Books, p. 279 et 364.　Élisabeth Claverie, « Parcours politique d'une apparition : le cas de Lourdes », *Archives de sciences sociales des religions*, janvier-mars 2009, p. 126 も参照願いたい。

（9）　Pierre Birnbaum, *Le Moment antisémite. Un tour de France en 1898*, Paris, Fayard, 1998（nouvelle édition, Paris, Pluriel, 2015）.

（10）　Émile Zola, *Lourdes*, Paris, Gallimard, « Folio », 1995, p. 111, 214, 216, 230, 395, 536 et 573.　Frédéric Gugelot, « Les deux faces de Lourdes : *Lourdes* de Zola et *Les Foules de Lourdes* de Huysmans », *Archives de sciences sociales des religions*, juillet-septembre 2010, p. 217-218 も参照のこと。

ラグランジュ，モーリス　Lagrange, Maurice　122-124, 126, 137, 139
ラシーヌ=フュルロ，ニコル　Racine-Furlaud, Nicole　242
ラパポール，ロラン　Rappaport, Roland　104
ラバルト，アンドレ　Labarthe, André　156
ラブリ，ジャン=フランソワ　Labourie, Jean-François　5
ラミラン，ジョルジュ　Lamirand, Georges　170
ランズマン，クロード　Lanzmann, Claude　101
リガル（警部）　Rigal (inspecteur)　151
リペール，ジョルジュ　Ripert, Georges　120
ルーセル，ジャン=マリー　Roussel, Jean-Marie　125, 127
ルクレール（将軍）　Leclerc (général)　75
ル・クール=グランメゾン，ジャン　Le Cour-Grandmaison, Jean　23
ルゲ，ジャン　Legay, Jean　149, 150
ル・ジャンティ，ルネ　Le Gentil, René　31-33, 131, 132, 145, 157
ルスタン，フランソワ　Roustang, François　68
ルソー，アンリ　Rousso, Henry　109, 111, 119, 120, 231, 239-241
ルフェーヴル，アンリ　Lefebvre, Henri　50, 51, 248
ル・ペン　Le Pen　107
レーナルト，ローラン　Leenhardt, Roland　169
レキュサン，ジョゼフ　Lécussan, Joseph　23-25, 131
レニカ，フレデリック　Lenica, Frédéric　197
レモン（猊下）　Rémond (Monseigneur)　164
レモン，ルネ　Rémond, René　114-116, 120
ロー，エミール　Raux, Émile　21, 73, 74, 84, 244
ロシャク，ダニエル　Lochak, Danielle　240
ロブ，マルセル　Lob, Marcel　167
ロマネ，アンドレ　Romanet, André　171
ロン，マルソー　Long, Marceau　239

ペレック，ジョルジュ　Perec, Georges　67, 71
ベロー，アンリ　Béraud, Henri　181
ベンヤミン，ヴァルター　Benjamin, Walter　15
ボー，オリヴィエ　Beaud, Olivier　223
ボードワン，ポール　Baudouin, Paul　125
ボナール，ロジェ　Bonnard, Roger　120
ポリアコフ，レオン　Poliakov, Léon　155, 161, 169
ポリツェール，ジョルジュ　Politzer, Georges　91
ポルシェ，アルフレッド　Porché, Alfred　139, 238
ボワサール，ソフィー　Boissard, Sophie　197

【マ行】

マクロン，エマニュエル　Macron, Emmanuel　188, 190, 192, 193, 198, 224, 225
マス，ピエール　Masse, Pierre　173, 229
マソ，ジャン　Massot, Jean　238
マテオリ，ジャン　Mattéoli, Jean　194
マーラー，アルマ　Mahler, Alma　15
マラス，マイケル　Marrus, Micheal　100, 105, 231, 242, 247
マルクー，ジャン　Marcou, Jean　238
マルクス，カール　Marx, Karl　98
マルタン，ジャン＝ポール　Martin, Jean-Paul　113, 117
マルティネ（先生）　Martinet　89, 98
マルロー，アンドレ　Malraux, André　92, 94
マンデス・フランス，ピエール　Mendès France, Pierre　102
ミッテラン，フランソワ　Mitterrand, François　101, 108, 111, 114, 177, 179–184, 187, 188, 190, 191, 224–227
ミニョン（監査官）　Mignon（contrôleur）　125
ミルザ，ピエール　Milza, Pierre　88
ムサロン（猊下）　Moussaron, Jean-Joseph（Monseigneur）　37
ムーラン，ジャン　Moulin, Jean　151
メストル，アシル　Mestre, Achille　120
モニエ，ジョルジュ　Monier, Georges　137
モノ，ガブリエル　Monod, Gabriel　153
モーラス，シャルル　Maurras, Charles　17, 106, 109, 146, 180, 184
モルネ，アンドレ　Mornet, André　125, 127, 239

【ラ行】

ラヴァル，ピエール　Laval, Pierre　29, 127, 146, 153, 189, 239
ラヴェシエール　Laveissières　124

197, 199, 206, 222, 223
バリュッシュ，マルク＝オリヴィエ　Baruch, Marc-Olivier　121, 127, 238, 239
バール，レイモン　Barre, Raymond　195
バルテレミー，ジョゼフ　Bathélemy, Joseph　120, 238
バルビー，クラウス　Barbie, Klaus　104, 128, 194
バレス，モーリス　Barrès, Maurice　14, 109, 180
ピエラール，ピエール　Pierrard, Pierre　232
ヒトラー，アドルフ　Hitler, Adolf　3, 138, 186
ピノ（警部）　Pinot (inspecteur)　159, 160, 163
ビュルコ＝ファルクマン，ベルト　Burko-Falcman, Berthe　244
ビュルドー，ジョルジュ　Burdeau, Georges　121
ビリグ，ジョゼフ　Billig, Joseph　115, 142
フェリー，ジュール　Ferry, Jules　111
フェリエール，アリス　Ferrières, Alice　166
フェルドマン，マリオン　Feldman, Marion　246
フォーゲルマン，エヴァ　Fogelman, Eva　61
フォリソン，ロベール　Faurisson, Robert　101
ブグネール（牧師）　Boegner, Marc (pasteur)　154, 168
ブスケ，ルネ　Bousquet, René　2, 101, 109, 113, 117, 132, 147, 149, 150, 183
ブドン，レイモン　Boudon, Raymond　90
ブラジヤック，ロベール　Brasillach, Robert　146
プラニェ，アンリ　Plagnet, Henri　7
フラマン　Flammant　23
フランソワ，ジャン　François, Jean　27, 148
プーランツァス，ニコス　Poulantzas, Nicos　98
フルケ，フランソワ　Fourquet, François　118
ブルダン，ジャニーヌ　Bourdin, Janine　242
ブルデット（神父）　Bourdette (abbé)　161
ブルム，レオン　Blum, Léon　102, 137
ブレヒト，ベルトルト　Brecht, Bertolt　228
ブロック，アンドレ　Broc, André　149
ペアン，ピエール　Péan, Pierre　110, 113
ペタン，フィリップ（元帥）　Pétain, Philippe (maréchal)　9-13, 16, 17, 104, 112, 114, 121, 127, 146, 151, 157, 173, 184, 188, 189, 238, 239
ベネデッティ，ジャン　Benedetti, Jean　150
ペメン（神父）　Pemen (curé)　160
ベルリエール，ジャン＝マルク　Berlière, Jean-Marc　234

テュラール，アンドレ　Tulard, André　142, 149, 238
テュラール，ジャン　Tulard, Jean　238, 239
デュルケム，エミール　Durkheim, Émile　61, 94, 96, 108
デルヴォルヴェ，ジャン　Delvolvé, Jean　122-126, 239
トゥーヴィエ，ポール　Touvier, Paul　194
ドゥレー（猊下）　Delay, Jean (Monseigneur)　249
トクヴィル，アレクシ・ド　Tocqueville, Alexis de　103
ドクール，ジャック　Decour, Jacques　91
ドゴール（将軍）　De Gaulle, Charles (général)　92, 94, 95, 144, 157, 173, 174, 179, 192, 196, 198, 199, 223, 252
ド・サン＝ヴァンサン，ロベール（将軍）　Saint-Vincent, Robert de (général)　151
ド・ジェンヌ，ピエール　Gennes, Pierre de　21
ドーファン，エドモン　Dauphin, Edmond　150, 230
ドブレ，シモン（ラビ）　Debré, Simon (rabbin)　198
ドブレ，ミシェル　Debré, Michel　95, 198, 222, 223, 252
ド・メストル，ジョゼフ　De Maistre, Joseph　109
トリュフォー，フランソワ　Truffaut, François　85
ドリュモン，エドゥアール　Drumont, Édouard　24, 97, 102, 104, 107, 109, 137, 175, 180, 186, 190
ドレフュス（事件）　Dreyfus (affaire)　14, 93, 105, 106, 108, 129, 166, 175, 181, 184, 188, 189
ドレフュス，アルフレッド　Dreyfus, Alfred　106, 184, 227
トロクメ，アンドレ（牧師）　Trocmé, André　168-170
トロクメ，ダニエル　Trocmé, Daniel　169
トロクメ，マグダ　Trocmé, Magda　169
ドワーク，デボラ　Dwork, Deborah　61, 247

【ナ行】

ノラ，ピエール　Nora, Pierre　105, 106, 241

【ハ行】

バカール，レイモン　Bacquart, Raymond　125, 127, 239
パクストン，ロバート　Paxton, Robert　99, 100, 116-118, 144, 188, 231, 232, 235, 242, 247
パシェ，ピエール　Pachet, Pierre　84, 246
バス，ジョゼフ　Bass, Joseph　169
バック，ロベール　Bach, Robert　150
バッシュ，ヴィクトル　Basch, Victor　25
パポン，モーリス　Papon, Maurice　127, 128, 145, 150, 180, 194, 195,

シャイエ（神父）　Chaillet, Pierre (prêtre)　169
シャゼル，フランソワ　Chazel, François　91
ジャット，トニー　Judt, Tony　118
シャネ，ジャン＝フランソワ　Chanet, Jean-François　79
シャパル，アンドレ（牧師）　Chapal, André (pasteur)　166
ジャブロンカ，イヴァン　Jablonka, Ivan　247
シャリュモー，アンリ（警視）　Chalumeau, Henri (commissaire)　152
シュヴァルツ，イザイ（大ラビ）　Schwartz, Isaïe (grand rabbin)　154
ジュタール，フィリップ　Joutard, Philippe　241
シュテルンヘル，ゼーヴ　Sternhell, Zeev　114-116
シュネールソン，ザルマン（ラビ）　Schneersohn, Zalman (rabbin)　169
ジュペ，アラン　Juppé, Alain　194
シュミット，ジャン　Schmidt, Jean　145
ショケ（猊下）　Choquet (Monseigneur)　10, 11, 13
ジョリー，ローラン　Joly, Laurent　139, 233, 238
シラク，ジャック　Chirac, Jacques　173, 174, 176, 177, 180-188, 190-195, 197, 198, 224-228
シリュルニク，ボリス　Cyrulnik, Boris　67, 245
ジルー，ジャン　Giroud, Jean　137
スウィーツ，ジョン　Sweets, John　230
スビルー，ベルナデット　Soubirous, Bernadette　10, 13-15
セリーヌ，ルイ＝フェルディナン　Céline, Louis-Ferdinand　181
ゾラ，エミール　Zola, Émile　14, 184, 227
ソンヴェイユ，ピエール　Somveille, Pierre　206

【タ行】

ダルキエ・ド・ペルポワ，ルイ　Darquier de Pellepoix, Louis　140, 146, 148, 186, 189, 190, 193
ダルシサック，ロジェ　Darcissac, Roger　169
ダルナン，ジョゼフ　Darnand, Joseph　24
ダルラン，フランソワ（提督）　Darlan, François (amiral)　11, 117, 136
デア，マルセル　Déat, Marcel　180
テアス（猊下）　Théas, Pierre-Marie (Monseigneur)　37, 157
テイス，エドゥアール（牧師）　Theis, Édouard (pasteur)　168, 169
テイス，ミルレド　Theis, Milred　169
ディドコフスキ，ラウール　Didkowski, Raoul　145
デュヴェルジェ，モーリス　Duverger, Maurice　95, 121
デュケーヌ，ジャック　Duquesne, Jacques　114
デュメイ，ジャン＝ミシェル　Dumay, Jean-Michel　128

オズーフ，モナ　Ozouf, Mona　79-82, 85, 87, 244
オランド，フランソワ　Hollande, François　7, 187, 190-192, 224, 225
オーリオル，ヴァンサン　Auriol, Vincent　228

【カ行】

カヴァニアク，ガブリエル　Cavanihac, Gabriel　230
カサン，ルネ　Cassin, René　228
カネ，ルイ　Canet, Louis　127
カフカ，フランツ　Kafka, Franz　14
カルコピノ，ジェローム　Carcopino, Jérôme　153
ギグー，エリザベート　Guigou, Élisabeth　194
クイユ，アンリ　Queuille, Henri　244
クラルスフェルド，セルジュ　Klarsfeld, Serge　101, 115
グランベール，アンヌ　Grynberg, Anne　241
クリエジェル，アニー　Kriegel, Annie　243
グリュネボーム=バラン，ポール　Grunebaum-Ballin, Paul　107
グールドナー，アルヴィン　Gouldner, Alvin　64
グレゴワール（神父）　Grégoire, Henri (abbé)　82
ケイラ，オリヴィエ　Cayla, Olivier　224
コーエン，リチャード　Cohen, Richard　61
コナン，エリック　Conan, Éric　109, 119, 120
ゴフマン，アーヴィング　Goffman, Erving　64
ゴブロ，エドモン　Goblot, Edmond　89
コラッジ，ポール　Corazzi, Paul　150, 230
コルヴィジエ，ピエール　Corvisier, Pierre　21
コルディエ，ダニエル　Cordier, Daniel　151
コルバン，アラン　Corbin, Alain　6, 53, 247
ゴンザルヴ，レオン　Gonzalve, Léon　12

【サ行】

ザジュド，ナタリー　Zajde, Nathalie　65
サボ，エドモン　Sabaut, Edmond　151
サリエージュ（猊下）　Saliège, Jules (Monseigneur)　37, 157, 158, 160, 164
ザルク，クレール　Zalc, Claire　136, 239, 252
サルコジ，ニコラ　Sarkozy, Nicolas　187, 225
ジェアノ，ロジェ　Jéhanno, Roger　151
ジェルリエ（猊下）　Gerlier, Pierre (Monseigneur)　249
シーグフリード，アンドレ　Siegfried, André　107
ジスカール・デスタン，ヴァレリー　Giscard d'Estaing, Valéry　228

人名索引

【ア行】

アギュロン，モーリス　Agulhon, Maurice　7
アズヴィ，フランソワ　Azouvi, François　82
アスリーヌ，ピエール　Assouline, Pierre　1, 4, 61, 63
アベッツ，オットー　Abetz, Otto　137
アマード，ルイ　Amade, Louis　145
アラン　Alain　51
アリベール，ラファエル　Alibert, Raphaël　17, 121, 122, 252
アルテュセール，ルイ　Althusser, Louis　98
アルトマイアー（ラビ）　Altmaier (rabbin)　18, 35
アレクサンドル，ミシェル　Alexandre, Michel　198
アーレント，ハンナ　Arendt, Hannah　188
アロン，レイモン　Aron, Raymond　243
アロン，ロベール　Aron, Robert　101
イェルシャルミ，ヨセフ　Yerushalmi, Yosef　203
ヴァラ，グザヴィエ　Vallat, Xavier　23, 29, 32, 137, 140, 142, 147, 148, 186
ヴァルス，マニュエル　Valls, Manuel　225
ヴィアル，ピエール　Vial, Pierre　181
ウィーゼル，エリー　Wiesel, Elie　111
ウィニコット，ドナルド　Winnicott, Donald　66
ヴィニュロン，エドゥアール　Vigneron, Édouard　152
ヴィルツェール，ピエール=マルセル　Wiltzer, Pierre-Marcel　104, 150
ヴェイユ，シモーヌ　Veil, Simone　225
ヴェイユ，パトリック　Weil, Patrick　252
ヴェイントラテール，レジーヌ　Weintrater, Régine　60
ウェーバー，マックス　Weber, Max　96
ウェーバー，ユージン　Weber, Eugen　79
ウェルズ，オーソン　Wells, Orson　1
ヴェルディエ（枢機卿）　Verdier (Cardinal)　10
ヴェルフェル，フランツ　Werfel, Franz　14, 15
ヴェレルス，ジョルジュ　Wellers, Georges　115
エンゲル，デイヴィッド　Engel, David　237
オズーフ，ジャック　Ozouf, Jacques　85

著者紹介

ピエール・ビルンボーム（Pierre Birnbaum）

1940年生まれ。専門は政治社会学、フランス近代史。パリ第1大学（パンテオン＝ソルボンヌ）とパリ政治学院で教授を務めながら、ニューヨーク大学やコロンビア大学でも教鞭を執り、現在、パリ第1大学名誉教授。

主な著書に、*Les Sommets de l'État*, Seuil, 1977（1994）〔田口富久治監訳、国広敏文訳『現代フランスの権力エリート』日本経済評論社〕; *Le Peuple et les gros. Histoire d'un mythe*, Grasset, 1979（*Genèse du populisme. Le peuple et les gros*, Pluriel, 2012）; *Les Fous de la République. Histoire politique des Juifs d'État, de Gambetta à Vichy*, Fayard, 1992（Seuil, 1994）; *La France imaginée. Déclin des rêves unitaires ?*, Fayard, 1998（Gallimard, 2003）; *Le Moment antisémite : un tour de la France en 1898*, Fayard, 1998（2015）; *Les Deux maisons. Essai sur la citoyenneté des Juifs (en France et aux États-Unis)*, Gallimard, 2012; *La République et le cochon*, Seuil, 2013〔村上祐二訳『共和国と豚』吉田書店〕; *Léon Blum: Prime Minister, Socialist, Zionist (Jewish Lives)*, Yale University Press, 2015; *Sur un nouveau moment antisémite*, Fayard, 2015; *Les Désarrois d'un fou de l'État. Entretiens avec Jean Baumgarten et Yves Déloye*, Albin Michel, 2015 などがある。その他、ベルトラン・バディとの共著が、『国家の歴史社会学〔再訂訳版〕』（小山勉／中野裕二訳、吉田書店）として刊行されている。

訳者紹介

大嶋 厚（おおしま・あつし）

1955年東京生まれ。翻訳者。上智大学大学院博士前期課程修了。国際交流基金に勤務し、パリ日本文化会館設立などに携わる。

訳書に、ミシェル・ヴィノック著『フランスの肖像』（吉田書店）、同『ミッテラン』（吉田書店）、同『フランス政治危機の100年』（吉田書店）のほか、ヴァンサン・デュクレール著『ジャン・ジョレス　1859－1914』（吉田書店）、ジャン＝ルイ・ドナディウー著『黒いナポレオン――ハイチ独立の英雄　トゥサン・ルヴェルチュールの生涯』（えにし書房）、パトリック・ヴェイユ『フランス人とは何か――国籍をめぐる包摂と排除のポリティクス』（共訳、明石書店）がある。

ヴィシーの教訓

2021年6月1日　初版第1刷発行

著　者　ピエール・ビルンボーム
訳　者　大嶋　厚
発行者　吉田真也
発行所　合同会社 吉田書店
102-0072　東京都千代田区飯田橋2-9-6 東西館ビル本館32
TEL：03-6272-9172　FAX：03-6272-9173
http://www.yoshidapublishing.com/
装幀　野田和浩
DTP　閏月社
印刷・製本　藤原印刷株式会社
定価はカバーに表示してあります。

ISBN978-4-905497-94-3